既明

雾十 著

上海文化出版社

目 录
Contents

楔 子
年少成名，已过气三回 ………… ▶ 001

咸鱼第一次翻身
追星小号 ……………………… ▶ 003

咸鱼第二次翻身
接机风波 ……………………… ▶ 035

咸鱼第三次翻身
圣诞礼物 ……………………… ▶ 067

咸鱼第四次翻身
日月我心 ……………………… ▶ 085

咸鱼第五次翻身
《讲究》 ……………………… ▶ 101

咸鱼第六次翻身
实现愿望 ………… ▶ 131

咸鱼第七次翻身
遇到奇迹 ………… ▶ 171

咸鱼第八次翻身
一起过年 ………… ▶ 201

咸鱼第九次翻身
意外提名 ………… ▶ 237

咸鱼第十次翻身
幸运之神 ………… ▶ 251

永远都不要舍本逐末。

你只有做你自己的时候,才是最美的。

年少成名，已过气三回

衣既明是个演员。

年少成名，已过气三回。

戏路一直是这样，起起伏伏。

衣既明此时正坐在浅灰色的沙发上，面无表情地看着快要戳到鼻子下的日历，上面一排排代表了"无所事事"的猩红叉号，堪称触目惊心。

他已经快三个月没有新工作了。

经纪人就在衣既明的对面，看着大落地窗前任由阳光肆意亲吻的艺人，忍不住先自我陶醉了一番，他当年选人的眼光可真棒！

黑白分明的眼，高挺立体的鼻，唇珠，梨涡，皮肤白皙，就像新雨后的空山，弥漫着朝气与生机。衣既明的可塑性极强，又不失个人特色。每个见过衣既明的老到经纪人，都不会怀疑他摇钱树的定位。

而衣既明前后在大银幕上爆红三次的罕见经历，也确实给公司、经纪人以及他自己都赚足了人民币。

只是……

"明明啊，哥知道你不缺钱，但现在的问题不是钱，你明白吗？你已经不是十七八岁的小年轻了，你都二十五岁了，再不翻红赚名声，咱们公司给你买通稿,都只能吹'德艺双馨老戏骨'了呀。"

"二十七岁。"衣既明纠正了经纪人的技术错误。

他才和亲朋欢聚,庆祝了自己二十七岁的大寿。

"我不听,我不听!"经纪人翘起兰花指,捂着耳朵猛摇头,拒绝接受自己一直在"敬老"的现实,"你要努力啊!你要进取啊!你知道十三楼的 Lisa 多讨厌吗?她之前见我,竟然惊讶地问,明哥还没息影吗?"

衣既明眼皮也没抬一下,"哦"了一声。

经纪人在心里默念了一百遍"我不生气,他就这佛爷脾气,我一点都不、生、气!",才能维持得了话题:"你要争气啊!你要长脸啊!你给我把人脉都用起来啊!今时不同往日,我不求你和那些流量小鲜肉似的,三天一瓜①,五天一戏,但咱们也不能一没作品,就搞人间蒸发呀。"

衣既明的演技无可挑剔,但也正是因为太好了,观众只能记住他演绎过的一个个鲜活的角色,却始终无法对衣既明本人印象深刻。

"社会很现实,命运很残酷,天上是不会一直掉馅饼,又正好砸到你嘴里的!"

话音未落,还在实习期的小助理就着急忙慌地推开玻璃门,跑了进来。一手抱平板,一手扶把手,上气不接下气道:"boss(老板),boss,明哥上热搜了,前三!"

经纪人不可思议地睁大了眼睛,连新手机掉到地上也顾不上心疼。

天,馅饼又砸到嘴里了?!

---

① 网络用语,八卦、是非之意。

咸鱼第一次翻身

★ 追星小号 ★

Ji Ming

衣既明是个演员。

不是明星。

这两者没什么好坏之分,对衣既明来说,只是工作的范畴不同。

演戏,是他的工作;上热搜,不是。

至于"分析他为什么突然上了热搜,怎么上的热搜,这对他未来的事业发展是好是坏,该如何应对"等,那就是经纪人和公关团队的工作了。

大家唯有各司其职,各尽其责,社会秩序才会稳定。

在内心里得出这样一个完美的等式后,衣既明起身,准备向经纪人告辞,以免打扰到对方工作。

"我是不是还应该谢谢你?"经纪人咬牙切齿,以那副柔弱之躯绝不应该有的力道,掰断了手里的铅笔。超凶的!

"不用客气。"衣既明认真回答。

经纪人在"到底要不要掐死自己的摇钱树"的思索里摇摆不定了大概一分钟,最终,还是让理性战胜了感性,选择了对衣既明忍痛放行。

小助理积极主动,坚持要替自家 boss 把衣既明送走。至少是一路送到了电梯口。在确定不会被 boss 看到后,小助理才敢对衣既明悄悄伸出大拇指,给勇于和大魔王抗争的屠龙英雄点了个赞:"明哥,干得漂亮。"

衣既明睁大眼睛,微微歪头,一直到光可鉴人的电梯门在自己眼前缓缓合上,都没有反应过来,自己到底干了什么。

十二月的 B 市,刮着喧嚣的北风,吹来了西伯利亚的寒凉。

衣既明一身驼绒大衣,身姿颀长,脊背挺直,即便只是这么无所事事地站着,都好像比绿化带里的冬木更显笔挺。一如他的性格,努力工作,认真生活。他站在公司大楼后门的斜坡上,乖乖等着生活助理开车来接。由于年轻时发生的一些意外，衣既明至今没有办法学会开车。

衣既明对着干燥的空气哈了口气，在一片白雾弥散中，他看到了黑色的座驾，由远及近地缓缓驶来。

库里南，没错了，是他的车。

待衣既明在后座上坐定、系好安全带后，他才意识到，不是全天下所有的黑色库里南都是他的车。

证据就是现在坐在驾驶座上的人，与他的生活助理小南，没有一点相似之处。

那是个叼着烟的桀骜青年，浑身上下的每一个细胞，都好像在倾诉着他的坏脾气。青年戴了副几乎遮住了半张脸的深紫色墨镜，只露出了一截薄唇与下巴，但这冰山一角，就足够看出青年的颜值有多出色。

一般人在这种时候，都会有一丝礼貌性的尴尬。

衣既明却没有。

准确地说，因为一些意外，他在除了演戏以外的生活里，已经很多年都没有太大的情绪波动了。习惯成自然，也练就了一副浑然天成的波澜不惊。

"抱歉，上错车了。"衣既明说完后，就准备解开安全带下车。

青年抿着唇，蹙着眉，情绪藏在眼睛里，眼睛隐在墨镜后，实在是让人不好判断他的所思所想。只依稀能从他略显急躁又生硬的语气里听出一二。他的声音很好听，是那种会让人想要倾听更多的磁性声线，就是措辞有些像是在威胁："我要是你，就不会下车。"

话音未落，不知道从哪里突然冒出来的媒体就已经蜂拥而至，快要把未来娱乐经纪公司那不起眼的后门围得水泄不通，闪光灯疯了一样地闪着。

此时明显不是一个开门下车的好时机。

虽然在密封性与隔音效果都极强的车内，关上门就浑然是另外一个世界了，但衣既明还是能够从"狗仔"们为了抢占头条争先恐后挤出的狰狞面目里，对外界的嘈杂猜到一二。

这实在不太像是衣既明这个咖位所能够引起的，哪怕他刚刚才上了热搜。

衣既明把疑惑的目光，顺理成章地对准了驾驶座上的青年。

"我们先离开，再说其他，ok 吗？"青年也不知道是紧张，还是生气，说出的每一个字，都带着一股说不上的力量，像是恨不能钉在那里。

"好。"衣既明只可能比青年更不会说话，但他却完全没有这方面的自觉。

他觉得自己应对得可好了。

面对陌生人，在没有经纪人和生活助理从中斡旋的情况下，他竟然能和对方对答如流，这简直是史诗级的进步，必须奖励自己一朵小红花！

然后，衣既明就真的拿出手机，煞有介事地点开备忘录，在今天的日期那里，似模似样地标上了一朵小红花，以资鼓励。

青年的车技很好，开得又稳又快，在狭小的后巷，哪怕快要把车开出飞翔的感觉，依旧没让后座的衣既明感觉到太大的颠簸。衣既明略带羡慕地看了眼青年翻飞在调节挡上的手，黑白分明的瞳孔中闪过一目了然的情绪——会开车真的好了不起哟。

在他们的车后面，是几辆已经跟上的"狗仔"车，架着长枪短炮，锲而不舍。

在 B 市拥堵的大街上展开追逐战，这明显不是一个明智的举动。早在几年前，国内的法律就专门出台了针对"追车"这一危险行为的新规定，惩罚十分严厉，严重到甚至有可能会吊销采访许可证。任何一家媒体，都不会想要在正街上被拍到他们这么驱车追逐。

换言之，只要衣既明和青年能拐上大街，就赢了。而后面那些一点都不想错过大新闻的"狗仔"，也在努力想要把他们的车就此逼停。

这是一场没有硝烟的战争，无声静谧，紧张刺激，肾上腺素持续飙升。

青年全程专注开车，双手就像是粘在了方向盘上，唯有稍稍勾起的唇角，透露出了他此时愉悦的心情，仿佛十分享受当下的速度。

衣既明不紧不慢地给自己的生活助理打电话，汇报平安。

"上错车了""没关系，应该是个好人""别担心""我能按时回家""你也注意安全"。

只一个电话的工夫，青年就已经充分利用自己精湛的车技，层层突围，化危解难。让那些穷追不舍，但又不敢表现得太过明显的"狗仔"，只能望车饮恨。

车就这样又开了好一段路,在时速的允许范围内,彻底甩开了那些"狗仔"。

没了刚刚的"生死飙车",车内重新陷入了尴尬与沉寂。唯有衣既明身上雪松混合着愈疮木的后调淡香,在车内悄悄扩散开来。干爽优雅,温和清淡,像极了有着历史沉淀的高贵绅士,露出迷人的微笑。

青年不着痕迹地透过后视镜,看着正襟危坐的衣既明。他的双手放在膝上,双腿并排弯曲,上半身笔直笔直的,仿佛一本礼仪方面的教科书,让人忍不住效仿。

青年的喉头微微滑动,忍不住扯了扯衬衫的领口,沙哑着声音道:"你觉得热吗?"

衣既明摇摇头:"温度正好,谢谢。"

"你住哪里,我送你。"青年的声音还是没什么起伏,只能从用词里听出,他大概平时习惯了发号施令,霸道又不容置疑。青年大概也意识到了自己这么和一个陌生人说话略显生硬,又补了一句,"作为连累了你的补偿。那些'狗仔'是因为我……"

"第一大道中央公园旁边的灰蓝里小区。"

衣既明精准地报出地址后,就回归了安静,再没说过一句话。

青年也没再开口,唯有修长的手指,不断地敲打在方向盘上,表达了主人内心的烦躁,又好似只是不安。一直到小区保安放行,让他们就这样开入了本应该极重保密性的高档小区,青年才终于大声道:"你也太没有警惕心了吧?如果我是个心怀叵测的坏人怎么办?你就这么让我进来了?"

"但你不是啊。"衣既明已经下了车,站在放下来的车窗前,和青年对话,"你的车都比我贵。"

库里南并不是一个牌子,而是型号,全称是劳斯莱斯库里南。

"万一是我偷来的呢?"青年蹙起眉,连墨镜也遮掩不住他的戏谑表情。

衣既明一愣,眼睛里带着仿佛信以为真的思索,好一会儿后才试探性地开口:"你们巅峰传媒是破产了吗?让当红一哥偷车?"

"……你认识我?"

衣既明点点头，理所当然。"你叫霍楼，无人不知。"

霍楼，娱乐圈的顶级流量担当，颜好声磁正当红。

他还是个真正的富二代，很富的那种，经常能在财经报道上看见其亲爹的名字。在当年粉丝最吃"不红就只能回家当霸总"这种人设时，霍少横空出世。就跟闹着玩似的，一夜之间，粉丝捧了他们的霍哥哥C位①出道。

今年更是像"霍楼年"，由歌手转型演员后，霍楼的作品井喷般地涌现，收视率一路从年头霸占到了年尾。不管是电视剧里，还是网络上，他都刷足了存在感。

衣既明再没有情商，也是知道霍楼的，准确地说，他经纪人给他举例最多的就是霍楼。

耳提面命，希望他和霍楼这个后辈多学学，什么才是混娱乐圈的正确方式。

不等衣既明说完，霍楼就撂下一句"抱歉"，很急躁地一个倒车大转弯，跑了。阳光下，仿佛身后有什么洪水猛兽在咬撵着他，连速度都仿佛比刚刚躲"狗仔"快了。

衣既明心想着，可真是个怪人啊。

一直到回了家，接到了经纪人的联系电话，衣既明才知道了霍楼一再道歉是为了什么。

霍楼，就是那个连累衣既明上热搜的罪魁祸首。准确地说，正是因为霍楼，衣既明才能上热搜。

\# 霍楼小号 \#

\# 霍楼和衣既明 \#

…………

\# 既明且哲，以事一人 \#

\# 霍楼追星 \#

热搜前十里，有五条都和霍楼有关。而在这五条里，又分别有三条与衣既明有那么点关系。挂着两人大名的那一条，更是在很短的时间内，

---

① 网络用语，最早用于网络游戏中带领队伍的角色，后指团队中处于核心位置的人。

008

从第五到了第二，眼见着就要夺下第一的宝座。

今天，不管衣既明想不想，他都成了整个社交网络最亮眼的崽。

衣既明正一边吃着淡盐无油的牛油果甜虾沙拉，一边和经纪人通过手机视频。

经纪人极富个人特色的尖细嗓音，就像一把加特林，"突突突"地对衣既明的大脑进行着无情扫射，大概说了有大半个小时，他才开始收尾。

"……大体情况差不多就是这样，霍楼十年前的一个追星小号，突然被扒了出来。而你，就是被他追的那个星。"

霍楼的小号叫"既明且哲，以事一人"，节选了《诗经》原句"既明且哲，以保其身。夙夜匪解，以事一人"中的前后八字，这也正是衣既明本人名字的出处。从这么一个简简单单的马甲①名里，就足以看出，霍楼当年追星追得有多么用心用力，真情实感，还有一点中二感②。

"何止是名字。看看他写的这些'彩虹屁'③，我一定要让公司养的那些职粉都学起来！"

霍楼的小号注册在一个小众论坛，当年也曾盛极一时，约等于衣既明的半个个站④。霍楼小号最后一次出现过的帖子，已经被管理员加精套红，置顶在了首页，保证每一个点进来的人都不会错过。

无数霍粉、霍黑、路人竞相来打卡围观，在拯救了一个因为没有流量、面临闭站危机的论坛的同时，也挖出了不少霍哥哥当年的"风采"。

还有不知道是粉丝还是黑粉的人，开帖归纳总结了霍楼小号吹过的"彩虹屁"。

"你是什么人？你是我的心上人！"——"霍哥哥你才是我的心上人啊！"

"明明是世界的瑰宝，既想和所有人分享，又想明明只属于我！"——

---

① 网络用语，指在同一平台注册多个账号，除常用账号以外的账号称为"马甲"。
② 网络用语，源于日本，指青春期特有的思想、行动、价值观，是对青少年叛逆时期自我意识过剩的一些行为的总称。
③ 网络用语，指粉丝对偶像的花式吹捧。
④ 指粉丝在社交平台建立的用于推荐偶像的个人网站。

"我只想哥哥属于我!"

"啊啊啊啊啊,今天明明看到了我,我不管,这张照片里明明看的一定是我!"——"哥哥你什么时候才能看到我。"

"明明……"

"明明……"

他一个人,就可以组成一个"明吹"的优秀团队。

各种金句紧接着就出现在了霍楼的微博下面,被他的粉丝们花式吹捧又夸回到了霍楼身上。

甚至还有粉丝来衣既明常年不更新、宛若在长草的微博下面喊:

"明明,你就去看看霍哥哥吧,他等你等得好辛苦。"

"明明你现在看到霍哥哥了吗?!"

"你属于霍哥哥,霍哥哥属于我,就这么愉快地决定了!"

这届粉丝秀得飞起,一个"看我梗",就能被他们玩出百八十种花样。

衣既明并没有什么兴趣,奈何他有个对这些很感兴趣的经纪人,全程情感充沛地配音朗读,偶尔还要带上几个超浮夸做作的表情。

"嘎嘎嘎,这样的公开处刑快笑死我了。不行,明明你快看看,我是不是又长皱纹了。"经纪人笑出了鸭叫,让小助理帮他举着平板电脑,他自己的双手撑在眼尾和唇角,想尽量挽救一下那终究还是抵不过时光的面容。

衣既明全程都没有搭理他的经纪人李林,只是在心里默默计算着,忍受这样的精神污染,而至今没有挂断电话,自己到底值多少朵小红花。

"北北啊,你帮我打开那个香蕉图标的软件,把我的今日心情改成我们霍哥哥的金句,为什么我一身焦味?因为我在为你燃烧!再把这个帖子给我的朋友们分享过去,"李林开始指挥小助理去祸害别人,"不能只有我一个人长皱纹!对对对,就那个'鸡笼警告'的分组。"

衣既明自始至终没说一句话,只是以无可指摘的优雅姿态吃着饭,仿佛他不是一个人蜗居在家,而是置身于什么高档餐厅。生活的仪式感,充斥在衣既明的方方面面。好比食不言寝不语,他甚至不愿意这样一边吃饭一边视频，那太失礼了。可李林就是不让他挂电话，想要他望着沙拉止饿。

"你吃这么多，小心上镜胖成气球。"李林幽怨地看着透明碗里紧实弹牙的红虾，很不争气地吞咽了一口口水。

李林是拥有未来娱乐股份的元老经纪人，业绩突出，人脉广布。在成为专业的经纪人之前，他当过一阵子不算特别成功的国际男模。最引以为傲的战绩，是从进入青春期以来，就再没碰过一口晚饭，哪怕是在已经转行的现在。

"不会的。"衣既明在吃完最后一口后，实事求是道。

他不是易胖体质，体脂率一直保持在最理想的状态。常年不辍的锻炼，加上合理健康的饮食，才是最适合他保持体型的方式。

李林努力挪开眼球，表达了一种名叫"我才不羡慕呢，你也就能比我多啃几口草"的情绪，然后继续尽职尽责道："霍楼十年前还是个小学生，或者初中生，他追星追到你头上，这事可大可小。霍楼的粉丝群体你也知道的，很魔性，目前倒是还看不出什么太坏的发展。但咱们也不能掉以轻心，知道吗？"

他们这边现在有点被动。

霍楼不开口，衣既明就不好做出回应，做多了容易被嘲自作多情，做少了又很可能会被解读为不知好歹……总之，只能静观其变。

这让做什么都习惯主动出击、掌握全局的李林，很是不舒服。

最不舒服的，还是衣既明那一副事不关己的模样。李林叉腰，忍不住把事情又夸大了一二，想要用种种危险情况，来提高自家艺人的重视与警觉。

"霍楼当年组团的那些极端毒唯粉[①]，要是误以为霍楼小号被扒这件事是咱们在蹭热度炒作，那就麻烦了！"

衣既明知道李林这是不高兴了，遂积极调动了一下情绪，努力半天，回了两个字："有趣。"

李林不死心，又"阴谋论"了一波，甚至故意压低音调，仿佛在讲

[①] 网络用语，指只喜欢一个艺人，但会用不理智的行为伤害其他艺人的狂热粉丝。

鬼故事般地吓唬衣既明道："霍楼那个经纪人阿罗，可是出了名的吸血鬼，标准的利己主义。一旦粉丝有做出一丁点对霍楼星路不利的事情的苗头，我都毫不怀疑他会玩脏的，拼命地扣帽子。"

霍楼作为一个因为钱和家世红起来的富二代，其实一直都是个很难黑的明星，让他过往的对家们绞尽脑汁，费尽心思，也没能动他分毫。这回放出消息的幕后之人，已经算是动了不少脑子的，切入了一个极其刁钻的损人角度——你们以为的霸道富二代，也不过是和你们一样无脑追星，low① 死了！

明星嘛，只要不是故意走接地气路线的，最怕的就是和 low 扯上关系。

明星追星到底算不算 low，这个就要看公关团队具体是怎么操作引导，追的星是什么档次，以及追星到底追到什么程度了。

很明显，霍楼被扒出来的这个"追星"，不能算是太积极的一面。

毕竟最近网络上炒得最热的一句话就是——不要做一条舔狗。

就霍楼那些"彩虹屁"，已是极尽谄媚之能。

"到底是谁爆出来的小号，不是霍楼的经纪团队眼下最关心的，他们更可能做的是为了让霍楼尽快摆脱影响，解决问题的源头，也就是你。"李林抬手，指了指衣既明，又在自己的脖颈处，做了个抹脖的动作。手起刀落，不留情面。

"啊，我真的好害怕啊。"衣既明在生活里，全然失去了镜头前的那份演戏灵魂，说话声音始终一个调，害怕得特别敷衍。

李林却满足了，他抬手，摆出"洒洒水"②的样子："你也不用太害怕，那个死人要是敢搞你，我就先搞死他！"

衣既明鼓动着脸，咀嚼着饭后水果。今天是有禁果之称的蛇果，汁多味甜，每一口下去，都仿佛能听到敲开天堂之门的声音。衣既明不管吃什么，都要坚持咀嚼二十下，不多不少，自己计数。待他全部吃完，才不慌不忙地擦着唇角道："我之前就想问了……"

---

① 网络用语，这里表示不上档次，没有品位。
② 网络用语，这里表示不用担心。

012

"你说。"

"你和阿罗是有什么深仇大恨吗？"衣既明总能从李林口中听到霍楼和阿罗这对组合，前者是让他学习的目标，后者则荣获了"死胖子""死秃子"等一系列离不开死字的"爱称"。

"正常的同行相轻。"李林生硬回答。

但明显这一点都不正常。

李林另外一个工作手机，恰在此时响了起来。衣既明通过视频，看到了李林又一次翻脸比翻书还快，笑若春花，声音甜腻，仿佛见到了再亲不过的亲人："呀，阿罗哥——什么风把你吹来了？我刚刚还在和我家明明说起你。"

"说我什么时候死吗？"阿罗低沉的声音，从那头传了过来。

"当然是说你好啊。"李林撒谎从来不眨眼，他用口型对镜头这边的衣既明表示了一句，他有个死人渣要去应对，有事再联络，然后就挂断了视频。

衣既明从善如流地锁了屏幕，把碗筷放入洗碗机后，按部就班地开始了每晚的电影学习之旅。

一直到睡前，李林都没再打来电话。

十点半合眼，十点四十入睡，衣既明的生活规律到乏善可陈。

一夜无梦，第二天，在太阳升起不久后的七点四十三分，衣既明的生物钟还没有把他沉睡的身躯叫醒，李姓经纪人的连环夺命 call 已经疯狂地响了起来，比过往的哪一次都要着急。

"你最近都不要出门了，知道吗！！"李林开门见山。

"嗯。"衣既明双眼无神，直勾勾地看着前方灰绿色的墙面。挺直坐在床上的上半身，是他保持礼仪最后的倔强。衣既明现在的大脑一片混沌，根本没办法处理接收到的信息，只是本能地回应李林的话。

好一会儿后，他才追问道："到底怎么了？"

怎么了？

当然是在全世界都在搞阴谋论，怀疑霍楼的团队会为了保住霍楼，甩锅给衣既明，栽赃其自炒的时候，霍楼在深夜直接发微博承认了。

是的，他就这么承认了。

霍楼V：

"千山万水，永事一人。偶像你好，我叫霍楼。@衣既明"

霍楼的微博，选在夜深人静的时候发布，但引爆的轰动效果却是无视了时间与空间，于当天夜里，微博成功被挤瘫痪了。

现在的顶级流量们好像没把微博挤瘫痪几次的经历，人生就不够完整似的。

衣既明第二天醒来后，他和霍楼的名字已经牢牢地霸在了热搜第一，像粘了胶水般，下不去，也解不了绑。由霍楼追星衍生出的玩梗层出不穷，类似于"粉生赢家""哥哥再看我一次""好叫全世界都知道，这个哥哥是我粉的！"迅速占领了微博首页。

昨天在未来娱乐后门，拍到霍楼和衣既明同车的媒体，更是利用耸人听闻的措辞，天马行空的想象力，开始了"看图编故事"，推波助澜地把霍衣二人的热搜又推向了更高的高潮。

最先被爆出来的是一组很有艺术美感的光影照。

第一张是衣既明低头上车的照片，看不见脸，只露出两条西装大长腿，拍得格外勾人。

第二张是驾驶席上戴着深紫色墨镜的霍楼，有挡风玻璃也无济于事，连他只是叼着并没有点着的烟，都被拍了个一清二楚。

最后一张便是霍楼唯一一次回头。当时的情况是，衣既明发现自己上错车了，正准备解开安全带下去，霍楼回头告诉他，最好不要。但从照片里，怎么看怎么像是霍楼在提醒衣既明系好安全带。也不知道是不是拍摄角度的问题，霍楼的侧颜被拍出了一种极尽的温柔，连冷硬张扬的脸部轮廓都仿佛柔和了起来，让人恨不能溺毙在那样关心的神情里。

后来流出来的还有一张配套动图，被粉丝戏称为"霍哥哥提醒你注意交通安全"。

衣既明全程都没有被拍到正脸，毕竟镜头都冲着霍楼去了。衣既明的脸隐在黑暗中，只一只扶在车座靠背上的手，被一道恰逢其会的光抚过，显得异常白皙修长，骨节分明。

美人在骨不在皮，衣既明就是此言最强有力的证明。他用一只手，就征服了大半的社交网络。更有霍粉在下面起哄，这样的"美人"，哥哥当年不追，天理难容！

夸张到衣既明只能觉得，这大概是李林给他买的水军。

衣既明的生活助理小南，在早上八点的时候，准时给衣既明带来了早餐，也带来了藏不住的好奇。

她收拾着根本不需要打扫，本就一尘不染的客厅，顺便大胆和衣既明闲聊："明哥，霍楼真人怎么样啊？"

"嗯？"衣既明不爱说话，但恪守礼仪，有问必答。

"他是不是打算送你一架飞机？"小南虽就职于娱乐公司，却跟了对八卦毫无兴趣，也不热衷于作妖的衣既明，为了配合老板，只能任一腔吃瓜热忱无处安放，如今好不容易遇到老板的瓜，自然再也抑制不住心中好奇。怕被李林扣工资，她还特意补了一句，"网上都这么说。"

霍楼的父亲，当年因为收购了 F 国百分之七十以上的电网公司而一战成名。他接受采访的耿直截图，被做成了表情包，至今还在网上流传。

——"为什么能同意我一个外国人收购他们大半的电网？"

——"因为我真的很有钱啊。"

外界对霍家的有钱程度，展开了各式各样的神奇脑洞。有人信誓旦旦地说，霍楼家连全自动猫砂盆都是铂金的。而霍楼往日里大手大脚的花钱风格，更是坐实了霍家的钱多到花不完的江湖传言。他连身边的小助理结婚，都能送上 B 市的房子做新婚礼物，更遑论是对衣既明。

小南觉得她猜霍楼会送飞机，已经很贴合实际了，万一霍少非要超越自我，送个宇宙飞船，自家老板可怎么保养哟。

"……我和霍楼不熟。"衣既明实话实说。

霍楼的小号注册在十年前，最后一次的登录时间是三年前，七年之痒，足够脱粉。昨晚的微博，更像是一次思路大胆却成功的公关套路。

事实上，在墙头[①]遍地的粉圈，追了七年已属长情。

不等小南为霍楼据理力争，她手上的手机就响了，装的 SIM 卡是衣既明对外的工作号码。不管那头是谁，都得先通过小南。

"您好，这里是衣既明的手机，我是他的生活助理小南。"小南分分

[①] 网络用语，指追星时没有固定喜欢的明星，像墙头草一样见一个爱一个。

钟李林附身,拿出了抖擞的职业精神。哪怕隔着电话,也能笑得特别敬业,声音恰到好处,"明哥有事在忙,无法接听电话。请问您是?"

小南选择了公放,这使她和衣既明一起听到了那头的男声——低沉磁性,声线浑厚,又不失恣意冲劲,字正腔圆里带着浑然天成的霸道:"我是霍楼。"

小南瞬间睁大了眼睛,捂嘴跺脚,缓了一会儿,才没让自己尖叫出声,给明哥丢人。她用努力稳住、不那么颤抖的声线回道:"霍先生您好,有什么是我能够帮到您的?"

"请转告明……衣先生,我今天会准时到。"

电话挂断后的下一秒,小南就爆发出了不输李林的激动尖叫,她再也控制不住自己,一蹦三尺高,和衣既明道:"还说不熟!不熟你们俩都约好见面了?是私下里的约会吗?我一定守口如瓶,哪怕 boss 对我严刑拷打,也绝不出卖!"

小南挺直腰杆,英勇得仿佛随时可以慷慨赴死。

作为一个昨天晚上才诞生的,还有些冷门的"霍衣粉",小南觉得她这辈子值了!

衣既明一头雾水。

"不用说了!明哥!"小南伸手,打断了衣既明的欲言又止,"我懂,我理解,我知道!"

这个好像已经解释不清楚的误会,很快就被李林的视频电话破除了。

昨天阿罗打电话给李林,就是为了试探李林这边对小号事件的意思,他想问两家是不是可以趁此机会,搞个合纵连横。

本只是经纪人之间的碰头,李林早上的时候就没告诉衣既明,也不知道后来发生了什么,才演变成了现如今带着各自艺人一起商量的局面。地点就选在了衣既明家,时间是上午十一点,李林也会在约定时间过来碰头。

"我没来之前,你们也不用等得太刻意,明白吗?"李林就像是一个保护过度的鸡妈妈,大事小情不只要嘱咐衣既明,还要和小南重复一遍,声调依旧是熟悉的柔媚腔,"该干吗干吗,小南你去把客厅收拾一下,弄得乱点,有几分烟火气。明明……明明这样就挺好。输人不输阵,霍楼虽红,咱们明明也不差啊。"

"明哥千秋万代,一统江湖!"小南振臂高呼。

李林很满意小南的"忠心为主",点了点头,在电话即将挂断前,才惊悚发现了衣既明的脸,一声尖叫。衣既明错了,小南的声音永远是比不过李林的杀伤力的。

"你昨晚是不是又没有抹我给你买的面膜和晚霜?!明明我跟你讲,女人的手,男人的脸,你现在不重视……"

衣既明"啪"的一声,挂断了手机。

挂完视频,衣既明删掉了自己备注里的一朵小红花,可以说十分讲究了。

十一点整,衣既明家的门铃响了,准时到了仿佛外面一直有人在掐表,迫不及待但还是压抑按捺,一直坚持等到了十一点的时针跳过的那一刻,才摁响门铃。

进来的只有霍楼,高大轩昂,面容冷峻,一身为了风度明显牺牲了温度的英伦外衣,散发着熟悉的男士淡香。霍楼气势逼人,一个照面就让小南忘记了呼吸。昨天在车上坐着,衣既明还没有什么感觉,如今才直观意识到了霍楼有多高,进门的时候得低头!看来他明星信息里一米九以上的净身高,是男星里少有的没掺水分,迫使衣既明也不得不微微仰视。

"打扰了。"霍楼主动点头,对着衣既明示意,就是嘴里的话还是少得可怜,纵使走路带风,仍稍显紧绷。

"你好。"衣既明很有主人的样子,招待霍楼入座,"要喝水吗?茶?咖啡?"

"不用麻烦。"霍楼下意识地就拒绝了,真不像一个会追星的小迷弟。他进门后,直接选在了离衣既明最远的沙发,只坐了一个边角,一副随时要离开的样子。他说完话就皱起了眉,也不知道在懊悔什么。

好一会儿后,霍楼才重新开口:"阿罗说要在下面等李林,我就先上来了,希望没有麻烦到你。"

这头小南终于回过神来,想要帮助明明哥活跃气氛,但少见地没起到什么效果。她只能再对霍楼问了一次是否要喝水的事，特意表示，这里有霍楼喜欢的碳酸饮料，但霍楼还是有点意兴阑珊，即便唇瓣看上去已经很干涩了。

衣既明顺着小南的话，再次表达了自己的待客之道："多少还是喝点吧。"

"好！"霍楼这回总算一口就答应了下来，"可乐就好。"

衣既明主动把可乐送到了霍楼手上，他真的是很努力地在招待客人了，想为自己再挣回来挂断经纪人电话而扣除的小红花。

得到霍楼明确的答谢后，衣既明就开心地拿起了手机，把备忘录里自己删去的小红花又补了回来。想了想，他又打开另外一个备忘录，在霍楼的备注里也标上了一朵朝气蓬勃的小花。

要是所有的客人都能像霍楼这样就好了，安静，又省心。衣既明在心里这样想着。

与此同时，霍楼这位让人捉摸不透的超级富二代，在拿到可乐后的第一反应却不是喝，而是盯着看，仿佛想从气泡中看出什么。好不容易看够了，又拿出了手机，打开摄像头，言简意赅地问衣既明："介意吗？"

衣既明摇摇头："请便。"

现在的社会，吃饭喝水先拍照，仿佛才是最基本的社交礼仪。衣既明自认是个很讲道理的人，虽不明白一瓶价格不超过五块钱的可乐有什么好拍的，但还是体贴的什么都没说。任由霍楼对着可乐，展开了十八连拍。

小南仿佛隐身了一般坐在旁边，默默观察着霍楼的一举一动，霸总的气势浑然天成，并不像是会因为在陌生人家做客而尴尬，更像是紧张。

但小南刷了好久的微博，也没看到霍楼有任何关于可乐的更新。

她叹了口气，不得不对霍楼已经脱粉的现实低头，但还是有些意难平。突然福至心灵，发微信给圈内一个有霍楼微信的好友："大佬大佬，求个霍哥哥的朋友圈截图，保证不外传，我就是想证明个猜测。"

大佬很快就把霍楼最新的一条朋友圈截图发了过来。

霍楼：

"这是一杯千金不换的可乐！！"

附带九张照片，足足换了九种滤镜！

两个经纪人有说有笑地走了进来，他们已经很有效率地在来的路上把未来的合作方向基本敲定了。到衣既明家的意义更像是通知，以及联络感情。

衣既明也终于借此见到了传说中的阿罗。

他和李林带有个人滤镜的针对言辞完全不符，既不胖，也不秃，至少可以从衣着看出，他是个很在意精致细节的人。一身得体的三件套，外加深色羊绒大衣，无一处不是打理得妥妥帖帖。

就是阿罗看上去有些怕冷，围围巾，戴手套，还不忘用口罩层层包裹。

李林也明显是打扮过的，烫了头，化了妆，还修了指甲，那种明明打扮过又要假装自己寻常出门遛狗也这副模样的感觉太过刻意。

两人一个内敛，一个外放，从进门开始，就仿佛一对相识多年、拥有深厚感情的挚友，有着聊不完的话题和相同的见解。

直至阿罗摘下了他的黑口罩。

整个通透敞亮的现代化客厅，鸦雀无声。

霍楼最先打破僵局，毫不客气地笑了，指着阿罗脸上明显的巴掌印，一点面子没留。终于有了他这个年纪该有的鲜活样，发梢凌乱，桀骜不羁。

阿罗倒是挺坦然的，坦然撒谎："我家猫打的。"

……那你家猫可真是厉害了。

小南很有生活助理的自觉，在给两个经纪人倒过水后，就找出煮蛋器，去厨房准备滚伤口用的熟鸡蛋了。

四个成年人坐在阳光正好的落地窗前，展开了一场属于成年人之间的商业对话。

主要是两个经纪人，介绍了他们下一步商量好的应对方案。衣既明和霍楼只需要负责听以及赞美。

"我登录你的号，回复了霍楼的微博。"李林拿出平板，把衣既明自己微博号上的内容，展现给了正主看。

衣既明平时不玩微博，需要发声的时候，基本都是李林或者小南代理。李林对模仿衣既明的语气，可以说是信手拈来。

衣既明 V：

"@霍楼 你好，我是衣既明。"

这条微博也引发了史无前例的热闹，无数的@、评论以及私信，如潮水般涌到了屏幕前：

"哥哥的偶像，你好！我是哥哥的迷妹！求脸熟！@衣既明"

"哥哥的偶像，你好！我是哥哥的迷弟！求脸熟！@衣既明"

"天哪，霍楼哥哥什么时候也能这么回我一条，我死都愿意！"

千禧年后新生代的粉丝群，热情得总让衣既明费解，怎么能有这么澎湃的热烈情感。

李林又打开了现如今流量最大的娱乐八卦聚集地——海角论坛，让衣既明大略看了一下最新的风向。首页一大半都是霍楼相关帖，高楼万丈平地起，血雨腥风又一帖。

李林为了让衣既明搞清楚情况，很是用心地准备了："这个最有代表性，你可以看一下。"

开帖的人恶意满满，从标题里就能看出——"很想采访一下，hlf（霍楼粉）此时此刻的心情。"

主楼："看到自己的哥哥在追别的明星到底是什么感觉啊？会想唱《绿光》吗？"

但霍粉的反应却……独树一帜。

1L："虽然知道LZ（楼主）在搞事，但作为素质霍粉，我只想说：霍哥哥这次更博，为什么不发自拍?！求宠粉！！！"

2L："虽然知道LZ在搞事，但作为素质霍粉，我只想说：霍少牛×！追星就要大声说出来！"

3L："虽然知道LZ在搞事，但作为素质霍粉，我只想说：哥哥开车照好帅啊啊啊！"

4L："会追星的霍楼，更加真实了呢！"

5L："虽然知道LZ在搞事，但作为素质霍粉，我只想说：人不轻狂枉少年！输了输了，我连'彩虹屁'都比不过hlgg（霍楼哥哥）。"

·············

众所周知，霍楼的粉丝，和娱乐圈大部分流量明星的粉丝都不同，以脑回路清奇闻名。

之前业内还有数据公司专门分析过"霍楼现象"，最后得出的结论：霍楼的粉丝群体黏性奇高，偶发性强，不可复制。霍楼不需要像其他明星那样，经营什么时髦人设，抑或担心哪天用力过猛、人设崩塌，只要钱在，霍粉就在。

不管霍楼做什么，都有粉丝为其买账。

霍楼疑似传出绯闻时，粉丝言论：我们哥哥是霸总，霸总怎么能没对象？我这个正宫允了，让她做小。

霍楼接广告时，粉丝言论：hl（霍楼）不缺钱，接这个肯定是因为它的产品真的好啊！

霍楼传出耍大牌新闻时，粉丝言论：我宠的！咋的？！

总之，霍楼做什么都对。他就这样神奇地在娱乐圈扎根，肆意生长，屹立不倒。

这回的事情尤甚。

·············

110L："看前排基本都在无脑吹，LZ应该懂了吧？hlf根本没脑子。"

111L："虽然知道楼里有人在孜孜不倦地搞事，但作为素质霍粉，我只想说：有绿，就得先有关系，有关系就是说，我和霍楼锁了[①]！谢谢LZ祝福！我们会幸福的！"

112L："我才和hl锁了！！"

113L："我才和哥哥锁了！！"

那帖能排那么高，就是因为后面基本都是类似"锁了"的发言，霍粉成群结队，特意来朝圣，感恩楼主这个慧眼独具的媒人，锁了她和霍楼。

霍楼粉丝这样的反应，确实蛮让衣既明意外的。

---

① 网络用语，指关系牢固、亲密。

霍楼看似不在意地坐在一旁，但了解他的阿罗很清楚，霍楼眼角的余光自始至终就没离开过衣既明半分。紧绷得就像是到了老师面前的小学生，一直到衣既明的眉眼露出了一点笑意的影子，霍楼才终于松了一口气。

他的粉丝，真给他长脸！

衣既明后面又看了几个帖子，手指偶尔会点在几个画风有些微妙不同、口径却出奇一致的跟帖上。在圈子里沉浮这么多年，他几乎可以分分钟从中看出水军的痕迹。

这些水军一如衣既明之前在微博上看到的，不是吹他的颜值，就是吹他的高格调，仿佛他天上有地下无，下凡一回真是辛苦了。

连李林都紧张了起来，在阿罗和霍楼不明其意的茫然眼神里，焦急地和衣既明解释，主要是撇清自己："这些水军真不是我请的，他们都是'灯塔'的人。'灯塔'是巅峰养的职粉工作室。锅在阿罗！明明你可得相信我啊！"

阿罗更加莫名了，水军确实是他这边安排的没错，但是……怎么了吗？买水军上热搜营销、用职粉引导舆论，这不是业内外都清楚的行业潜规则吗？

李林已经快被阿罗的无辜表情气到五官变形了。

因为在李林和衣既明签订的经纪合约里，有一条明确的规定——如非其他合作方强烈要求，衣既明不希望李林主动数据作假。

雇水军吹自己，太假，太尬，也太引起浑身不适了。

等李林解释清楚后，阿罗就不可思议地看向了李林，仿佛他被外星人换了脑子，忍不住问："这种条约你也能签？"

"怎么啦？怎么啦？"李林不干了，叉着腰站起来，就要跟阿罗吵起来了。他已经顾不上维系什么他和阿罗之间的"塑料情"了，一心想要维护衣既明，"我们明明不想造假，有什么问题？我为什么不答应？我一直都是这么正直这么棒的一个人呀！你有意见？"

张牙舞爪得像个护崽的母老虎。

"不敢，不敢。"阿罗总算明白自己为什么时隔这么多年，又被李林假借往事给打了，他只能默默独吞苦果，顺便尽力给衣既明剖析自己动机的必要性。

国内很多明星的资料上，都爱选个国外公认的演技派，来当自己崇拜的人。为的就是通过那种微妙的"我喜欢的人格调很高，所以我的格调也很高"的想法，来给自己立人设。阿罗抬一手衣既明，也是为此。

当然，本身也是因为衣既明过去的履历，确实可以抬得起来，有些人连尬吹都没得吹。

衣既明的演技是真的好，曾有过爆红三次的经历，所谓的"过气"，更像是一种曲高和寡下的自我选择。悉数衣既明参与拍摄过的电影，不敢说投资最多、票房最高，甚至也许都不是什么剧本最为出彩，但有一点却是共同的——衣既明的表现与演技，对得起票价和观众。

也许无法做到最好，那是水平有限，但衣既明至少可以保证，电影里的每一帧都给出了他能给出的最好表演，诚意十足。

衣既明在演戏上的热情，与他平日里的淡定形成了鲜明对比，在镜头前就像是换了个人，他天生就是吃这碗饭的。再加上严苛到令人汗颜的自我要求，真正懂行的导演，请衣既明拍戏时，给出的价格从不会低。

"人生硬核玩家"，这是阿罗分析出的衣既明，他让水军吹的方向也是这个，低调认真演技好，不算出名，但格调高。

霍楼的粉丝，对衣既明的接受度能这么高，也是拜这一波操作所赐。不少粉丝都产生了那种"我霍就是这么牛，他喜欢的人能是一般人吗？不能够！我霍只是眼光独到，不让明珠蒙尘！"

阿罗这个另辟蹊径的操作，真的很厉害，如果没有衣既明不喜欢炒作的意外，带来的只会是双赢。

"没有不喜欢。"衣既明一板一眼地强调，"只是觉得与事实不符。"

衣既明并不觉得自己有什么高格调，他只是做了每个有工作的人都应该做的事——全力以赴。

阿罗叹了口气。

霍楼自始至终没说话，在意识到衣既明不喜欢现在上热搜的局面后，他就停下了手中正在干的一件大事，琢磨起了新的花样。

在阿罗已经明确禁止他再随便发微博的情况下,他破解了自己微博的登录密码,重出江湖。不鸣则已,一鸣惊人,再次扔下炸弹:

霍楼 V:

"被经纪人教训了。作为一个公众人物,我不应该在镜头前留下吸烟的照片。更不应该在开车的时候吸烟,造成交通隐患。在此做出深刻检讨。也诚邀粉丝和社会各界朋友对我进行监督,从今天开始,远离烟草,积极养生!"

[一杯可乐]

只一条微博,大家的笑点,就全部转到霍楼对没有点火的烟还要道歉的事情上了。

"阿罗哥可以说是很严格了。"

"是'狗仔'没有打码的锅,阿罗哥不要生我们哥哥的气呀。"

"可乐泡枸杞才算养生,怎么这么傻乎乎。"

"只有我觉得哪里怪怪的吗?"

霍楼发完微博,反手就联系了灯塔工作室的主要负责人,给自己的这条微博定制了个热搜 N 日游的一条龙服务,保证足可以盖过昨晚的热搜,这才罢休。

阿罗、李林的手机几乎是同时响了起来,他们前后脚地知道了霍楼干的好事。

霍楼理直气壮地坐在那里,根本不心虚,只频频看向客厅猫尾钟上的指针,时间悄然流逝,已经快要指向十二点了。

衣既明自认体贴,以为霍楼坐不住了想走,便道:"时间也不早了,不如我们……"

"一起吃个饭?好!"霍楼自问自答地接了话,一点不害臊,特别厚脸皮,终于露出了大尾巴狼的本质。

然后,就真的一起吃了个饭。

说不清楚霍楼是不是有备而来,B 市最有名的私房菜馆食色阁,在当天中午稍晚些的时候,由加长路虎,把衣既明最喜欢的各式菜色,流水似的送到了他的家里。送菜队伍之长,一眼竟望不到头。

"这些……"衣既明有点迟疑,第一次对自己的判断产生了质疑。

"都是我喜欢的。"霍楼沉稳解释。

衣既明打开霍楼的百科,再次确认了一下对方资料上的喜好。霍楼父母在他很小的时候就离异了,一直到上高中之前,霍楼都是在国外跟随母亲居住,接受的是私立男校的精英教育,饮食早已经完全西化,至少资料上是这么写的,他喜欢吃高热量、高蛋白的食物。

看着如今这一桌纵使美味、也略显清淡的闽式菜肴,衣既明实在是不知道该如何发表感想,他俩口味相近得仿佛复制粘贴。

"资料都是假的。"霍楼也看到了衣既明的手机屏幕,不假思索道。

衣既明知道很多明星的资料都会被经纪公司美化,但像霍楼认得这么干脆的还是头一个。他不禁抬头看去,正对上了青年那逆天的颜值,卷翘的睫毛下,是深棕色的瞳,像极了浓到化不开的焦糖,把微微上扬的眼角都渲染出了一层暖意。

读作"霸总",写作"傻白甜"的人设,可真是犯规啊。

衣既明叹了口气,难得想要多嘴,很认真地对霍楼告诫:"以后别对谁都这么坦诚,你会受伤的。"

霍楼在短暂的错愕后,就笑开了,像绿叶落入池中,看似轻飘,实则早已激荡起了层层涟漪。他轻声又温柔地开口:"好,我会记得。"

小南在一边已经激动得快要晕过去了!

"妹妹,手上留情。"阿罗不得不提醒这位好心给他敷鸡蛋的小助理,她手下压着的是他的脸。虽然他不靠脸吃饭,但他也挺爱美的。

小南略显羞赧,红晕一路从脖颈蔓延到了耳朵尖,手忙脚乱地道着歉。

"没事。"阿罗耐心安抚,风度翩翩,引人向往,把成熟大叔的魅力诠释到了极致。

李林本来正在奶白色的料理台上处理工作邮件,看到这一幕,白眼都快要翻到天上,咕哝着:"死骗子又开始装,早晚遭报应!"

只有衣既明听到了,他不由得侧目。李林会对外人产生这种没由来的敌意,实属罕见。

李林却只是假装没看明白衣既明的眼神,重新低头专心看起了屏幕,仿佛平板上的那些枯燥文件，写得多么引人入胜。

霍楼也终于捣鼓好了他之前在准备的另外那件"大事"，现在万事俱备，只剩开口了！

只剩——

开口！

一直到吃完这顿饭，霍楼的口都没开成。

不是他厌，也不是他闷，而是他怕衣既明会拒绝，那以后就一点机会都没有了。霍楼已经领教过一次，留下了不小的心理阴影。

最后还是阿罗上前，替霍少爷开口："以防后面再出什么幺蛾子，不妨加个微信吧，方便联络。"

李林抱臂环胸，阴阳怪气地冷哼了一声，看向阿罗的犀利眼神，就像是在指责他老牛妄图吃嫩草，抑或癞蛤蟆想吃天鹅肉，总之绝非善类。

"替霍楼要的，"阿罗重音强调，当场让霍楼把手机掏了出来，"想必他们年轻人会更有共同语言。"不只李林一个人在奶孩子，他这边也有个幼稚鬼要伺候。

"幼稚鬼·霍"看上去满不在乎，却连看都不敢看衣既明一眼，生怕被拒绝。心里还在不断安慰自己，不可能要得到吧，衣既明知道我是谁啊，之前那句"无人不知"肯定只是客气，我就等着看阿罗的笑话了，哈，哈。

"好。"衣既明想都没想就答应了，基本的社交礼仪他一直有在努力改善。

峰回路转，天降好友。霍楼心中的烟花，炸了。

霍楼和阿罗走后，小南手脚利索地收拾了半开放式的厨房和餐厅，用从未有过的速度。然后，这个留了个小羊毛卷发型的助理，就抱着小半个黄瓤西瓜，坐到了衣既明对面的小板凳上，紧张地期待了起来。

衣既明看他一眼，一脸不解。

小南不肯直说，只撺掇着衣既明去看霍楼的朋友圈，话里话外都是藏不住的兴奋。她屏住呼吸，差点晕厥，就等衣既明去发现精彩真相。

衣既明不明所以，还是依言点开了霍楼的朋友圈，就没更新过，让人情不自禁怀疑霍楼是不是对衣既明设置了朋友圈不可见。

小南惊呼："这不可能！"她赶忙放下瓜，凑上去点开了霍楼的朋友圈，不信邪地来回翻阅，还真就什么都没有，不毛之地的荒凉贯穿始终。什么鬼？！

"你到底要找什么？"李林皱眉。

不等小南回答，李林的手机再次响起，帮助他知道了真相。

只一个午饭的工夫，由霍楼微博引发的"血案"，就再次出现了反转。本以为"禁烟梗"加上买的热搜，足以压下去霍楼和衣既明的八卦，但偏偏纰漏就出在那条禁烟微博上。

霍楼可乐照片九宫格的朋友圈，不知道被谁泄露了。

"这个透明茶几！我有印象！"

"找到了找到了，衣既明家同款，他三年前过年的时候，发过一张自拍，绝对是同一张桌子。"

"所以……哥哥那条禁烟微博，其实是在暗搓搓地炫耀他喝到了偶像家的可乐？"

"霍楼：我有一杯可口可乐，我一定要让世界知道！"

"可口可乐到底给了你多少钱？我百事出双倍！"

衣既明重回热搜，也不过就是一个错眼间的事，这回大概真没办法再轻轻松松下来了，因为……

"我有一个大胆的想法，但我不敢说。"

"我也……"

"我说，我说！霍楼这禁烟微博，不就是'撤不了在意的人的微博，我就买个热搜把自己送上去'的经典套路吗？"

"我哥哥竟也学会营业了！"

"啊啊啊啊啊！"

小南这样的"霍衣"女孩，眼瞅着就不再是冷门小众群体了。

李林"沉重"地拍了拍衣既明的肩，安慰道："认命吧，重新获得'热搜体质'。"

而此时，霍楼和阿罗还不知道发生了什么。

霍楼一直到离开衣既明家，上了保姆车，都处在一种飘飘然的状态里。唇角嘚瑟的笑容再也压抑不住，甚至哼起了轻快的歌。是一首大众都不算熟悉，但阿罗已经听到耳朵起茧的老歌，最初的演唱者——衣既明。

"我怎么能把你比作夏天？你比它更可爱也更温和。"①

"吃顿饭，就值得你这么开心？"阿罗负责开车。自昨天霍楼开车搞出了个热搜之后，他就暂时性地被剥夺了所有车的车钥匙。

霍楼的父亲霍先生亲自打来电话，和阿罗"亲切友好地交谈"了一番。中心主旨只有一个，他问阿罗还记不记得新《交通法》是怎么出台的。往事历历在目，那个被媒体追车，差点车毁人亡的明星可还没退出娱乐圈呢。

阿罗赌咒发誓，霍楼不会成为第二个惨剧的主角，并毛遂自荐去当没收车钥匙的"坏人"，谁让……霍先生是巅峰传媒幕后不可说的大老板呢。

"你的永恒夏天却总无恙，不会失去你原有的风韵。"

"不只是饭！"霍楼晃了晃怀里的可乐，这是他喝剩下的那大半瓶，衣既明都直接送给他了，"这是明明关心我的证明！"

阿罗努力措辞，也始终没办法让这事显得不那么蠢："我觉得，你和我对咱们离开时的场景，有些不一样的理解。"

只是加微信好友这一件小事，就被霍楼磨磨蹭蹭拖了整整十分钟。如果不是怕太明显，阿罗毫不怀疑，这位任性的大少爷可以磨到地老天荒，争取长在衣既明家冷淡风格很是明显的客厅。

阿罗都已经替霍楼打开手机，准备扫码添加了。霍楼却故意横生枝节，终于鼓起勇气找到了嘴，主动接过话头去和衣既明交流，表示不要用工作号的微信加，要用生活号。

阿罗当时没拆霍楼的台，这时回忆起了才想到要问："我怎么不知道

---

① 出自莎士比亚《第18号十四行诗》，原译文为："我怎么能够把你来比作夏天？你比它可爱也比它温和。"

你连微信都分什么见鬼的工作号和生活号？"

霍楼和大部分明星不同，一贯走的是我行我素的路线，没什么只能在小圈子里流传见不得人的发言。他发出来的，都是他觉得可以和全世界分享。也是因为他平时都忙着用各种小号追星拉票了，没时间切换更多的号，娱乐圈这边他一直就只有一个号，对内也对外。

"我新注册的呀。"霍楼对开小号这事可太熟练了，他还开心地抱着那半瓶可乐，犹如一个坐拥金矿的大金主，可以说是很富有了，"就发禁烟微博之前，我重新注册了个微信号，让我的这个朋友圈只有明明一个人！永远只有明明！是不是很机智？！"

这就是霍楼在干的"大事"了。

阿罗无语，随后感叹："你怕不是追星追坏了脑子！"

然后，由于在阿罗告辞的时候，霍楼嘴上答应，一双大长腿却像是灌了铅似的，根本挪不动步，衣既明误会了霍楼的意思，就试探性地送了可乐。

在霍小王子滤镜有一米厚的梦幻世界里，这就是明明在意他的证明，不服不辩！

"你倒是提醒我了！"霍楼如大梦初醒，"我得给明明发个微信。"

"喊，"阿罗一个转弯，平稳上路。他的眼角始终挂着嘲讽，不是他说，但在这辆车里，除了他以外的真的都是傻子，"那你倒是发啊。就这么定了，回公司之前，谁不发，谁是小狗。"

一直到保姆车开到了巅峰传媒的地下车库，霍楼死盯着手机屏幕，从后座传来了幽幽的一声："汪。"

"只要人能呼吸，双目尚明，这诗就流传，并给你生命！"

下午，巅峰传媒大楼。

霍楼正站在中层的露天平台上，顶着强劲的寒风……听冷得直哆嗦的阿罗给他汇报情况。

现在的局势已经很明显了，从霍楼的小号被扒出，到朋友圈泄露，真不是他们被害妄想症，确实是有人在有计划地针对霍楼。先放小料试探风向，再逐步渗透引导舆论……有备而至，来势汹汹。

即便没有霍楼可乐照那"点睛一笔",也会出现其他情况,强行把霍衣二人扯上关系。

"就是不知道对方到底打算干什么。我一开始猜了个大……大概……咱们非要选这么一个地方说话吗?!"阿罗气急败坏,他真的挺怕冷的。

"有范儿。"霍楼穿得倍儿厚实,还很有心机地躲在了背风的灰色墙壁后面,口不对心道。

阿罗给了霍楼一个"你猜我信不信的"冰冷眼神,让霍楼自己体会。

霍楼这种大少爷,能愿意在这么大冷天里,不回四季如春的办公室,非死赖在露台上遭罪,必然只可能是因为……

霍楼不想吃草。

而霍楼的父亲给他请的营养师,如今就在这栋大楼里。

"那不是草,是蔬菜,里面蕴含着大量……"

"说不吃,就不吃!"霍幼稚拿手捂住了自己的嘴,不比小学生的表现好多少,他赌咒发誓,"我,霍楼,对着这个天,对着这个地,对着这个露台发誓,我就是饿死,从这里跳下去,也绝不会吃半根草!"

霍楼的饮食习惯其实也不算完全西化,至少他就挺不喜欢吃沙拉的,甚至可以说是深恶痛绝。但他爸给他找来的营养师就跟个唐僧似的,一见到他就要给他讲不吃蔬菜的百大危害,时不时还会发个微信养生小课堂,惹不起,只能躲。

阿罗没空和霍楼较这个真儿,只想赶紧说完,远离寒冷:"我……"

一股冷风,从林立的高楼大厦之中呼啸而过。阿罗彻底闭了嘴,改用手机打字交流。

两人就跟特务接头似的,躲在避风处,跺着脚开启了这趟静寂无声之旅。

"我一开始猜的是,对方先放你的小号,等着你来反驳,或者是甩锅,然后再用早就准备好的实锤打你的脸。来来往往几个回合,就能把你钉在表里不一的骗子形象上,你的公信力度也就随之破产了。那后面不管对方再给你抹多少黑,咱们也只能受着。"

但是如今对方的第一步,就已经被霍楼的"追星脑"给破了。

可对方还是按部就班地继续着这场炒作,这就说明,对方的目的并不是"狼来了",而是转换了策略。

这事说大不大,说小不小,偏偏就是很难操作,不好安排反击策略。因为他们安排的解释舆论,指不定就正中对方下怀。就好像怀抱一颗定时炸弹,你冒险拆弹,有可能成功,也有可能直接把自己炸死。

但可以肯定的是,如果什么都不做,那就不是在静观其变,而是把屠刀的使用权直接交到了对方手上,想什么时候宰你都行。

阿罗分析了很多。

霍楼听得也极认真,并很快给出了反馈,他把接下来的一系列计划都已经想好了。

霍楼从小到大的生长环境可算不得什么蜜罐,豪门不比娱乐圈轻松。现在的这些对霍楼来说就是热身赛。他要是准备得太郑重其事,那才是给对方脸了。

"干就完事了,我怕过谁?!"

阿罗终于看完了计划,消化几遍才终于找到了嘴巴,震惊发声:"你还要把事情闹大?你疯了吗?衣既明怎么办?他不是很讨厌被人关注吗?"

如今的风又大了许多,阿罗只能扯着嗓子,声嘶力竭地喊。

霍楼给了阿罗一个"你神经病啊"的匪夷所思的眼神,灌着冷风,不紧不慢道:"在娱乐圈里混的,讨厌被关注?"

衣既明不想参与的是数据造假,不是被关注或者爆红,他可是先后有过三次爆红经历的人。

"对明明来说,演戏就像工作,而红……就是工作里不得不附带的加班。他既不喜欢,也不会讨厌。顶多就是……"霍楼停顿了一下,像是在回味什么,想着想着,自己先笑了,眉眼间俱是温柔,"觉得烦了点。"

"可……"阿罗还想再说,但冷风就是一个劲地呼呼往他胃里扇,说也说不清楚。

"你按照我说的去做就完了。"霍楼胸有成竹,一锤定音,"如果我没猜错,我还要谢谢对方给了我这个机会呢,能让我和衣既明一直有交集。"

"那你还要在钓出人来后往死里整?"

"搞我？我可以当打发时间的游戏，陪他玩玩，"霍楼站直了身子，一口咬碎了嘴里用来戒烟的棒棒糖，眼神阴鸷，表情凶狠，"搞我男神，就是他自找的！"

话题结束，尘埃落定。

霍楼倚着墙，终于不再犹豫，低头编辑起了给衣既明的微信。他也没想到，第一条发给衣既明的微信会是："抱歉，连累了你。"

衣既明的回复很快，看来也是手机不离手的人，他在网上的话，明显比现实里多："没事。我只是不想数据造假，对上热搜没有想法，不喜欢，也不讨厌。演戏是工作，上热搜就是工作之外的加班，没人喜欢加班，但勉强也算是我的工作范畴。"

衣既明的反应，竟和霍楼的猜测相差无几。

霍楼得意极了，特意把聊天页面递到阿罗眼睛底下，他就是这么了解衣既明！

"看来未来很长一段时间，我们要当同事了。"衣既明又发来了一条。

这回，霍楼就不给看了。活像个守护宝藏的巨龙，又或者是守财奴，收起了手机，神神秘秘地给衣既明回消息，生怕再被阿罗看到一星半点。他偶像的消息，只能他独享！

阿罗注视了霍楼的侧脸很久、很久，只能换角度打击："你想说那种为了衣既明而'天凉王破'①的中二话，其实已经很久了吧？"

霍楼转身，咧着灿烂的笑脸："也就一般久吧。"

为你排忧解难，为你披荆斩棘。

…………

霍楼最终还是被营养师逮到了，就在阿罗离开露台后不久。霍少爷誓死捍卫着自己不吃草的权利，哪怕对方把状告到了他爸那里，也没有松口。

拿过营养师的手机，霍楼和他爸理论了一番。

"人类经过亿万年的辛苦进化，好不容易才爬上了食物链顶端，可不是为了让子孙后代继续吃草的！

---

① 网络用语，即"天凉了，让王氏集团破产吧"的缩写。

"每个成年人都有吃肉的权利,神圣而不可侵犯!

"我身体健康着呢,才不会出问题。

"不劳你操心,我这辈子都不可能吃草的,说到做到!

"再见!我也爱你!"

众所周知,霍楼他爹很宠儿子,但他们父子之间的相处,却远没有外界猜测的那么温馨。父子俩都独断专行惯了,王见王,硬碰硬,结果就是这对父子总是吵个没完。不见面的时候会想念,见了面就准会吵起来。

"他根本不想我!他只是想教训我!"霍楼高中回国的第一年,在和母亲的越洋电话中曾这样信誓旦旦。

霍楼成年搬出霍家大宅自己单过后,他父亲才有所收敛,尽量避免和儿子再起正面冲突,可还是有控制不住脾气的时候,好比在刚刚的电话里。

霍楼也很生气,导致他直接按了静音,手机振动的时候,他也没看来电显示,接通后直接用不算太友好的语气道:"说!"

那头的人明显没有料到,霍楼接起电话会是这样一个语气,停顿半响后才道:"我是不是打来得不是时候?"

衣既明!霍楼整个人都要不好了,再也顾不上在男神面前维持什么人设,只想着解释,"不是,没有,我是说,我这边已经结束了,你打来得刚刚好。有什么事吗?"

"我四点会和李林一起去巅峰传媒。"衣既明正效仿着霍楼之前打来电话的社交礼仪,他很重视这些,努力想要像个正常人那样去生活,"我们会准时到。"

霍楼本来又要变成他自己最熟悉的那个锯嘴葫芦,越是懊恼,越不会说话。

脑海里再次响起了来自父亲的嘲讽——给衣既明一个新开的微信小号加好友,这是一个多么"天才"的主意啊,特别是在全世界都在疯传你朋友圈的现在,他一定会以为你是故意对他设置的朋友圈不可见。儿子,你这是什么想要引起偶像注意的新招数吗?还真是充满了不拘一格的想象呢。

"我朋友圈没有对你设置不可见。"霍楼一个冲动,话就说出去了。

万事开头难，既然已经说了，接下来反倒是容易了，"被泄露的是我另外一个微信，我给你的是很私人的那种。"

"我知道了。"纵使衣既明不明白霍楼为什么要对他解释，但他还是出于礼貌回复他。

"你别不信我。"

"我相信你。"

霍楼明显有点不信衣既明的话，一着急，脾气就又上来了，内心冒火，他想对衣既明大吼，想让衣既明明白，但最后……千般脾气，万般急躁，在想起衣既明温润安静的双眼时都烟消云散，小心翼翼道："那……前辈，我们开完会，一起去吃个饭吧，我请你。"

"你已经请过了。"衣既明在礼仪交往上总是特别死板，秉持不想欠任何人的那种礼尚往来，"要请也应该是我请。"

"好啊！"霍楼更开心了。

"但我晚饭吃的比较特别，不如改天约个中午吧。"

"别，我什么都吃！"霍楼有点迫不及待，就像是平安夜就已经知道了礼物藏在哪里的孩子，是绝不可能等到圣诞节再去拆的，"从之前的情况来看，咱俩的口味挺相近的。"

衣既明沉默了一会儿才道："真的什么都可以？"

"对！"

"我晚上只吃沙拉。"衣既明本是想着，如果霍楼不吃，那就他自己吃沙拉，给霍楼点别的，但还没等他说出这个主意，霍楼就已经接了话。

"我最喜欢吃沙拉了！"

咸鱼第二次翻身

★ 接机风波 ★

Ji Ming

衣既明最终没能出席下午在巅峰传媒召开的会议，因为李林又不许他去了。

给出的理由特别敷衍："我就是这样善变的烟火！"

小南一路目送"李烟火"驱车离开，确定他真的走了，假使要杀个回马枪也需要时间才能进门后，这才敢像个大奸臣似的，来衣既明耳边进谗言："我刚刚日观皇历，掐指一算，'娘娘'此次前往番邦和谈，恐必有一战。"

衣既明毫无波澜地回道："说人话。"

"我估摸着，boss 是要和阿罗对撕，才不敢带上你的。"

以衣既明为圆心，半径十米以内，总是自带一种让身边人很难骂出太难听的脏话的老干部气场。李林每到了担心一腔尖酸刻薄无法发挥的时候，就特别不爱带上衣既明。

"他们为什么要对撕？"衣既明不解，他正在按照李林的要求，动作标准地在器材上锻炼腹部肌肉。

"咱们和巅峰传媒，因为你和霍楼，眼瞅着就要建交了，但君子和而不同，开始'蜜月期'之前丑话必然要说在前头。合同、待遇，总之是要谈出一番天地……吧。"小南其实也不知道李林具体为什么突然又改了主意。李林平时就挺爱临时改变想法的，除了"李娘娘"以外，他在公司里还有个外号叫"李三变"。

"和而不同，不是这么用的。"衣既明在举哑铃的同时不忘认真指出语病。

衣既明没有问题了，只是在做完又一组动作后暂停下来，礼貌地给霍楼发了一条微信，确定一下他们晚餐的约定时间要不要推迟几个小时。李林要真是奔着和阿罗对撕的目的去的，那这个会议肯定就要没完没了了。

"没事，还是那个时间，我会提前走的。"霍楼就像是时刻守在手机那头，衣既明的消息刚刚过去，他就火速回了消息。

"[我跟你讲，你这样是会被打的]"衣既明随手回了个从小南那里"盗"来的奇奇怪怪的表情包，随后就深呼吸，开始了下一组的锻炼。

霍楼小心翼翼地只截了衣既明发表情包的图，熟练地连衣既明的头像和名字都结结实实地打上了消除码，然后才把图片发到了自己另外一个微信号上。

点开群聊开始炫耀。

"快乐一家人（13人）"微信群内。

明明宇宙第一好："我的明明竟然会发表情包，他好可爱！！！[捧大脸]"

女装大佬："没兴趣，谢谢。"

你看有人理你吗："……"

有钱："发个红包买你闭嘴，可以吗？"

卖肉求生："老大，一个小时前你才说过，明明连发微信都是标点符号俱全，一板一眼，我打赌他一定是那种连表情都不会用的老干部，他好可爱哟。"

明明宇宙第一好："[羞涩][羞涩][羞涩]你们就是嫉妒我见过明明真人了！他超好看的！腿特长！腰特细！眼睫毛有——这么长！"

至今没搞清楚状况："不是，咱们组合自解散后，这个群不就名存实亡了吗？！"

卖肉求生："复辟了！"

至今没搞清楚状况："什么时候？？"

明明宇宙第一好："就今天！"

女装大佬："朋友圈没得炫了，就来群里折磨别人的眼睛。"

有钱："[红包]"

有钱："[红包]"

有钱："[红包]"

有钱："[红包]"

有钱:"[红包]"

好好的群聊,就这样在金钱的腐蚀下被刷屏了。霍楼这次秀偶像,有点没滋没味,略显生气。

但很快他就不气了,脾气来得快也去得快,全因衣既明又给他发微信了!

衣既明准点到了和霍楼约好的西餐厅。餐厅位于保密性很好的大厦顶层,八十八层。全透明玻璃屋顶,在星空闪耀的夜空下,纵览奢华夜景。先不管菜好不好吃,只这个格调就可以说是很高了。

霍楼早已经到了,正坐在观景吧台上沉思,面前摆了杯白兰地,深沉的酒色伴随着辛辣木香,在灯光下流动着刚劲的活力,与霍楼焦糖色的瞳孔相得益彰。

走近一看,衣既明才发现,霍楼正在苦大仇深地嚼棒棒糖,嘎嘣脆。

霍楼的戒烟微博只是一时冲动的产物,但既然已经发了,他也不打算收回,又不是真的打算让自己转行去当戏台上的老将军。只是霍楼的戒断反应比谁都来得早、来得快,还来得迅猛,他嚼了一天的戒烟糖,内心的躁动也没见缓和。

香烟的曼妙,在霍楼的脑海里萦绕,始终挥之不去。谁又能取代它对自己的吸引呢?!

就在霍楼刚刚想到这话时,穿着一身笔挺西装的衣既明就由远及近地走进了霍楼的视野。简单干练的气质,遇事从容不迫的性格,却永远都比任何人要更加努力地去认真生活,这就是他了解的衣既明!

"抱歉,久等了。"

"我也是刚到。"

吧台后的酒保默默替霍楼把他一个小时前就点过单的小票给收了起来,并贴心地在自己的记忆里删掉了霍霸总一个半小时前刚进来时,那个兴奋得就像是第一次逃课出来的小学生形象。

从吧台到包间,霍楼一路非要代替服务生的工作,亲自在衣既明前面带路,边走边说:"我准备了一些别的布置在里面,如果你觉得困扰,我们可以……"

"不会的。"衣既明摇摇头,他之前看过一些介绍有钱人生活的纪录片,深切明白这些有钱没处花的富二代有多会瞎折腾。哪怕是去餐厅赴约,也要自掏腰包请专人设计,重新布置包间,空运鲜花,餐具闪亮。

但衣既明万万没想到……

在为他敞开的双扇门背后,等待他的不只是鲜花古董,还有一整个的摄影团队,灯光音响已经就位,化妆师时刻待命。

衣既明看着这些,忍不住腹诽:对不起,我大概还是不够了解你们有钱人的脑回路。

"有钱·霍"的脑回路其实挺简单。

"抱歉,临时有了新工作。"霍楼眼含歉意地看着衣既明,对他解释道。

霍楼作为顶级流量,又一直走的是很成熟的商业化路线,日常的忙碌状态和已经断粮三个月的衣既明截然不同。他最近每天基本只能睡四到五个小时,睁眼就是采访,睡前还在拍广告,好不容易争取来的仅有的几小时空当,全部攒到了中午和衣既明吃饭的时间上。

晚餐的时间空当是以牺牲未来一周的休闲娱乐为代价才从阿罗的虎口里夺下的。结果,事到临头,还是多了个推不开的通告。

仿佛生怕衣既明跑了,霍楼对衣既明保证:"我只答应给他们半小时的拍摄时间,就几个晚餐镜头,然后他们就会去拍餐厅环境了。很快消失!"

衣既明礼貌性地问了一下:"这是什么通告?"

"《有钱人的一天》,一个真人秀综艺,你听说过吗?"霍楼虽然这么说着,却已经在心里替衣既明先行否定了。我们家明明这么热爱表演艺术,才不会看无聊的综艺呢,要不是自家投资的综艺,他也不会答应参与录制。

"看过。"衣既明其实日常还是个蛮有娱乐精神的人,李林还给他下达了不少必看的学习任务,了解最新动态,"现在台综里的第一,苹果台的王牌,全网播放量破百亿。"

《有钱人的一天》是无数流量明星打破了头也未必能够上的一档爆

039

款综艺。节目内容如节目名字，就是拍有钱人一天的吃吃喝喝，由五个固定主持和一到两个嘉宾组成。一期一个主题，以一位C国富豪……的儿女或爱人为切入点，近距离带观众去探索一场昂贵到让人不敢想象的奢华之旅。

《有钱人的一天》自去年夏天开播以来，播放量和口碑都很好，如今已稳步播放到了第四季，观众的热情仍未消退，反倒是因为"自来水"[①]的良好口碑，扩大了主要受众群体。现在，这已经是一档上至八十岁下至十几岁都很喜欢看的全民明星真人秀了。

之前一直就有传言，《有钱人的一天》将会在第四季收官的时候，请到一位真正的超级富二代，对方同时也是一位当红流量偶像，但一直没人敢去碰瓷，猜嘉宾是霍楼。

毕竟节目虽然打着观察有钱人生活的旗号，也确实拍的都是真正的富豪人家，但事业有成的大佬还是出现得很少。出镜更多的往往是富豪家里更喜欢出名的年轻娇妻或者纨绔子女。李林之前还和衣既明八卦过，《有钱人的一天》真正的赚钱渠道，不是广告也不是赞助，而是那些为了露脸的富二代所花钱拍下的名额。

毕竟一季只有十二集，一到两集一个富豪，一季也就六到十个名额。

有钱有闲、想要出名的富二代，远超出大众的想象。

霍楼一开始确实为这次约会准备了拍摄团队，但他只是想力求完美，给自己和衣既明的第一次饭局拍张照，留个纪念。偏偏阿罗在听到霍楼要去的餐厅和安排后，当机立断就敲定了要趁此机会，多拍些收官之作的花絮素材。

一开始，霍楼当然是不可能答应的，哪怕是自家投资的项目，也不能占用他和偶像相处的私人时间！

但阿罗与霍楼合作多年，实在是太了解怎么针对霍楼的软肋，让这位大少爷妥协。

"你难道就不想和全世界分享你和偶像一起吃饭的瞬间吗？

"你就不想让男神看到你认真工作的一面吗？

[①] 此处特指怀着满腔热情义务帮忙宣传的粉丝。

"照片是死的，视频是活的，我到时候让他们把饭局的全程都录下来，打包发到你的邮箱，只此一份，不留备忘。"

霍楼可耻地心动了。

但真正压倒霍楼的稻草，还是电话那头阿罗扔下的致命诱饵："万一你的明明看你录综艺还蛮好玩的，也想要一起参与呢？我现在就可以给你保证，只要衣既明点头，他就是你那期唯一的嘉宾。"

和自己的偶像合作一部作品，一起出现在镜头前，是少年霍楼最大的梦想。

霍楼会如何选择，不言而喻。《有钱人的一天》的剧组团队，是在霍楼和衣既明约定见面的时间前十五分钟左右来的，这已经是他们所能够赶来的极限。

霍楼会坐在吧台烦躁得想抽烟，就是他正在和脑海里的自己打架。

一个小人说："你何德何能让衣既明答应？"

另一个小人说："对！"

衣既明认真想了一下，才问："我可以先给经纪人打个电话吗？"

"当然，请！"

趁着衣既明去打电话的工夫，霍楼抓紧时间……补了个妆。男星也是要化妆的，让五官显得更加深邃立体，皮肤光滑。这挺考验技术的，霍楼有爹娘给的本钱在，一般不爱涂涂抹抹，今天却主动要求，不能有任何一处不完美！

等衣既明回来的时候，化妆师团队已经从霍楼身边散开了，仿佛刚刚无事发生。霍楼坐在高脚凳上，努力压抑着心中的期待，试探性地问了衣既明一句："李林怎么说？"

"我不会参与节目录制。"衣既明连回答都依旧是毫无情绪波动的四平八稳。

"哦……哦！好的，那你在这边坐着等我一下，我马上就能拍好。"霍楼强颜欢笑。说不失望，那肯定是假的，但很快他就想开了，他才不想和全世界分享自己的偶像有多好呢！

"不过，我不介意在花絮里，以衣姓友人的身份出现一下。"

《有钱人的一天》一季的嘉宾名额少得可怜，有些富二代就想出了个奇葩操作——以友人的身份客串。关系好的，自然不会介意叫上朋友，一起在镜头前展示他们的生活，甚至还有由于种种原因而零花钱受限，一起凑钱拍名额的情况。

什么叫峰回路转？这明明是柳暗花明！

"我们是朋友了吗?!"霍楼已经想要下楼跑个十七八圈来冷静一下自己过热的大脑了，明明说他们是朋友！

"我以为我们是……"

衣既明的话还没说完，就被霍楼的笃定打断："我们必须是！"

最终，原定计划里的半个小时快拍，就被霍霸总大手一挥，变成了三个小时的漫长艺术摄影。全程都是衣既明要吃的沙拉，各式各样的味道和食材搭配，每盘只有一小口，但都是清爽可口、层次丰富，让人会觉得不虚此行的上品。其中最贵的那道，甚至点缀着昂贵的白化鲟鱼子酱。

那天整顿晚餐在霍楼眼中都充满了梦幻的滤镜，洋溢着暖阳气息，连嘴里的草都有了一番别样滋味。

等到结账的时候，霍楼掏出了卡，拦下了衣既明，不是不让衣既明花钱，而是："会员卡，能打折！"

衣既明总算发现了，霍楼的人设其实挺谜的。

黑色的会员卡果然不同凡响，衣既明看着西装革履的服务生拿来的账单上显示的一块钱，总觉得哪里不对，忍不住开口："什么样的会员，能打这种折？"

"当这个会员是董事长儿子的时候。"霍楼说，"这餐厅是我妈集团旗下的产业之一。"

衣既明心道：失敬了。

霍楼天生有一种刻进了DNA里的狡黠，哪怕还是会因为和衣既明说话而紧张，但该有的福利也绝不会放弃："你要是不喜欢，明天我们可以去试试日料。"

"好。"

等等，不对，怎么就明天了?!

"后天也可以啊。"

霍楼最终……并没能如愿和衣既明约成第三顿饭。

不要说后天了，后周也不可能，阿罗已经把霍楼的通告行程，密密麻麻地安排到了下个月。霍楼再不认真工作，阿罗大概就要考虑用吊死在衣既明家门口来威胁他的可行性了。

霍楼的父亲还特意发来了关（嘲）心（笑）微信："听说你最近有点力不从心了呀？"

"我好得很!!"

霍楼长这么大还能这么叛逆，和他爹这种习惯性的嘲讽绝对有着密不可分的关系。

在亲爹"爱的鼓励"下，霍楼不仅扛下了所有的工作，还维系住了他和衣既明的良好开端，并顺利过渡到了"只要一等他俩都有空，随时可以把第三次约饭续起"的新关系上。

在霍楼忙着当一个敬业的流量偶像时，衣既明则重新过起了宅在家里的老年生活，一切看似和过去的三个月没什么不同，但一切又好像在悄然间翻天覆地。

一种名叫"霍楼"的生物，自误打误撞闯进衣既明的生活后，就没打算再离开。

虽然和衣既明约好了，在遥远的未来，他们肯定会有第三顿饭，但霍楼还是有点不放心。有天晚上做噩梦惊醒，都是因为梦里的衣既明和他说约定不作数了。

为保证到嘴的天鹅不会飞，霍楼顾不上什么面对偶像的紧张，一天三次地坚持和衣既明频繁联络。他还特意在手机上标红设置了日程提醒，让自己以一种既不会过于打扰衣既明，又不至于让衣既明忘了他的节奏，努力在第三顿饭局到来之前怒刷存在感。

阿罗欣慰极了，自己家养的"猪"，终于会去拱别人家养的"猪"了。

霍楼也就没好意思说，他虽然敢联络了，但在打开衣既明的微信时，还是会有一种想要先沐浴焚香的冲动。

霍楼真正有热情的主战场，还是在微博。有些人不只线上线下两种风格，在不同的社交平台，也会展现出不一样的自己。霍楼就是。他工作压力越大，就越喜欢抓紧一切可以利用的空隙，刷微博、发微博。最忙的时候，一天三十条不在话下，微博小王子的称号绝非浪得虚名。

只不过，霍楼过去发的不是自己的沙雕①日常，就是一些无谓的"哈哈哈哈哈哈"。

现在，霍楼有一半以上的微博内容，都是围绕衣既明展开，两人互动频繁。小南每天沉迷微博不可自拔，敲碗等粮，不亦乐乎。

李林被烦得不行，直接把微博的掌控权重新交给了衣既明，强迫他学会应对，因为——"我是有正常工作的人，没空整天陪霍知了叫夏！"

霍楼这段时间给李林的感觉，就像是大夏天的知了，趴在树上一叫就是一个夏天。"男神你在吗""在吗""在吗""偶像快出来玩啊""玩啊""明明你看这个沙雕图是不是超傻的哈哈哈哈哈""哈哈哈哈哈哈哈哈"。

李林都快被霍楼烦成神经衰弱了。

等衣既明接手微博后，却发现并没有李林形容的那么夸张，霍楼确实喜欢@他，和他分享一些有趣的段子，但也不至于烦人啊。李林实在是太抓马②了。

李林拿过手机一看，果然和他接手时的画风截然不同。

……霍楼到底怎么做到的？李林也很是震惊。总不能是霍楼真的能精准分辨出微博后面到底是他还是衣既明吧？要是他，就敢可劲骚扰，假装自己和偶像互动的愿望得到了实现；要是衣既明就安静得不敢打扰？

不管霍楼到底是怎么做到的，因着他这段时间不加掩饰地和衣既明互动，全网已经见怪不怪了，还神奇地促进了不少学生粉奋进，想要将来也成为霍楼这样的粉生赢家。

衣既明因此接到了不少人的电话和微信消息。

有来自老友真实的关心，某位一直很欣赏衣既明演技的老前辈，甚

---

① 网络用语，指有趣和搞笑的人或事。
② 网络用语，英文 drama 的音译，指富有戏剧性的人或事。

至和衣既明直言："如果是霍楼不讲究，利用他爹搅风搅雨，不要怕，我这边也认识几个大佬……"

也有来自不是朋友，却强行假装是朋友的人的试探，他们大多是在过去和衣既明有过合作，等衣既明 flop[①] 了就人间蒸发，如今又可以像没事人一样地凑上来。哪怕他们打电话只能打到小南负责的工作号码上，也还要坚持打听一下衣既明和霍楼到底是怎么回事。

"这还真是贫居闹市无人问，富在深山有远亲。"小南气得叉天叉腰，和李林告刁状，"他们敢这么来骚扰明哥，不就是欺负明哥现在没过去红了吗？有本事去问霍楼啊！"

"不对，他们那么糊，根本接触不到霍楼！"

"那你想怎么办？"李林这天带着运动包到了衣家，正在客房里换瑜伽服，隔着门和小南聊天，"套麻袋打他们一顿？"

"呃……"小南其实也不知道该怎么办，所以她才会找李林给她家明太子做主。

李林换好衣服，拉开门走了出来。面对一身闪瞎人眼的荧光粉，小南也敢闭眼瞎吹："boss 您今天这身可真好看！"

李林摆出一副"那还用说，我自然天下第一好看"的自信，对小南道："公司自己的艺人，我会敲打，至于外面的……"李林眯起了眼睛，笑得就像是大鲨鱼，"现在就差一个主动送上门来让我们立威的野鸡了。"

衣既明早已经在健身房里一边做热身，一边等着李林了。

李林是个健身狂魔，不仅追求瘦，还要瘦得好看。每个在李林手下的艺人都逃不过。衣既明是李林最喜欢的健身伙伴，因为他最闲，也因为他就和个机器人似的，自律又刻板，每天都有固定的锻炼时间，风雨无阻。只要李林觉得时间合适，他就会来。

顺便谈点工作啊，人生理想什么的。

在 "Single Ladies" 标志性的 "All the single ladies" 的音乐里跳起舞的李林喊起了奇奇怪怪的口号："背薄一寸，年轻十岁。一二三四啊，

[①] 用法源于欧美娱乐圈，指艺人过气。

再来一遍！"

衣既明面无表情，动作标准，却也是发自真心地想要拒绝李林。李林最近不知道从哪里听来了一个有关"年轻背"的莫名理论，就和他之前热爱的臀膜一样让人不知道该说什么。

"你今天来就这一件事？"衣既明很熟练地想要唤起李林对工作的热爱，早点结束今天的尊巴舞。

"那倒不是，还有一件，"李林一边跟着音乐律动，一边四个字、四个字地随着节奏说，"锻炼之后，与你细说。天大好事，不用谢我。"

然后，音乐就到了李林最喜欢的那段"Wha-oh-oh-oh-oh-ooh-oh-oh-oh-oh-oh-oh"，他开始用尖细的嗓音跟着歌手的原声引吭高歌，一点没觉得自己的五音不全会给别人造成怎样的精神伤害。

最终，解救衣既明于水火的，是在他们跳完两首歌后拿着平板闯进来的小南。熟悉的话语，熟悉的场景，只除了人物从公司的实习助理，变成了衣既明个人的生活助理。

"明哥又……又上热搜了！！"

李林立刻扭头，眼含杀气，想也不想地诘问道："霍楼那个傻子，又干了什么好事？！"

但这回还真不是霍楼的锅，至少挑起的人不是霍楼。是一个曾经与衣既明有过合作，如今已经糊到三百六十线的女星。她暧昧不清地在一个小得不能再小的网络平台的直播访谈里，暗示她在和衣既明同剧组时过从甚密。

这种一看就是很立不住脚的自爆，强行贴着衣既明炒作，尴尬的意图已经明显到连路人都看不下去了。

这就是对方的目的，她已经很多年没什么水花了，久到让人都不记得她曾经红过。她一点都不怕因为贴着衣既明炒作而被骂，只怕被遗忘。

李林的眼睛一下子就亮了，杀鸡儆猴的鸡，来得可真及时！

小南颤颤巍巍地举手，打断了李林的畅想："但明哥上热搜的原因，不是这个。"

说直白点，像过气女星这种连姓名都不配拥有的小角色，再花式作妖也不可能上热搜。娱乐圈就是这么一个势利的地方，你红，拍个可乐都能上热搜；你不红，当街裸奔大概也只能得到一个平安B市的拘留通告。

小南把平板上的内容投影到了大屏幕上，用激光笔指出了事件的源头：霍楼被扒出来的那个论坛小号的又一段金句——

"明明你还是个宝宝啊，爸爸不允许你谈恋爱！"

嗯，当年娱乐圈还流行过亲妈粉、亲爹粉这种粉生群体，给不少流量明星生造了一批还不如自己岁数大的"爹妈"。

十四岁的霍楼也曾有幸是其中一员。

面对如今衣既明这个莫名其妙的绯闻，不等霍楼撸袖子亲下战场，他的粉丝已经帮他战斗在了第一线：

"我霍的明明还是个宝宝啊，才不会传绯闻呢！"

"我霍的明明还是个宝宝啊，才不会传绯闻呢！+1"

"我霍的明明还是个宝宝啊，才不会传绯闻呢！+2"

…………

"霍霍稳住，明明稳住，千万别下场，这种nbcs[①]，不配被你们关注到！让她一个人舞！"

"我霍的明明还是个宝宝啊，才不会传绯闻呢！+10086"

阿罗在接到消息时，一颗心紧张得差点跳出来，生怕霍楼再冲动。

结果，等他紧赶慢赶，好不容易到了霍楼录制节目的现场，却看到这位正在那儿不停地切换小号为衣既明组成千军万马呢。根本没空安排自己的大号下场。

霍楼一边复制粘贴，一边冷哼，你根本不配让我们明明亲自回复你！

霍楼少不更事的金句能闹上热搜，当然不可能只是因为他养了无数个精分的自己。

就在当天稍晚些的时候，微博上不少的艺人都下场转发了有霍楼金

[①] 网络用语，"nobody cares"的缩写，指没人关心在意的人或事。

句的那条微博，借着"哈哈哈哈哈哈"，巧妙地帮衣既明摆脱了不好澄清的绯闻。毕竟那位女星在采访里，并没有直接点衣既明的大名，只是用"最近因为被发现是 h 姓当红流量的年少偶像，而回暖的演技派艺人 yjm"代指。若衣既明这边正儿八经地发个追究法律责任申明，那就变成了上赶着对号入座。

这招"我可没有说你，是你非要自我代入"的无赖说辞，不只娱乐圈里有，日常生活里也是屡见不鲜。

确实恶心人，又不好回击。

不少圈内公司都在关注着这场平地起波澜的八卦，分析着衣既明怎么能杀出重围。

"如果是同样攻击回去，然后再说一句'我也没说你啊'，就太幼稚了，又不是小学生互撑，还会遂了对方想要出名的愿。"

"衣既明这招就很高明了，先有粉丝主动表示的不陪聊，抢占大众的第一印象；又有各路明星为他转发，转移注意力。"

"该澄清的都澄清了，又没有让人沾到一丝半点的光。"

全网现在就只剩下了嘲笑少年霍楼的一腔当爹之心，根本没几个人还记得这件事的起点。

其他人并不好效仿，因为找不到那么多大牌明星心甘情愿帮他们发声。

"那衣既明哪里来的这么多大牌明星帮腔？"

这个问题让很多人费解，毕竟衣既明平时看上去不显山也不露水的，没想到圈内人缘这么好。

但其实衣既明自己也不知道答案。

转发的明星，一半是巅峰传媒和未来娱乐的人，这还算好理解，前者看霍楼的面子，后者作为同公司的同事。另外的四分之一是衣既明的旧友，衣既明的圈内朋友不多，但有一个是一个，没有"塑料情"。某位远在偏远山区拍戏，手机接信号都得靠举着天线上树的视帝，特意在深夜激情转发了一波。

另外四分之一加入转发的明星，就着实奇怪了，他们和衣既明八竿子打不着的关系，和霍楼也不见互动，大多还都是女星。光当红小花就有俩，还是彼此矛盾特别深，你说东，我就一定要说西的那种不死不休的对家。她们难得保持了意见统一，就是对衣既明隔空示好。

让小南差点恍惚以为，衣既明这怕不是家里有个皇位要继承，如今终于被人发现，再难低调了。

李林大概知道为什么。

他把本来准备压在最后给衣既明的惊喜提前拿了出来。老厚的一摞剧本资料，贴着各种便签标记贴，就这样摆在了茶几上。

"大钱导的新戏，小钱编的剧本，你没挑战过的角色。"

"大小钱"是业内一对十分有名的父子，爸爸是知名导演，儿子是大热编剧，父子俩合作无间快三十年，联手缔造了无数可以载入影史的传奇，在国内外都获得过很高的赞誉，拿奖拿到手软。衣既明当年刚入圈的时候就是和这对父子档合作，也能勉强算个"钱男郎"。

那是衣既明第一回演戏，也是第一次爆红，绝对的主角，只不过他已经没什么印象了，因为"衣·钱男郎·既明"他当年还只是个小婴儿。

时隔多年，衣既明终于又要和"大小钱"合作了。

"这是巅峰传媒的补偿，也是他们和咱们合作的诚意。"李林对衣既明细心介绍，"代价就是接下来一段时间，得麻烦你配合一些事情。"

"什么事？"衣既明正襟危坐，准备全力以赴，他对工作永远是不会敷衍的。

李林却卡住了，因为他之前没和衣既明说，衣既明就已经做得很好了。李林心里想了一圈，也不知道该怎么和衣既明开口，让他和霍楼正式营业。

李林想起了那天和阿罗的会议。

阿罗双手撑在会议桌的黑色桌面上，量体裁衣的高定西装，和李林摆事实、讲道理："现在已经有苗头在说我们两家是在炒作了，那索性不如真的让外界当我们是在拿霍、衣的事情炒作。"

真作假时假亦真，假作真时真亦假，虚虚实实，真真假假，是娱乐圈一直不变的套路。

而且，与其放着现在大好的流量让别人占便宜，不如自己占！借着这股流量东风，安排衣既明和霍楼真的合作一次，大家都有得赚。

"演戏？综艺？电影？电视剧？"李林从很不敬业的走神里抽离，就事论事和阿罗讨论他有多异想天开，"你说开机就开机啊！"

霍楼当时坐在旁边，一直埋头玩手机，听到这话才参与了进来："电影，霍氏投资。"

"那剧本呢？"李林嗤笑，实在是懒得和阿罗似的，去伺候这位不知人间疾苦的大少爷，"什么都没有，你就敢说。"

"知名导演，一流编剧，最专业的拍摄团队。明前辈对哪里不满意都可以改，改到他满意为止。"霍楼手上其实早就有这么一个项目了，他已准备多时，就是按照衣既明的口味搞的，只是一直不知道该怎么把邀请递过去。如今，终于有人推了他一把。

"那薪酬……"李林负隅顽抗。

霍楼不差钱，早早亮出了自己的底线："随你开。"

"有钱了不起啊？有本事你把未来娱乐也买了啊！"李林拍桌而起，也较上劲了。

"我已经以我个人的名义，开始收购未来娱乐的母公司未来科技了，我现在持有的股份差不多有……"

李林不想听下去了。

他满脑子只剩下了一句，你这样的条件，为什么非要来娱乐圈？专门享受满级大号在新手村虐菜鸟的快乐吗？你真的快乐吗?!

霍楼当然快乐啊，花最多的钱，捧最爱的偶像，这几乎是每个粉丝的终极梦想。

"霍氏这回的投资很大，没有上限，又是大钱导的收山之作，商业性和艺术性都不用担心。"李林对衣既明说道。

这部戏是霍楼个人投资，但拉的大旗却是霍氏集团，确实早就在筹备了，在业内根本不是一个秘密。李林之前也多少听到过风声，当时根本不敢想衣既明能在里面有姓名。但世事就是这么难料……

它就是为了衣既明才存在的！

"整个剧组，什么都可以换，"李林说这话时，都觉得自己有点飘，"除了你。"

霍楼甚至不敢在这部电影里给自己安排个角色，生怕自己不算过硬的演技，毁了他为衣既明的精心准备。

总之，衣既明就是整个剧组唯一的核心。

圈内消息灵通的，有了这些天的时间铺垫，已经足够知道想要加入钱导这部十年磨一剑的巨制，该去和谁套近乎。

有小花来和衣既明示好，再正常不过。

但李林已经答应了霍楼，不会对衣既明说实话。

换言之，一夜之间，衣既明变得有多牛，他自己都不知道。

那天的会议之后，阿罗不解地问霍楼："为什么不借李林之口，告诉衣既明，你都做了什么？"

霍楼用"这还用说吗"理直气壮的语气回道："当然是怕吓到他。"

很快，那个已经把故事编到衣既明对她求而不得妄图霸王硬上弓的女星，就从大众视野里绝迹了。不是过往透明到查无此人的那种，而是正式退出了娱乐圈。

事发突然，前后态度的对比明显，仿佛她要么重生了，要么在夜里得了高人点化，唯有此，才能在她把失控的自己彻底毁掉之前，悬崖勒马，及时回头。在她发表的最后一个声明视频里，悉数了过往自己做过的错事，对包括衣既明在内的不少艺人都道了歉。

对比其他受害者类似于"试镜前夕被下了药""污蔑当老总小三，被老总夫人抹了名额""被横刀抢了重要资源"等往事，衣既明只是被蹭了个热度，实在是不幸中的万幸。

"这么说来，明哥的运气一直蛮好的呀。"小南快速消灭着手里的冰激凌，感慨道。

小南是在衣既明第三次爆红前才跟到衣既明身边的，当时她还不是能住在衣既明家对门的生活助理，只是临时招来负责给衣既明开车的实习生。没过多久，衣既明就再次走红，哪怕后来又沉寂了，小南也始终对衣既明有一种谜之自信。

"对吧，boss？"小南擦干净嘴，再没有比大冬天在热热的暖气房里吃冰激凌更幸福的事情了，她吃完就将目光转向了李林。

李林正在关注那个女星的微博，唇角挂着嘲讽："在退圈的最后一刻,她反倒是凭自己的本事上了热搜。"

微博下面不是替自家受过委屈的偶像咒骂不休的,就是给女星算她那些糟心手段需不需要承担法律责任会被判几年的。更有奇奇怪怪反而因此粉上她的,觉得她是娱乐圈难得一见的耿直恶毒女。众生百态,很有意思。

按理来说,遇上这种热度,以女星之前那种为了红就没打算要脸的姿态,她是绝对可以做出退圈一秒钟后就"王者归来"的事情的。

但是偏偏她没有,仿佛真的铁了心要放下屠刀,退出娱乐圈。

"boss。"小南又试着叫了声。

"什么?"

"我说明哥运气好。"小南掰着指头开始回忆,她跟在衣既明身边这段有限的时间里,发生了多少幸运往事。之前有个什么事,衣既明化险为夷;后来又有个什么坑,衣既明如履平地;如今连污蔑衣既明的人,都自己幡然醒悟地自爆了。

躺赢的人生大概就是这样了吧。

"否极泰来,"李林在沉吟中脱口而出,说完就后悔了,转而道,"我的明明运气怎么可能不好,我就是明明的守护天使,超棒的!"

不过,李林其实心里也在犯嘀咕,衣既明的运气确实好得有点不科学了,特别是从前几年开始,已经到了对家不战屈兵,资源多到手软,哪怕不红也不影响挣钱的可怕地步。最夸张的一次是衣既明之前出国和家人过生日,远在异国他乡,衣母突发急病,所有人都措手不及,这种时候竟也能偶遇到热心的国际友人,不仅帮衣既明解了燃眉之急,把私人医院安排得妥妥帖帖,事后还没要钱,连个姓名都没有留下。

李林当时还怀疑过对方是不是有别的什么企图,结果却真的没有。

更早以前,在衣既明第三次爆红的时候,圈里还曾有过一个由衣既明直播时说的话而衍生出的段子——"运气不好衣既明,我真没钱霍大少"。

评论里纷纷表示,现在的大佬都流行这种谦虚至极的骄傲了吗?

李林当时以为衣既明会和完全没有交集的新晋流量霍楼并提只是个

意外，现如今想来，怎么都觉得不对。甚至这女星退圈的背后，不会也有霍楼的影子吧？哈士奇秒变草原狼。

"狼人·霍"此时正一边把棒棒糖当香烟嚼，一边聊着微信。

群名变成"相亲相爱一家人（13人）"的微信群内。

吃饭睡觉想明明："我快死了！！"

女装大佬今天也很暴躁："没空出席葬礼，礼就不随了。"

还是有人理你的："年关将至，阿罗哥要冲业绩，你一定要替兄弟们稳在前线啊！！"

卖肉求生："既然这个群起死回生了，那咱们今年聚吗？"

吃饭睡觉想明明："明明和我去就聚！为什么没有人问我，我为什么快死了?！"

搞清楚状况了："因为肯定和衣既明有关，我们已经耳朵起茧，没人想听。"

女装大佬今天也很暴躁："+1。"

中央空调："+2。"

= ="+3。"

卖肉求生："那在我的火锅店聚吧，吃完再给我拍几张照片发微博，加个定位，嘿嘿。［我可真是个机智的宝宝］"

脆皮鸭真好吃："我想听啊！我想听啊！"

吃饭睡觉想明明："［可怜］［可怜］［可怜］一日不见如隔三秋，我已经快一百年没见到明明了！我想明明想得睡不着觉！睡不着就容易神经衰弱，神经衰弱就容易脑梗，脑梗就容易死！为了我的生命安全，我必须得回去见他！"

脆皮鸭真好吃："……确诊了，你转频吧。"

没钱了："队长发红包！"

没钱了："队长发红包！"

没钱了："队长发红包！"

没钱了："队长发红包！"

没钱了："队长发红包！"

霍楼这一次吸取教训，没有倒在对方的刷屏里，用早就准备好的超大文字配图，反手一击。

吃饭睡觉想明明：" [你们说，我回去的时候，明明会来接机吗？] "

然后，群就彻底安静了。

可以说"塑料"得很真实了。

霍楼转头一想，也对，现在天气这么冷，又有雾霾又干燥的，明明还是别出门了，在家等我上门送礼物就好！

霍楼每次去外地，都喜欢买一大堆有的没的，送家人，送朋友，还会送经纪人、助理等一众公司员工，从来只有买多了的份，永远不会落下谁。这其中，真正能称之为精心准备的礼物是给衣既明的，但始终没送出去过，因为衣既明从不会收粉丝一百块以上的礼物。

霍楼后来不得不在郊区又专门买了两套联排别墅专门堆放那些礼物。

但是这回不一样了！他和衣既明已经是朋友了，他终于可以理直气壮地送礼物了！霍楼感觉自己头顶上的阳光都好像比别人的灿烂。

一个激动，就又买多了。

霍楼一边亲手打包快和圣诞树一样高的礼物，一边心里想着，也不知道强行说这些是圣诞礼物，明明会不会买账。

远在 B 市的衣既明还不知道他即将被礼物淹没，他已经彻底沉迷在了新剧本里。

这本暂定名是《未命名》的剧本，真的很吸引人。衣既明在第一时间看完后，又看了第二遍第三遍，熬了整整一夜埋头写人物小传，连固有的规律作息都打破了。据小钱编说，这还是没有精修过的版本，但在衣既明看来已经很完美了，里面的每一个字都仿佛是为他写的。

剧本是根据一个没有发表过的小说改编的。原著作者是小钱编的朋友，他刚刚发来微信表示，他可以替衣既明问问朋友，能不能把原作也给衣既明看一下。

"这么开心？"李林替衣既明整理好了一会儿要用到的发言稿。

"嗯。"衣既明还是那副面无表情的样子，但熟悉他的人都知道，这就是衣既明很开心的样子了，眉眼间自然流露出一种少有的放松与舒心。

衣既明很喜欢演戏，遇到好剧本，他的好心情就能够从揣摩剧本开始，一路持续到电影拍完，直至上映之后在大屏幕上看到自己才会彻底结束。这段时间里的衣既明，整个人都好像被施了容光焕发的魔法，是李林最希望看到的饱满状态。

"一会儿对着镜头也要保持住这个样子，好吗？"李林特瞧不起阿罗围着霍楼转的样子，觉得他丢尽了经纪人的脸，他们是艺人的合作伙伴，不是保姆好吗？

但李林真应该看看他自己，面对衣既明时，他都快操心成衣既明他"妈"了。

衣既明之前参演过的一部电视剧，由于种种原因过不了审，被无限期地压了下去。如今，它终于可以重见天日。出品方希望主要演员们可以拍个宣传短视频，在抖音上发一下，给作品提前预热。

本来没衣既明什么事的，他在剧里演的是个很早就杀青、全程基本活在回忆里的角色，连主要男配都算不上。但最近他不是又红了嘛，出品方就托关系找到了李林的直属上司，李林也觉得衣既明最近一直没有作品，只靠霍楼带来的热度就像是空中楼阁，确实该找点正事，重回大众视野。两方一拍即合，衣既明的意见就被剥夺了。

衣既明还没来得及按照李林写好的小剧本在家里的影音室开始拍短视频，大忙人李林的电话又响了，直接打断了两人。

"行了，别拍了，赶紧收拾收拾，咱们去机场吧。"

"嗯？"

"接人。"

B市是C国的首都，有三个机场，其中客流量最大的国际机场是为了奥运会才盖的，宽敞明亮，设计合理，是众多明星出行最偏爱选择的机场。不管是出于"场地大，不会因为接送机的粉丝太多，而给机场增加过大的人流压力"，还是出于"最现代化的外观，随处可以拗造型让媒体抓拍"的原因，国际机场无疑都是最好的选择。

但很显然，也不是所有的明星都一定不会给机场添麻烦。至少这一天，衣既明来接机时，看到的就是人山人海、宛若丧尸围城的可怕场面。

衣既明坐在保姆车里,有点迟疑该不该下车。

李林也有点蒙,但他很快就反应过来,今天这个时间抵达B市的,绝不只有衣既明要接的那一个明星。

但现在后悔掉头回去,明显是不可能的,他们是带着任务来的。

衣既明躲着人流小心翼翼地走过,一行人最终还是从李林提前打过招呼的特殊接机口低调地进去了,他们根本不敢想,要是就这样被挤到了粉丝的汪洋大海里会怎么样。

小南一路都在心里默念:明哥保佑,法力无边,不会被发现,不会被发现。

然后,就真的没被发现。

唯一尴尬的是,在接机出口,同时有两个人对衣既明挥起了手。

一个是满脸惊喜遮都遮不住的霍楼,一个是衣既明多年的好友,就是那个为了衣既明可以半夜发微博的视帝。

两个大长腿青年,都穿了很相似的灰风衣。他们差不多也是在同一时间,发现了彼此的存在,空气中仿佛有什么凝滞了。

贵人出门多风雨。

小南望着机场外不知道何时悄然下起的小雨,间或夹杂着细小的雪花,很不合时宜地想到了这句话。她正忙着要去和机场的饮品店联系,想给今天所有到场的粉丝——不管是谁家的——都送上一杯热饮。

这种事小南很是熟练。虽然衣既明过气了,但他的死忠粉却并没有少多少,还更加紧密团结、不离不弃了。每次接机总能看到熟面孔,小南甚至能叫出其中几个的网名。

李林手把手教会了小南如何处理这些事情,夏天送冷品,冬天送热饮,春秋还有小甜点。

花不了几个钱,却是代表了衣既明的一片心意。今天人多,小南打算多联系几家,以免供不应求。

结果等小南跑过去,接机口几家卖热饮的店都已经热火朝天地准备起来了。店家小哥百忙之中还不忘给小南递了一杯,道了句辛苦。

阿罗和李林在待人接物方面，是如出一辙的细心周到，不仅是粉丝媒体，连现场的工作人员都考虑到了。

小南捧着甜甜的奶茶，转头对比她还要慢一步的小哥，熟络地招呼道："今天霍少请，咱们都来晚了。"

小哥哭丧着脸："回去王哥肯定又要说我了。"

王哥是视帝的经纪人，小哥是视帝的小助理，人很好，就是性格温暾，做事有点拖延症。每次衣既明和视帝同框，他结账总快不过手脚麻利的小南。今天，他们一起输给了霍楼的助理。

视帝叫宁不臣，比衣既明还要大一岁，取了个霸气叛逆的名字，真人却有点……傻白甜。

宁不臣是个标准星二代，父母溺爱，资源丰厚，人人都知道他是功夫巨星和一代天后的儿子。甫一出道，就有人花重金，请当时二次爆红的衣既明给他做配。两人一起合作了部名叫《君臣》的权谋历史剧，火遍大江南北。

宁不臣凭借《君臣》一战成名，在次年就斩获了国内重量级的电视剧金奖，最佳新人和最佳男演员都是他的。视帝的称号也是这么来的。

然后，就没有然后了。

宁不臣现在江湖上人称"宁阿斗"，出道既巅峰，再没突破过。他自己偏偏还得过挺乐呵。

衣既明到底是怎么和宁不臣交上朋友的，至今还是个谜。等李林知道了霍楼的迷弟心情后，他才有了个大胆的想法——大概衣既明天生就是有这样的气场吧，专门吸引缺心眼儿的富二代。

李林带着衣既明上前，把衣既明往两个大高个儿中间一塞，一个完美的"凹"字就出来了。

其实衣既明也不低，一米七九，踮个脚就往一米八走了。怎奈何他身边的两个人也不知道都是吃什么长大的，一个一米八五，一个一米八八，看谁都是一览众山小的欠揍模样。

李林选择站在了宁不臣的身边，嘴巴基本不动地对他耳提面命道："先微笑，有记者，我们上车再说。"

宁不臣却完全不听指挥，直接低下头和李林咬耳朵，让全世界都知道了他们有问题。引起了一片媒体的镁光灯，还有粉丝的尖叫。宁不臣虽然智障，但不可否认，他长得好看，特别是微微低头的侧颜杀。能忍受得了他那尴尬演技而至今还没有脱粉的，基本都是颜控晚期。

霍楼站在衣既明的旁边，时不时就要趁着衣既明不注意，瞪一眼隔壁的宁不臣，眼睛就像是淬了毒，不断往外扔着小刀片。

霍楼也和衣既明开起了小会，声音里的委屈都快要溢出来了："宁不臣为什么也在？"

——他男神只可能是来接他的，不接受反驳！

"他是我的好友。"衣既明以为霍楼不知道，特意介绍了一下，"我们认识很多年了。"

霍楼怎么可能不知道，他可太知道宁不臣了！《君臣》是一部男主和男二对手戏很多的权谋剧，以至于衣既明和宁不臣的粉丝异军突起，在搭档榜上待了很长一段时间。

但娱乐圈就是这么一个势利的地方，连搭档都要讲究个名气。从一开始的衣宁粉，到后来的宁衣粉，直至衣既明彻底过气，他和宁不臣之间才在粉丝眼里有了纯粹的友谊。

宁、衣二人搭档已经是很多年前的事情了，但霍楼还是会很不爽。

霍楼觉得整个娱乐圈，就没有人能配得上和衣既明搭档。如果一定要拉一个，那也该……该是……他啊！

衣既明看着霍楼莫名其妙的表情，实在是有点搞不懂现在的年轻人在想什么。

接机口的尖叫声一浪高过一浪，围观人群正在不断扩大。

宁不臣、霍楼以及衣既明，几乎囊括了如今最主流的几种审美：有颜，有钱，有实力。

这样的阵容，哪怕不粉，也足够吸引人驻足。

赶在整个机场彻底暴动前，三个人才好不容易在保镖的护送下，有惊无险地突围上了车，一起先离开了现场。李林则留了下来，和宁不臣的经纪人王哥一起替他们收尾，绝不能因为他们仨而出现任何踩踏事件！

"我们本来可以更早上车的。"霍楼的暴躁写满了全身，连不服管教的凌乱发梢也不放过。

他生气了，他可以明说！他就是个易燃易爆物品，恨不能当场和宁不臣打一架。宁不臣凭什么和他还有明明上一辆车？自己没有家吗？！

"抱歉啊。"宁不臣的反应却像是棉花，不仅没和霍楼针锋相对，还主动把锅给背了。也确实是他的责任，若不是他一直想给粉丝签名，保镖几次强制拉扯都没能把他带走，他们确实不用如此狼狈。但他就是喜欢给粉丝签名，控制不住。

衣既明与前面开车的小南，通过后视镜对视一眼，明白了现在是他该站出来当和事佬的时候，谁也代替不了。衣既明绞尽脑汁，才想到了一个话题："我们先吃饭吧。"

对，就是那种"没有什么是一顿饭解决不了的，如果有，就两顿"的传统思路。

"我要吃你做的。"宁不臣开心道，就像是电线杆上的麻雀，叽叽喳喳，快乐点单。

霍楼瞪向宁不臣的眼神，已经快要化为实质的刀子。你怎么这么有脸？！让我男神给你做饭？！男神还没有给我做过呢！！

"好。你们想吃什么？"衣既明一边给两人发羽绒服，一边道。外面那么冷，为了拍机场照穿羊绒大衣也就算了，回家的时候还是朴实点裹起来吧。小南做事一向细致，接机的羽绒服特意多准备了一件以防万一，如今这个万一就给用上了。

自己也有份点餐的吗？霍楼的双眼"唰"的一下子就亮了。

"我要吃烤鸭，皮脆肉嫩、吱吱冒油的烤鸭，搭配上可以一揭两片、巴掌大小的荷叶饼，抹上酸甜适口的甜面酱，配上水灵爽口的葱段、黄瓜条，柔软的薄饼这么一裹，往嘴里一塞……"宁不臣之前一直困在信号稀薄的深山老林，食宿条件可想而知，在回来的飞机上，他就已经把他想吃的都考虑好了。

"没时间做。"衣既明一板一眼，有一说一。

"那我想吃酸笋老鸭汤，"宁不臣用细长的手指点着下巴，开始畅想，"要那种小火慢炖，滋味醇厚的。一口下去，哇，鸭肉软糯酥烂，竹笋酸度适中,健脾开胃,养生大补!"

衣既明拍板决定:"我给你叫外卖。"

"我什么都吃。"霍楼适时插嘴,不想失去让衣既明下厨的机会。

虽然小南很不想这么形容霍楼,但她就是觉得在这一刻,她仿佛看到了幼儿园的小朋友在争宠。

"嗯。"衣既明忍不住弯了一双眼,对霍楼道,"我有记得,你和我吃沙拉。"

"……"霍楼看了眼外面还在下雨的阴沉天气,嗯,晚上了,衣既明只吃沙拉。回想起自己曾经干过的傻事,霍楼咬牙坚持,"我最喜欢吃沙拉了。要不宁前辈也一起吧,都这么晚了。"

"我不我不我不!"宁不臣把头摇得就像是拨浪鼓,强烈拒绝,"我只喜欢吃肉,我是肉食动物。我要吃神户牛肉,涮在寿喜锅里,入口即化……我和你们不一样,我吃不胖的。"

我就一定会吃胖吗?!

等阿罗赶到衣既明家时,三个艺人和两个经纪人已经在等他了。

李林不吃晚饭,衣既明和霍楼在吃草,只有宁不臣和他那个笑得像弥勒佛的经纪人王哥,正在胡吃海喝。

各色美食摆了满满一桌,都是宁不臣强烈要求的,他的肚子已经吃了个滚圆,却还在继续往下吞咽着,这食量与他的身材完全不符。他是真的饿坏了,再在山里多住一天,他怀疑自己看见老乡家里养的鸡眼睛都得冒绿光。

阿罗都不知道该先从哪里吐槽好了,最后他选择问他家霍少爷:"蔬菜沙拉好吃吗?"

笑得可以说是特别不怀好意了。

"好吃!"霍楼毫不犹豫,又强调似的补了一句,"特别好吃!"

这可是偶像亲手做的,亲手端给他的,他真心舍不得吃完。微信群、朋友圈、微博已经晒过一轮又一轮了。霍楼在心里道,放飞自我,追星就是爽!他都有点想感谢幕后之人的所作所为了。

王哥吃饱喝足后擦了擦嘴,开始关心工作:"微博闹得很大吗?"

阿罗摁着霍楼,当场给王哥和宁不臣道了歉,最近一段时间,他好像总是在替霍楼道歉:"对不起,我们家艺人当年太傻了,给你们添麻烦了。"

不出意外,网上因为三人同屏,再一次炸了。

但不是因为接机。

而是霍楼很多很多年前的又一个小号,被扒了出来,他曾是……衣既明的唯粉,专业名词叫"毒纯",和宁衣粉掐起了无数场血雨腥风。

"某家粉倒贴脸真大［微笑］"

金句高悬在热搜第一。

"霍毒纯"的所作所为,在外人看来其实不算太意外。

阿罗早就怀疑霍楼有极端唯粉的小号了,也许还不止一个。他为此也已经准备好了"应急方案ABC",远在"彩虹屁"小号暴露之前。

如今的情况,已经比阿罗设想中要好太多了。

首先是粉丝方面,有之前小号暴露、大号追星作为缓冲,大多数霍粉早就有了心理准备,并没有什么晴天霹雳的感觉。而且,同为混圈人,霍楼平时又是那么一个天不怕地不怕的性格,他要是没有这种专门用来和宁衣粉大战三百回合的小号,粉丝大概才会奇怪。

霍楼现在的微博下面,就多是以"哈哈哈哈哈"和玩梗为主。

"曾经萌过哥哥和别人搭档的我,躲在墙角瑟瑟发抖,不敢说话。"

"是怕喷不过我社会霍吗? 233333"

"别人家都是'爱豆由我守护',只有我们家是'爱豆掐起人来连我们都害怕',打扰了打扰了。"

"蒸煮(正主)行为,请不要上升粉丝。"

"宁衣……时代的眼泪啊,我还曾经粉过!真不是来给hlgg添堵的,我现在粉霍衣了!哥哥你超棒的!"

"我能说,早在'彩虹屁'小号被扒出来的时候,我就猜到会有这一天了吗?粉圈常规操作,期待霍少未来更多的精彩。"

"我'彩虹屁'吹不过偶像就算了,竟然连战斗力都比不过吗?"

其次,当事人方面……

阿罗看了眼抱着手机,来回在沙发上打滚快要笑死的宁不臣,这位大概也不是问题。

阿罗早前依照霍楼的性格，给他列了个"死敌"表，标题是——假如霍楼是毒纯，那他有可能 diss[①] 的明星有哪些。

宁不臣高居榜首。

阿罗都做好得罪宁不臣的同时，连他那对超级护短的爹妈一起得罪的心理准备了。

谁承想，赶在事发前，霍楼和宁不臣已经阴错阳差地提前认识了。宁不臣不仅没生气，还积极给霍楼指出了，在当年那些和霍楼互掐的粉丝群里，有哪几个是他的小号。

众人一时无语。

"我其实也不想和明明营业，"宁不臣振振有词，"但我就是气有人骂我！"

中二少年，一身反骨。

"扯平啦，霍楼骂过我倒贴不要脸，我也骂过他脑残该吃药。"宁不臣归纳总结得很到位，大气一笑泯恩仇。面对李林、阿罗和王哥三巨头一脸的一言难尽，宁不臣不明所以，问道："你们愁什么啊？怕我的粉丝和霍楼的粉丝掐起来？这件事很好解决的，看。"

宁不臣不仅说了，还做了，没和任何人商量，就已经发了微博。

这回轮到王哥默默地用双手捂住了脸，给阿罗和霍楼道歉。宁不臣大概是从小的营养都长到脸上了，脑子是真的不行。

阿罗拍了拍王哥的肩，伺候大少爷的辛苦，他懂。

但宁不臣这回倒不是想一出是一出的瞎胡闹，他很有自己奇奇怪怪的逻辑和小幽默，把他在车上和衣既明还有霍楼的合影，加了三个标尺，发到了微博上。

宁不臣 V：

"经过科学比对，还是 @衣既明 的脸最小。我和 @霍楼 头都大，脸就显得大。"

[①] 网络用语，英文 Disrespect（不尊重）或 Disparage（轻视）的简写，指看不惯、轻视、鄙视，现多用作 diss 某人，表示撑某人。

[合影]

微博下的转发评论,几分钟过了万。

"……哥,你这样让我还怎么为你出生入死,掐死对家?"

"我宁头设不崩[doge]"

"你头大为什么还觉得挺骄傲?!"

宁不臣看粉丝回复看得再一次笑成了傻子,笑点低得可怕。他人来疯的劲头一上来,就又拉着衣既明、霍楼一起合拍了个短视频。他没去山里蹲着之前,一直有点短视频中毒,被迫断网这么长时间也没能治好。

宁不臣一点都不讲究地就地开拍,只加了个美颜滤镜以示友好。没有对话,没有文字,只有一段摇头晃脑,搭配童谣:

"大头大头,下雨不愁。人家有伞,我有大头。"

衣既明和霍楼不禁深有同感:宁不臣能在头这么大的同时,还让人觉得他长得好看,真挺不容易的。

这么一系列操作之后,阿罗准备的那些"应急方案ABC",彻底没了用武之地。宁不臣一个人,就已经化解了一切恶意,带着整个粉圈跑偏,当起了快乐的小二货。

宁不臣出道即巅峰,还能在娱乐圈混这么久,被尊一声视帝,不是没有道理的。

外面的天气越来越糟,已经从雨夹雪变成了鹅毛大雪,等待着在圣诞节之前,将整座城市装点一新,看银装素裹,分外妖娆。

"完事了吗?"宁不臣"吱哇"乱喊,"完事了我就回房间了啊,我约了人上线打游戏。"

"卧室?"霍楼很会抓重点。

"对啊,"宁少爷天生娇贵,很是惜命,根本不打算掩饰,"外面雪那么大,我才不要冒雪开车,也不要坐别人的车。太危险了。"

衣既明也郑重其事地点了点头:"确实危险,你们……"

然后,当然是霍楼也顺势在衣既明家住下了。

衣既明本意是打算请他们去隔壁的。他买房时把对门也一并买了,一方面是不太习惯有邻居,另外一方面也是考虑到朋友、助理可以有个地方暂住。

结果，还是宁不臣这个感动中国的好助攻，他临时被游戏里的队友放了鸽子。宁少爷拉不下脸，嚷着要衣既明和霍楼陪他，在他重新回归文明社会的第一个晚上，他一定要玩！游！戏！

三个人就坐到了客厅的羊毛地毯上，一人一个手机，投影仪显示出的屏幕被一分为三，战争一触即发！

宁不臣爱玩游戏，但技术却始终是小学生水平，几乎全程都在反复体验跳伞的乐趣，常挂在嘴边的是传统三问——"我在哪儿""谁打我""我怎么死了？"。

衣既明和霍楼倒是意外合拍，默契十足，联手大杀四方，要不是有宁不臣拖累，上分估计会更容易。

后来三个人玩得实在是太晚了，就没再折腾到隔壁去。

宁不臣玩到眼睛都睁不开了，还在死撑。他参与拍摄的那个山区实在是有点偏，一路汽车倒火车再倒飞机，赶了一天的路才回到B市，劳累奔波的疲惫快要把他淹没，他能坚持到现在实属不易。最终，也是宁不臣最先熬不住，倒在衣既明和霍楼中间的一堆软垫上，直接睡了过去。面前的电子屏幕上，还在发着淡光，游戏背景清晰可见。

衣既明站起来，轻手轻脚地关了机器，他和霍楼几乎同时选择了不说话，万不得已也只是用手机交流。

霍楼偏头，隔着宁不臣，看着衣既明认真收拾东西的模样。恰在此时，宁不臣的一声撒娇呢喃，打破了平静："妈……"

宁不臣是对着衣既明喊的，他就像小猫一样，拿头拱了拱正在给他盖被子的衣既明的手，眷恋依赖一览无遗，整个人都睡得暖烘烘的。

衣既明的神色在黑暗中几多变化，最后定格在了大魔王的脸上，抬手捏住了宁不臣的鼻子。

宁不臣呼吸不畅，猛然惊醒。

衣既明却早已放手，很会把握节奏，煞有介事地上前关心："做噩梦了吗？"

霍楼在一片黑暗里看到了全过程，满脸惊愕，没想到男神竟然还有这样的一面。

衣既明在安慰宁不臣的同时，不忘对看过来的霍楼抬手，比在唇上"嘘"了一声，还狡黠地眨了眨眼。

霍楼捂着胸口，差点被萌倒。长大之后变得成熟的衣既明是他喜欢的，少年时意气风发的衣既明也是他所喜欢的。霍楼以为他都快要忘记衣既明过去的模样了，甚至也许连衣既明自己都忘记了，直至这一刻，霍楼才意识到，那个他最开始喜欢上的偶像始终都在。

多年前锋芒毕露，多年后宝刀入鞘，衣既明的形象缓缓在霍楼眼前合二为一。人生几多风雨，唯有真我不会改变。

宁不臣真是太累了，迷迷糊糊地醒来，又很快迷迷糊糊地睡了过去。

打游戏的时候，宁不臣就已经换上了睡衣，准备好铺盖，以便随时入睡。在衣既明把他的头往枕头上放的时候，他连眼睛都没再睁开，特别顺利地给自己在一堆软垫里找到个舒服的姿势，更沉地睡了过去。

在一片静寂中，唯有温馨在涌动。

衣既明带着霍楼去了客房，已经能够说话了，但两人默契地继续保持沉默。

衣既明先给霍楼铺好了床铺，然后就去找洗漱用品了。

霍楼站在床边，面无表情地看着衣既明亲自动手铺好了床。他也是真累了，一头埋进了枕头里。那上面仿佛还残留着淡香，白兰地配白桃，洗尽铅华，低调沉稳。

等衣既明回来时，就发现霍楼趴在床上一动不动，好像已经睡着了。

衣既明哭笑不得，把洗漱用品放到了套间里自带的卫生间，随后给霍楼小心翼翼地盖上了薄被。

一直到衣既明关灯离开，屏住呼吸的霍楼，才终于大喘了一口气，差点憋死。

第二天，网络已经发酵了一个晚上，衣既明三人的热度却仍不见消退。最高兴的莫过于有衣既明参演的那部电视剧的出品方和发行方。

电视剧叫《不臣》，男主角就是宁不臣。勉强算是衣既明和宁不臣当年一起主演过的《君臣》的续集，其实故事主线八竿子都打不着，但宣传语却是"相同的演员阵容，一样的制作团队，原班人马带你重温当年的感动"，就差无耻地把片名也改成《君臣2：不臣》了。

宁不臣从大山里飞回来，也是因为《不臣》需要他配合宣传，他是男主，责无旁贷。

三个人闹了这一出，《不臣》剧组自然是沾了光，趁着男主和男配的名字都还挂在热搜上，使劲地吆喝了一波，让大家都知道了《不臣》即将在苹果台和奇异果网络平台上同时播出，希望大家能够多支持。

霍楼睁开眼后，迟迟没有起来，一边刷着微博，一边缓慢接受着梦幻的现实。

直至宁不臣的声音传来："满满的正能量，早晨起来，拥抱太阳，让身体充满灿烂的阳光。满满的正能量，嘴角向下，会迷失方向，嘴角向上，蒸蒸日上……"

衣既明正面无表情地被宁不臣带着一起做操。

霍楼才敢确定了，这是在自己偶像家！

咸鱼第三次翻身

★ 圣诞礼物 ★

Ji Ming

外面的雪越下越大，有工作的成年人还要爬起来为艺术献身。

衣既明三人吃过早饭后，差不多是一起出的门。

宁不臣再惜命，白天也要开始赶各种通告了。有为了《不臣》宣传的，也有公司给他接的一些商业合作。他现在拍的那个电影还没拍完，只是在山区拍的外景结束了，接下来还要转战影视城，如果拍摄进度不理想，今年过年都不见得能休息。趁着剧组搬家，服化道要整顿，导演才抠抠搜搜地给了宁视帝十天假。他的通告排得比霍楼还满，俨然要进化成"宁陀螺"了。

霍楼能回B市，也不是因为阿罗心软，而是霍楼在B市这边已经积攒了足够多的工作，阿罗想着赶在年关一次性清了。

从宁不臣身上，霍楼学到了一种名叫"爱哭的孩子才会有糖吃"的真谛，从衣既明家出来的一路上，都在和衣既明控诉阿罗有多吸血鬼："《有钱人的一天》的收官之作，要赶着圣诞节的周末放送，电视台那边却临时出了幺蛾子；我之前接了部电视剧，结果另一个主角却突然在开机前因为出轨，被包养的二代封杀了，那二代是我朋友，面子不能不给，但剧组眼看着就要开天窗了；还有个B市电视台的跨年演唱会……"

乍一听，霍楼好像比"宁陀螺"还要惨，但仔细一回味，这些大部分的事情里面，又和他有什么直接关系呢？

宁不臣忍不住好奇地问："这不该是那些倒霉的投资方、制片方该头疼的事情吗？"

"我就是那倒霉资方。"霍楼幽幽道。

霍楼进娱乐圈，纯属娱乐，工作重心主要还是放在娱乐圈的生意上。阿罗不仅是他的经纪人，同时也担任着类似于职业经理人的工作，开双份工资,时刻在压榨与被压榨的角色中转换。

衣既明看上去只是沉默地走在一边,却是把霍楼的每句话都听进了心里的。

一直到上了车,衣既明还在琢磨,他有没有什么是可以帮到朋友的。阿罗已经提前给衣既明透了信儿,霍楼买了一大堆的礼物,就等着圣诞节送他,希望衣既明到时候不要太惊讶,霍楼花钱就是这么一个风格,他很用心地挑选了每一个礼物。

礼尚往来,衣既明也希望能够做一些让霍楼开心的事情。

霍楼此时此刻就很不开心,他眼巴巴地看着衣既明的库里南,就这样开出了自己的视线。

"要不然你干脆在衣既明家附近买套房吧。"阿罗建议道。

霍楼更加幽怨了,撕开棒棒糖的包装袋,以一种面对仇敌的狠劲咬了起来:"你以为我没想过吗?"

当时霍爸爸一语就打破了他的妄想:"你要是生怕你偶像不知道你是个变态私生粉,那你大可以买啊。"

霍爸爸这话虽然毒舌,但也很真实。其实霍爸爸还有一句:"上赶着不是买卖。"但霍楼也不打算全听他爸的。

"对了,明明今天怎么也出门了?他,没问题吧?"霍楼看了看两边车道上,都是行车缓慢到恨不能乌龟爬的盛况,终于想起来问了。衣既明已经在家休息快四个月了,怎么今天突然出了门。

"你也知道他休息了快四个月了?"阿罗看了看腕表,他们出门早,哪怕车速慢,也不会迟到,"李林急得都快上树了。我是不知道他怎么能容忍衣既明这么任性地长时间不接活,但我知道这个容忍肯定会有头。"

李林……还真比阿罗想象的更能忍。毕竟《不臣》突然就要上了,以衣既明过去本就不算频繁的拍戏速度来说,这个节奏刚刚好,他甚至还可以再缓一段时间。

衣既明这次出门,不是为了新工作,而是去见小钱编的。

小钱编那个剧本原作的朋友,答应了给衣既明看原作。但表示衣既明要看就得看原稿,他手写的原稿,不接受复本。衣既明由于个人原因,很能理解这些艺术家的偏执，便欣然答应了。

本来是让小钱编的助理给送过来的，但小钱编提议，索性不如见一面，抽空聊一聊电影的事。

小钱编现在还在跟一个剧组，他父亲的身体已经无法再进行频繁的拍摄工作，早在几年前，小钱编就不只是和他的父亲合作了。如今这个青春剧就是小钱编的私活之一，借了B大的场地，正在进行电影结尾的拍摄。

衣既明到B大的时候，剧组已经开拍，还有不少B大的学生在外围好奇地驻足。衣既明借着冬日，把自己全副武装到了脸，根本不用担心会被人认出来。

他一边和小南等着小钱编来接他们，一边感受着百年名校的人文环境。

常青的松柏组成了林荫小道，道路的尽头是一栋栋的民国建筑，把人仿佛一下子就拉到了那个东西方文化兼容并蓄的年代。

突然，一只纯黑色的大猫，从灌木中蹿了出来，身子前驱，在小道上张望。不仅不怕人，还很会碰瓷，拦着过路的学生讨生活。

这大概已经是B大的常态了，不少青春洋溢又可爱的女孩子都会随身装着几根火腿肠。在黑猫碰瓷时，会熟练地掏出来，掰碎了喂给那只已经吃得油光水滑的大肥猫。这个时候的猫，是脾气最好的，怎么摸它都可以。

一旦吃完，黑猫就会立刻离开，迈着六亲不认的步伐迅速上树，慵懒地看着树下还想要骗它下来再"撸"一把的芸芸众生。

衣既明观察着黑猫的一举一动，阳光下，一双黑白分明的眼睛就像是会说话。

一个胖胖的中年男人，就是在这个时候走了过来。面对衣既明，他眼含惊叹，喜出望外："这位同学！"

衣既明虽然已经二十七了，但他要是不说，别人还真看不出来。娱乐圈的艺人，就是这样一群十八岁可以演十八岁、二十八岁也可以演十八岁、四十八岁依旧可以演十八岁的怪物，只要保养得当，想要几岁就几岁。直至再贵的药物也抵抗不了岁月侵蚀的那一天，他们才会迅速老去，摇身一变成为一位优雅精致的老戏骨。

衣既明不太想和人接触，后退了半步。

小南上前，主动为衣既明挡住了来人，除了开车，小南的主要工作就是这个，帮衣既明阻挡一切他不愿意接触的人。

"别害怕！我不是坏人！"胖子先生着急解释，想要证明他是个好人，"这是我的证明。"

他把自己脖子上挂的证件，扯到了小南眼前："我是个导演。"

小南皱眉："这个剧组的导演我认识，不是你。"

"我不是这个剧组的，只是来探班，真的，我没有骗你们。"

一直到小钱编来了误会才解开。这位矮胖矮胖的先生叫周浪，确实是一位新晋导演，他是由编剧转的行，以前算是小钱编的半个徒弟。今天突然来造访老师，就是因为他正在筹备的新剧遇到了一些问题，不得已只能求老师援手。

本来周浪已经准备走了，就是这么巧地和刚来的衣既明在松柏道上相遇了。

一行人在学校临时的会客室里坐下后，衣既明摘下了黑口罩，周浪这才认出了他以为是青涩学生的人是衣既明。

比他预想的还要合适！

周浪更不愿意走了，厚着脸皮蹭他师父的光，强行留了下来。

小钱编也很无奈，只能舍下老脸，请衣既明见谅。周浪是他一个好友的幺弟，在编剧方面确实有几分才华，可惜一心有个导演梦。如今好不容易梦想就要实现了，不仅拉来了大客户投资，还有当红流量参演，万事俱备，结果却在开机的节骨眼儿上，演员出了事。周浪最近急得几宿几宿地睡不着，眼瞅着头都快要秃了，让他看上去比实际年龄大了至少十岁。

"不用管我，你们聊！你们聊！"

然后，衣既明就真的和小钱编聊了起来。主要是有关女演员的选角，以及大钱导的身体。小钱编和衣既明也算有些交情，虽然那个时候的衣既明还是个小婴儿，但他看衣既明的样子，就像是看着他长大的邻家长辈。先聊了一会儿家常，关心了一下衣既明的近期发展，才终于进入了电影的正题。

"这些本该是我爸爸来和你说的，但他才做了心脏搭桥手术，我们不希望他太着急上火。只能由我来。希望你不要介意。"

"钱导怎么了？"

"爸爸没事，恢复得很好，只要修养得当就没有问题。只是电影……当红的几个小花都想要陆浅浅这个角色，但说实话，她们各有各的缺点，我总感觉差点什么。"小钱编道。

衣既明点了点头，这话他其实早就想说了，但又觉得不合适，才憋在了心里。

"如今终于有了一个更适合的选择，"小钱编暗示性地给衣既明递上了一张海报，是这些年一直在海外闯荡的影后，"现在一切都在洽谈，我不能对你保证什么，但十有八九可能是她。"

"前辈要回来了？"

"国外也不好混啊。"小钱编意味深长道，"现在的问题是，她的档期有些排不开，需要等一段时间。资方的意思是直接换人。"

资方说白了就是霍楼，从来只有别人等他，没有他等别人的道理。

"不过，你除外。"小钱编不知道衣既明知不知道霍楼在这里面的影响，说得有些含糊，"我父亲和资方都特别看好你，也尊重你的意见。"

"等。"衣既明毫不犹豫道。

好戏不怕晚，他并不介意等，如果对方真的是最合适的，那么让他等多久，他都心甘情愿。

"这可真是太好了。"小钱编也是很看好影后，所以才会托大来开这个口，他知道衣既明和他一样，要做就一定会全力以赴、尽善尽美，"我一定会让你的等待变成值得！"

"那意思是不是说……"周浪终于插进了话，"衣先生最近的档期空出来了？"

"抱歉。"衣既明在接戏方面十分坚持，哪怕周浪是小钱编的徒弟也行不通。他拿着原作，带着小南就这样告辞了。

但周浪却不想放弃，不顾老师的阻拦，还是追了上去。

"我是真的觉得您很合适，看到您的第一眼，哪怕不看脸，我就已经认定您了。这种感觉玄而又玄，但真的，我相信它。价格不是问题，我们金主爸爸可土豪了。"周浪拼命游说衣既明,一路跟他去了露天停车场,"真的很抱歉,我平时不是这样的,但现在情况紧急。无论如何,还是希望您能考虑一下。我把剧本先发给您看看可以吗?啊,对了,我们男主是霍楼,霍楼您知道吧。"

衣既明已经上车开走一段了,又让小南停了下来,重新倒车回来,透过车窗和周浪确认:"你们临时缺的那个演员,是因为出轨被金主封杀了?"

周浪擦着满脸的汗,讪笑道:"见笑了,见笑了。"好事不出门,坏事传千里,连圈内公认低调不八卦的衣既明都知道了。"那完全是演员的个人问题,后续剧组不会有任何麻烦,我以人格保证。"

衣既明若有所思,让小南加了周浪的微信:"你把剧本给小南,明晚之前,我给你答复。"

晚上,衣既明正在看剧本,霍楼和宁不臣前后脚地回来了。

宁不臣还是来约衣既明打游戏。昨天队友为了妹子放他鸽子,今天就一定要讨回去!

霍楼也是宁不臣邀请来的,至少宁不臣是这么认为的。

宁不臣和霍楼今天早上才礼貌性地加了微信,白天的工作间隙,仿佛有时差似的来回聊了那么几句。也没说什么,但宁不臣就莫名其妙地顺着霍楼的话题,主动发来了邀请:"霍霍,咱们晚上继续去明明家打游戏呀。"

霍楼的答案必然只有一种,他甚至没去追究"谁是霍霍",就一口答应了下来。

"你们关系很好?"衣既明不爱说话,却并不迟钝,之前多少还是能感觉到一点霍楼对宁不臣的敌意的。

"对啊,我和霍霍已经是好朋友啦。"宁不臣对自己的好人缘异常自信。

衣既明把狐疑的目光对准了霍楼,大概意思是,这样的强摁头你也认?

霍楼当然只能认啊,但他的眼睛自始至终就没离开过自家偶像,他双手插兜，坐在沙发扶手上，心不在焉地敷衍道："就……觉得和他打游戏还蛮好的。"

衣既明回想了一下宁不臣昨晚把把"落地成盒"①的表现，在心里确定了，霍楼的审美真的很奇怪。

"咱们今天继续吃鸡②呀！维寒迪③，go go go（冲冲冲）！"

霍楼拿了杯可乐掩饰自己，听到吃鸡，差点喷了，只能委婉提醒他的"新朋友"："我们换一个游戏吧。"

"可以啊。"宁不臣很好说话，他只是想和朋友一起玩游戏，但他还是好奇，"为什么啊？"

因为你这个菜鸟，我怕带不动！

霍楼不想和宁不臣之间的友谊过早夭折，只能开始寻找其他理由。然后，他就看到了衣既明放在桌上的平板："因为明前辈还有工作没做完啊。"

宁不臣很大大咧咧，这才发现衣既明在他们进来前，是有事情在忙的。

衣既明习惯用平板看剧本，可以随时用配套的笔做备注和笔记。霍楼两人进来的时候，衣既明正在看周浪给他的剧本。是一部民国剧。民国剧的未来发展一般都很极端，要么是中年人才会喜欢看的雷剧，要么是疯狂压迫女主又能产生诡异玛丽苏效果的神剧，要么就是高质量剧。

周浪这个剧本的设定很讨巧……

不等衣既明仔细琢磨，霍楼和宁不臣就到了。他说："你们更重要。"

霍楼的内心自动去掉了"们"字，但不等他发群里炫耀，另外一件说不上好也说不上坏的事情，就找上门来了，没有给他炫耀的时间。

李林突然来了，他还不是一个人到访的，他带了一整个团队，化妆

---

① 游戏用语，指游戏《绝地求生》中落地后短时间内被敌人淘汰，游戏里的人物被淘汰后会留下一个盒子。后多用作比喻游戏玩得差。
② 《绝地求生》游戏胜利后会出现"大吉大利，今晚吃鸡"的庆祝语，指拿到游戏冠军。
③ 《绝地求生》游戏的雪地场景地图。

师、摄影师、灯光师，一个不缺，一个不少。

"反正你们要玩游戏，不如顺便做个直播。"李林很会抓紧一切可以利用的机会。

宁不臣一点都不想在娱乐的时候还要工作，哭着脸给经纪人王哥打电话，王哥的回复简洁有力："这事啊，我知道，你听'李姐'指挥。"

然后，王哥就挂断电话了。

宁不臣一脸蒙。

霍楼看热闹看得别提多开心了，李林趁势凑了上来："那大少爷您呢？不出镜在一边看着，还是……"

"……能和明明一起出镜？"

"对。"李林的眼睛里满是小算盘，噼里啪啦打得响亮。

明知道是李林的阴谋，但霍楼还是义无反顾地咬着诱饵跳坑了。

"完美！"李林翘起兰花指，隔空点了一下霍楼，"我会和阿罗打招呼的，收益分成我们再商量，过后补个三方合同。去吧，化个美美的妆。"

霍楼打了个寒战。

等化完妆，霍楼才后知后觉地发现，他们不只是上妆那么简单，还玩起了简单的cosplay（角色扮演）。不过又不太一样，他们穿的是正儿八经的古装，广袖宽袍，写意风流，看衣服上绣的货真价实的金线，就知道这套衣服制作得不易。

"马上就是×市弘扬传统文化周了，明明应×市邀请，是这次的推广大使之一。现在大家很喜欢这种古代与现代结合的穿越感。"

在路透里，古装剧组中一身戏服的演员，掏出手机玩游戏的一幕，总能引起关注。

"你们玩的古风游戏，和霍楼的电子战队是战略合作的关系。"李林继续介绍，在他一开始的设想里，就没缺了霍楼。

霍楼自己并没有游戏代言在身，据说是因为大少爷受不了那种推广广告的风格，但霍楼自己私下里倒是很喜欢玩游戏，最近几年还跟其他富二代一样，搞起了电子竞技。战队的名字叫H&Y，据说是火焰的中文缩写，但李林却怎么看怎么觉得像是霍衣。

H&Y这个赛季的战绩很不错，全球赛有望夺冠，广告代言接到手软，其中就有一款古风网游。

"我已经提前和H&Y的明星队员约好了，他会和你们组队，保证你们不至于输得太难看。一个小队五个人，还有一个是直播平台的人气女主播，业内风评很不错，至少没有什么乱七八糟的事。你们可以放心。"

三人一边化妆，一边熟悉着游戏，纷纷点头表示知道了。

"哦，对了，一会儿你们起名字的时候，就用《不臣》里面的角色，可以直接对观众说就是在给电视剧打广告。俏皮一点，尺度自己把握。发行方会给个大红包哟。"

一场直播，愣是被李林分解出了好几个目的，让所有人都有赚头。

直播开始时，女主播和H&Y的明星队员，已经提前把直播间的气氛炒热了。这是一场没有提前经过多少宣传的直播，但反响却意外地热烈，给不少粉丝一种惊喜之感。

当衣既明三人排排坐，一起出现在镜头前时，直播间里的弹幕差点卡到崩溃。

幸好直播平台在听说有霍楼后，紧急进行了扩容，这才稳住了局面。霍楼等人的粉丝还在源源不断地涌入，呼朋引伴，奔走相告，甚至还有联想力丰富的，觉得这才是衣既明三人出现在机场的原因，他们之间有合作！

"为什么突然开直播？因为想和大家一起从平安夜过到圣诞节啊。"霍楼的声音简直苏到了骨头里。

"因为我想玩游戏！"宁不臣积极举手，还不忘"控诉"，"但经纪人简直不是人，要把我利用到淋漓尽致！"

宁不臣说话就和撒娇似的，虽然是三个人里岁数最大的，却是亲妈粉最多的。总能得到各种怜爱，粉丝最有名的金句是"你看我们臣臣努力不傻的样子，多可爱"。由他来"控诉"经纪人的"恶行"是最安全的，没有人会当真。

"可怜可怜臣臣，刷个小猫咪吧，平安夜还要娱乐工作两不误。"

"哈哈哈哈哈，我臣臣果然是个游戏boy，连要礼物都学会了！给你给你都给你，不就是小猫咪嘛，大西几（狮子）也给你。"

"傻臣臣，最贵的是大西几啊，小猫咪才一块钱。"

"经纪人真坏，妈妈帮你教训他，我们以后都不和他玩了，哼！"

衣既明在直播这块算是弱项了，他既不会以声音撩粉，也不是特别的活泼健谈，存在感直线降低。

直至……

游戏开始后，几乎所有人的眼睛，都情不自禁地转移到了衣既明的操作上。

衣既明玩游戏的水平，已经不输H&Y的明星选手了。

"这个我知道，我知道！"霍楼在面对镜头时，明显比在衣既明面前要放得开，主动为衣既明解说背景资料，"男神的职业选择上，第一是演员，第二就是电竞选手！"

一晚上的游戏，一晚上的插科打诨，宁不臣收到的小猫咪差点把直播平台挤瘫痪，他的粉丝在购买力方面是真可怕。哪怕明知道宁不臣说喜欢小猫咪的原因，只是不想粉丝破费打赏给直播平台，但他的粉丝却还是宁可一个一个地拆开送，也要给他们家臣臣长脸。

霍楼的粉丝更是从没在这方面输过，全面突出一个"壕（土豪）"。

但最后……

在统计针对个人的打赏时，反而是衣既明名下的赏金最高，几乎是一骑绝尘。但不是仅靠单独一个就差写着"我是霍楼小号"的号，而是有好几个大粉丝的号，出手大方阔绰，却全程不言不语，没有任何惹人注目的行为。和衣既明给人的感觉近似，低调的宝藏。

衣粉这种长情死忠、不作妖又会在关键时刻给衣既明长脸的行为，一直是李林特别引以为傲的。

当然，之所以打赏有那么高，还是因为直播间内，不管之前是不是衣既明的粉丝，最后都被衣既明的操作和意识打动并吸引的那一部分人。也许他们转天就会忘记，但在当下的这一刻，他们是真情实感地记住了"那个手很漂亮、打游戏很好的演员"。

一如李林的评价，衣既明总是有一种吸引有钱富二代的奇怪气场。

直播平台的高层都被惊动了，想和李林再谈点长远合作，但李林已经拒绝了。这种事，一次两次是新鲜好玩，次数多了，就太掉价了。

直播结束时，已是深夜。衣既明让疲倦的工作人员先离开，明天再收拾。

亢奋了一晚上，喊得声嘶力竭的宁不臣，很自然而然地问衣既明："我睡衣呢？"

衣既明指了指客厅的一个暗柜。

霍楼蹭了一程，也拿到了自己的睡衣，全程假装没有发现他也莫名其妙再次留宿。顺便还在心里琢磨，他该以什么样的理由，能"再再再次"留宿。有了一次，便开始想要更多，就像是饕餮，永远不知道满足。

那头宁不臣已经开口："明明，我这两天就都住在这边了哟，我买点东西回来放着，你不介意吧？"

"没事。"衣既明几乎没有任何犹豫，就答应了。

霍楼愣住了，这也可以!？

确实可以啊。

宁不臣今年已经二十八了，为躲避父母无处不在的催婚，他都不知道在衣既明这里住过多少次了。像这种只回来B市住个十天半月的情况，他真的懒得回家和父母吵。

"那我也想住下。"霍楼豁出去了。

衣既明略显茫然："你也遇到事了吗？"

"人多热闹，可以一起玩游戏。"

衣既明沉默了整整三秒，才消化了霍楼给出的信息，道："……那你瘾挺大啊。"

"嗯，我爸差点想送我去戒一戒。"霍楼疯狂自黑，顺便黑他爹。

然后，霍楼就和宁不臣一起去隔壁住了。

霍楼这才发现，住在衣既明家的福利已经没有了。不过想一想，住在对门，也蛮好的！

在和霍楼一起开隔壁门的时候，宁不臣才猛然反应过来："既然你想玩游戏，而我想躲我爸妈，那我们完全可以不麻烦明明，我……"

我可以去你家啊。

霍楼用眼神压制了他的念头：不，你不想！宁不臣没能把最后想说的话说出口。

转眼，就是让整个世界变成一片红绿色海洋的圣诞节了。

衣既明打开卧室门出来的时候，差点以为自己穿越到了异次元。他本以为足够宽敞的客厅，现在连个让人下脚的地方都快没了。

包装成各式模样的礼物，漫山遍野似的堆放在近乎顶到天花板的圣诞树旁边，犹如打劫了圣诞老人的雪橇车。

昨晚霍楼就已经通过微信和衣既明确认过了，他可以和宁不臣一样随意，就像是在自己家。但衣既明并没有料到，霍楼的随意是这样的。

客厅被装点一新，金色的铃铛，白色的雪花，还有绿色的槲寄生。

指纹锁的大门开启的声音再次响了起来，又推了一车礼物的霍楼和宁不臣从外面走了进来。两人的头上都带着白边红绒的圣诞帽，帽角微垂，缀着可爱的绒球。

"我再也不信你的什么只有一点点了！"宁不臣人未到，声先至，各种疯狂吐槽。他帮霍楼从车库搬礼物上来，差点怀疑自己就要因此英年早逝。他已经发过微博了，用衣既明家的礼物堆当作配图，下面的评论却纷纷在说"打倒土豪分礼物"，或者"哈哈哈哈哈"，他的"亲妈"们并不能够理解他的痛苦！

"这是我们所有人的？"衣既明试着给眼前的场景找到一个合理的解释，"也包括我们身边的助理？"

"这是你的礼物的三分之一，还有三分之二实在是没地方了。"

阿罗提醒过，霍楼有轻微的购物癖，衣既明以为自己做好心理准备了，但事实证明，他没有。

"你……不喜欢吗？"

"不，我很喜欢。"衣既明怔怔道，"我只是不知道该还什么礼。"

"一个拥抱！"霍楼脱口而出，说完自己心里先悄悄害羞起来，外表看不出来，但他的内心真的很不平静，都快沸腾了。他还不是公众人物的时候，去接过衣既明不少的机，跟着飞过去，又跟着飞回来，却始终没能鼓起勇气像身边的妹子们似的，上前大胆地求握手，求签名……

"我的荣幸。"衣既明几步上前，抱住了霍楼，笃定地对这个大男孩道,"你一定能心想事成,永远顺遂。"

这个世界上!怎么会有衣既明这么好的人!

霍楼激动得快要爆炸了。

恨不能时间就停在这一刻,让他们定格在拥抱彼此的姿态。但最后,他还是主动放开了衣既明,因为比起永恒,他更希望衣既明会说会笑,活在阳光下。

不一会儿,完全没有自己被隔绝在另外一个世界的自觉的宁不臣,颠颠地上前,把手机屏幕往衣既明和霍楼眼前一递:"看!"

在各色礼物中,宁不臣用镜头,把衣既明和霍楼拥抱的一幕,永远地留了下来。

"我是不是拍得超棒的?""宁·国家一级摄影师证拥有者·不臣"永不服输。

"嗯。"衣既明道。

然后,衣既明就被一个电话叫走了,他在昨晚做了个决定,李林今天来告诉他已经谈妥了。

霍楼趁着衣既明离开,这才招来宁不臣,含蓄地把他的手机要了过来:"里面没什么不能看的吧?"

"专业美颜,啥也没有。"宁不臣有一个专门用来拍照的手机,只有各种专业的滤镜,网络都不连。传照片都是很传统的那种蓝牙模式。

"介意我试试吗?"

"随意呀。"

然后,小南就带着早点来了,宁不臣主动上前去帮忙,给了霍楼足够发挥的空间。

先把照片发给自己珍藏,再……霍楼的手指点在屏幕上,犹豫一秒,还是把宁不臣手机上的原版给删了。就是这么小气!

宁不臣回来的时候,霍楼已经好似没有骨头似的,倚靠在墙边,一副无辜模样地吃起了棒棒糖。

宁不臣只是来拿手机去拍早餐的,根本没注意到手机图片库里的异样。

霍楼就像是偷吃的狐狸,眼睛里满是欣喜。激动的心情难以掩盖,久久无法平息,最终,他决定发个微博。

霍楼 V：

"圣诞奇迹。"

一条没头没尾的微博，还少见地没有配图，但霍粉们却联想力丰富，还是猜到了霍楼激动的原因——一定是衣既明送了礼物给他。

霍楼也是一种恨不能让所有人知道又舍不得与别人分享的矛盾心情，最终含含糊糊地随便回了一个点赞最高的评论。

"要不是明明送礼物，我今天立马给大家表演一个吃键盘！！"

霍楼回复："不用吃。"

怎么理解这话都 ok，懂的都懂。霍楼心机 boy 的人设立得稳稳的。

当天中午，霍楼终于吃到了他心心念念的肉，鲜嫩多汁，肥美适口，最重要的是和衣既明一起吃的。

还没有宁不臣。

哪怕是在圣诞节，宁不臣也要工作，霍老板倒是直接给自己放了个假。不做什么，就是想和自家偶像在屋里打发一整天的无所事事。

"你没有事做吗？"

"是呀。"

"那来拆礼物吧。"

然后，两人就真的在衣既明家拆了一下午的礼物，连拆礼物都特别开心。衣既明一定要把礼物按照原包装，一点点地拆开，再把包装袋叠好，纸盒按照大小层层套好，归类得整整齐齐，这才心满意足。

霍楼不好意思道："……对不起，给你添麻烦了。"

衣既明茫然抬头，什么麻烦？他已经好久没这么开心了，就像是心里有一团被冻住的火，终于重新透过坚冰，有了温度。

晚上的时候，衣既明和霍楼两人，一边吃着沙拉，一边看了《有钱人的一天》的最后一集。有霍楼和衣既明共同出现的一集。

衣既明试着学网上的"彩虹屁"，发微博给霍楼拉收视率。

衣既明 V：

"你不看，我不看，霍楼的未来怎么办。晚上八点，一起来看《有钱人的一天》吗？有霍楼。"

［剧照］

底下评论：

"看！我发现了什么！我明自己发微博了！"

"肯定是明哥没错了，明哥你终于学会怎么用微博了吗？[感天动地]"

"只要活得久，真是什么都等得到啊。明明么么哒。"

其实之前衣既明就已经有自己微博的掌控权了，只是基本都用来回复霍楼的@了。微博上的最后一条还停留在"霍楼你好"上，大部分衣既明的死忠粉还不认这是衣既明，以为又是李林或者小南在操作，反响不算特别热烈。如今，情况终于开始有了反转，很多潜下去多年的大粉，渐渐结束了漫长的冬眠状态。

挤下了一部分霍楼粉丝的评论。

"这是什么神仙偶像？！"

"@霍楼 快看快看，你男神给你拉收视率了。"

"哈哈哈哈哈，'你不投，我不投，明明何时能出头'，是我霍当年这句的翻版吗？"

《有钱人的一天》的一开头，就是几个MC故作神秘地在说，他们的最后一集，请来了一个真正的宇宙无敌富二代，还是当红炸子鸡，站在顶级流量之端的男人。

"之前我们都不敢宣传，生怕别人觉得我们蹭粉。"

"是呀，是呀，而且对方还是我们的半个老板，老板战斗力超强，不敢得罪。"

"你们这么说不是已经得罪了吗？"

"不会啦，老板现在心情超好的，听到也不会生气。为什么？因为……"

霍楼霸总式"中二"出场，后期旁边给配的文字——我们的嘉宾，正在陪他知名不具的衣姓友人吃……草。

衣既明特意开了弹幕，一起观看。

粉丝在一开始就已经快要笑崩了，因为稍微了解霍楼的人都知道他是个无肉不欢党，让他吃蔬菜沙拉？不存在的。

衣既明侧目看向霍楼。

霍楼赶忙申明立场："弹幕都是乱讲的。"

打脸就是这么快，电视里霍楼正在说："我最喜欢吃沙拉了。"弹幕直接炸了，连霍粉自己都看不下去了。

"哇，这是谁，不要脸！"

"我爱蔬菜霍霸总，呵，男人。"

"今日金句：我霍楼最喜欢吃草了。"

"天哪要笑疯了，哥哥一定在OS①：偶像请吃的沙拉，那能是一般沙拉吗？"

"可以可以，霍楼对衣既明是真的，我信还不行吗？"

霍楼也没想到谎言拆穿来得这么快，紧张地坐在沙发上，不敢动也不敢说话了。

衣既明哭笑不得道："下次我给你做其他的吧。"

在圣诞节的最后，衣既明把他和那部叫《讲究》的民国剧的合约，送到了霍楼的眼前："圣诞快乐。"

一块钱的片酬，电视剧男二，给霍楼做配。

"不行！不行！不行！"霍楼像是踩住了电门，一蹦三尺高，拒绝得比衣既明这个当事人还要强烈，"谁同意的？一块钱？谁家男二的片酬是一块钱！！我不同意！不行！不能够！不可以！"

《有钱人的一天》里正好播到霍楼眨眼对衣既明说："董事长的儿子就可以。"

衣既明尽力勾唇，在槲寄生编织着铃铛的植物圈下，对霍楼道："任性的实力派演员，就可以。"

---

① 内心独白。

咸鱼第四次翻身

★ 日月我心 ★

Ji Ming

随后的一段时间，衣既明就开始了和霍楼同进同出的生活。他们变得比宁不臣还要忙，回来晚的时候，衬得总等着等着就在客厅沙发上睡过去的宁不臣，宛若一个留守儿童。

留守儿童只能白天见缝插针，在他们仨才建起来的微信群里，和他的两个家长沟通。

"菜得理直，躺得气壮（3人）"微信群内。

才不要结婚呢："你们最近干吗呢？我马上就要走了，咱们什么时候再约几局？"

衣既明："工作中，回去说。"

霍大侠："工作中，回去说。"

气得宁不臣差点摔了手机，他愤愤不平地和助理叨叨："我觉得我被排挤了，你说他们会不会在我之外，还有个小群？只有他们两个的那种！"

助理无奈道："哥，两个人的那种应该叫单聊吧？"

宁不臣不依不饶，他决定在这个三人群里，再搞出来两个小群！一个不带衣既明，一个不带霍楼！

衣既明和霍楼的手机几乎是同时响起来，看着发来消息的人，并排坐在一起的两人沉默了。

《讲究》剧组在敲定了男二由衣既明临时顶上后，就着急忙慌地高效运作了起来。择吉日随时开机。开机之前的这些天，剧组分了好几拨人，多线并行，同时操持、调整着各种七零八碎的事情。好比专门围绕衣既明，抓紧时间又多开了几次剧本研讨会，本意是让几个主要角色之间互相熟悉，多磨合一下。

霍楼的注意力却放到了他和衣既明是坐在一起的！紧挨着！他这才

终于接受了"和男神成为同事"的设定，从过去的别扭里，转变到了如今的每天"高高兴兴上班去，开开心心下班回"的状态。霍楼心中那点想要和衣既明当邻居的小心思，再一次死灰复燃。

霍楼的积极情绪，也感染了《讲究》的导演周浪，研讨会是越开越晚。

直至这天，连霍楼都有点坐不住了，他就跟个多动症儿童似的，一会儿看腕表，一会儿看手机，好像每一秒的过去之于他都是在凌迟。

这种不耐烦，在被霍楼视为"垃圾时间"的反思讨论环节达到了顶峰。

可以说是百蚁噬心，没着没落。

既看不到衣既明表演，也不是他和衣既明对戏，让霍楼感觉自己整个人生都了无生趣，完全不想听周导批评男三刚刚在和衣既明对词时语气哪里弱了，哪里又过头了。

男三是个还在上电影学院的学生，叫吴用，和霍楼差不多大，但不管是圈内地位还是经验，都和霍楼没有可比之处。但就这样了还很是心高气傲，自诩科班出身，觉得自己至今还没红，只是缺了个机会。

要不是担心周导稀疏的发量彻底万径踪灭，霍楼连吴用都想给换了。

吴用自然不敢对周导发脾气，但还是有点不服气，无处发泄的迁怒，就扯到了衣既明身上。他的逻辑很清奇，不就一个剧本研讨会嘛，衣既明这个空降兵这么认真做什么？念个台词都要一路碾压，是不是故意针对我啊？！

一直不红的老透明，心态真可怕。

衣既明其实都没正眼看过吴用。这次开机时间紧迫，不能让衣既明按照他过往的习惯，去反复揣摩、熟悉剧本，导演也一直没说过他在对台词时的情绪和表演哪里有问题，衣既明就只能进入了和自己死磕的模式。没什么理由，这就是他的工作。

黑色环形会议桌前的一圈人，出于这样那样的原因，今天竟有一半以上都心不在焉，不在状态。周导环视一周，纵使他脾气再好，也还是忍不下去了。

不是中年却胜似中年的新人导演,把剧本往桌子上"啪"地一扔,终于引起了重视。

当大家都抬头看向他时,周浪反而先怂了,他一直有个导演梦,可他的性格真的不适合当导演,他自己也清楚。好比此时此刻,他想的就是,其实剧组的演员也没有那么不服从指挥,他要不还是别发火了,免得大家都不好看。

俗称,磨不开面儿。

周浪悄悄吞咽了一口口水,想要快速从心里找到让大家下台的话。而就在这个时候,他看到了霍楼。他是唯一一个没有因为周浪摔剧本就抬头的人,不仅如此,他还在桌底下不知道捣鼓着什么,一只耳朵上光明正大地戴着白色的无线耳机。

"你干什么呢?!"本来火气已自我压下去的周浪,重新反弹了,好像比刚刚还要火了几分。他甚至有勇气冲过去,翻出了霍楼的手,以及他手上的——手机。

手机屏幕上,出现了衣既明古装扮相的一个惊艳转身,《不臣》二字随后跟上,依稀好像还能从耳机里听到主题曲的声音。

全场陷入了沉默。

今天是《不臣》开播的日子,就是衣既明和宁不臣一起合演的那个古装剧。

之所以选了这么一个不是周末,也不是重大节日的时间,是因为这天是男主演宁不臣……他妈妈的官方生日。

宁不臣的妈妈是老牌天后,天籁之声动人心魄。曾有国外富豪愿意出天价,请天后唱一首成名曲,了却他重病的女儿最后的心愿。天后拒绝了钱,却不远万里赶赴病房,清唱了一个下午,只为那一个粉丝。她的歌,千金不换。

这位真性情的天后,却为了老来子宁不臣操碎了心,已是半隐退的她,至今还要时不时出来一下,为儿子的收视率买单。

有了天后加持,第一天电视台的收视率、网络的播放量,确实都迎来了一个同期的小高潮。在这个受经济影响,而流量日渐低迷的年关,有了一个高收视的好开头。从评论来看,《不臣》的开播质量也是在平均线之上的,至少能留住大半受天后和霍楼影响而来的观众。

霍楼期待好久了,想要在第一时间打开自己名下所有房子里的所有电视,以及各种只要能打开视频网站 App 就一定会打开的电子设备,守着衣既明本人一起看《不臣》。

可惜……

他设想得有多美好,现实就有多不给脸。

眼瞅着晚上八点的黄金档就要开始了,剧本研讨会却还没有结束。霍楼一直忍到了八点,最终还是搞了一点小动作。

面对周浪的人赃并获,霍楼像个混不吝,直言:"我觉得,在剧里我角色的设定,说白了还是衣前辈所饰演角色的小迷弟,提前适应一下情绪,不是挺好的吗?"

周浪一脸"老子信了你的邪",但最终还是只能就地散会,让这支人心涣散的队伍先回去,重整旗鼓,明天再战。

在大家稀稀拉拉地走后,会议室里只剩下了周浪和衣既明。

"我有什么不好的地方,我希望您能够直接和我说,不用顾虑霍楼的面子。"作为最近几天研讨会上唯一没有被批评过的人,衣既明实在是找不到霍楼以外的外因。

周导演欲哭无泪:"我可以对灯发誓,我真没觉得你哪里不好。"

在演技方面,不敢吹衣既明已臻完美,但至少碾压如今这个剧组是没问题的。周浪已不知道多少次在心里问老天,为什么给了他一个演技已经这样了还要对自己吹毛求疵的男二衣既明,却又给了他那样的男一霍楼和男三吴用。

衣既明皱眉:"可我觉得……"

"既明啊,"周浪气势上压不过衣既明,只能通过委婉的语气来达到目的,"我知道你也是为了剧组好,都是自己人,那哥也和你说句掏心掏肺的话,比起你继续深入挖掘演技,衬出其他演员的不足,哥更需要你去管管霍大少。"

"我不是他的家长。"

"但你说话比他家长管用。"周浪一语道破天机。

衣既明皱眉，但最终还是答应了导演会尽力去试一试。

"其实霍楼很好，就是小孩脾气，大家都误会他了。"衣既明一边这么为霍楼解释，一边和周导走出了会议室。然后他们就有幸一起目睹了衣既明口中很好的霍楼，公然霸凌男三吴用。

"你刚刚是不是在腹诽明明？"霍楼跟叼着烟似的叼着棒棒糖，冷笑，"再说一个我听听啊！"

"我没说，我就是……"想想而已。

"想也不行！"可以说是很霸道了。

周浪和衣既明一脸黑线。

看到衣既明出现的那一刻，霍大灰狼都不会说话了。他僵在原地，"咔咔"转头，心想着今天出门前应该先看看皇历的，好比看上面有没有写"忌暴露本性"。

衣既明却反而像没事人似的，只是上前拍了一下霍楼的小臂，道了句："走吧。"

然后，衣既明就率先从霍楼和吴用中间走了过去。霍楼瞅了眼衣既明的背影，好像明白了什么，咧嘴对吴用露出一个"你完了"的大鲨鱼式笑容后，转身时脸上的表情就像跨越物种再次定格在了哈士奇上，颠颠地追上了衣既明。

霍楼那个乐呀，甚至还有闲心给周浪发微信："我会给你多买点霸王的。"

言下之意就是，这个男三不要也罢，你愁得脱发没关系，你的生发水我包了。

霍楼自以为没事的好心情，一直维持到了回到衣既明的家，他这才发现，衣既明自始至终没再和他说过一句话。平时衣既明就不是一个多话的人，但至少他会回应，不管霍楼说什么，都会有个"嗯""哦"之类的，如今却什么都没有了。

连陪着宁不臣玩游戏的时候，衣既明也没再和霍楼有过任何交流。今晚是他们组队以来，成绩最差的一次。

霍楼被摁在地板上摩擦了好几次，宁不臣更是……不提也罢。

"我明天，不对，今天就要走了啊！老天就是这么对我的吗？"宁不臣不太会看气氛，把一切都甩锅给了命运，一直到快天亮回到隔壁，还在和霍楼碎碎念，他输得好惨啊！！

霍楼也很低落，低落得甚至连《不臣》第一天上线的会员可看前五集，都没能三刷。他一直在等着宁不臣问他，结果大概是他们之间的兄弟情太表面，一点默契都没有。忍到最后，还是霍楼主动和宁不臣直说了。

等听明白前因后果后，宁不臣也顾不上什么过家家的角色扮演了，只是沉重地拍了拍好兄弟的肩，送了他情深义重的九字真言："走好不送，我会想你的。"

"我死定了？"

"死定了。"

就宁不臣浅薄的经验来看，衣既明对什么都很少有强烈的情绪，不管是开心或者生气。但这也同时说明了，一旦衣既明有了情绪，特别是负面的，那会衍生出一个多么难搞的局面。

"就没有什么办法挽救一下吗？"霍楼不死心，最近一段时间的经历，对他来说就像是一场梦，美好到不真实，他知道早晚会有梦醒的一天，但他会用尽一切办法，让这个梦哪怕晚一秒醒。

"嗯，"宁不臣努力地想了一下，实话实说，"我也不知道。但也许，你让明明冷静一下，就好了？"

"你有过经验？"霍楼就像在悬崖边，摇摇欲坠地抓着最后一棵枯木。

宁不臣奇怪地看了眼霍楼，信誓旦旦道："我又不傻，怎么会干出惹明明生气的事呢？"衣既明不好接近，可一旦被他接受，真诚以待，那就像进了天堂，谁舍得再作死离开啊。

枯木，断了。

宁不臣真诚地看着自己的小伙伴，好像这会儿才反应过来："这么说来，你还蛮厉害的，能把明明惹生气。"

"……"走吧你，就当我们不认识！

霍楼在床上辗转反侧，外面已是天光大亮，时间离他起来去当个忙碌的社畜越来越近，但他却还是睡意全无。

此时的衣既明也没睡着，他正在围观霍楼的又一个小号。

自从霍楼出现在衣既明的生活里，衣既明已经为霍楼打破了一个又一个的日常习惯，竟也没有觉得这样有什么问题。

霍楼的这个小号，是衣既明在回来的车上发现的。

准确地说，应该是霍楼今天突然自爆，再一次引发了全网讨论，已经要变成霍楼专场了。

"哈哈哈哈哈 xswl（笑死我了），你霍竟然自爆了一个给 yjm 打榜的微博小号——日月我心。"

主楼："就在刚刚，他转了自己的小号，还是 yjm 超话的小主持人呢，有个亮闪闪的黄 V，失敬失敬。不是很懂你们追星男孩，花样都这么多的吗？"

1L："我也看到了，一人血书求哥哥，看一看他丢失多年的偶像包袱吧。"

2L："hl 是触手系吗，他到底还有多少小号？"

3L："这是谁又在扒皮？23333333。"

4L："楼上没看到主楼吗？我们哥哥自爆的呀，疯起来连自己都精准点爆，怕不怕！"

…………

18L："我觉得这样的霍大少还蛮萌的。"

19L："不是，hlgg 过去竟还是个文艺中二吗？从'既明且哲，以事一人'到'日月我心'，对比我的'霍楼和我锁了'，突然自卑。"

20L："李涛[①]，霍楼是不是富二代里情商比较高的？立着神经病的人设，但其实总能在关键时刻做出引起舒适的选择。之前果断认了追星，如今又赶在大家还没有厌倦，但未来肯定会烦他大号频繁刷屏的当口，转战一个公开小号。既不会给自己也不会给衣既明惹麻烦。"

21L："情商 +1"

---

① 网络流行词，理性讨论的意思。

22L:"快去看,快去看!!!hl直接把小号的身份介绍改成'衣既明超话小主持 霍楼追星专用小号'了,牛!讲究!"

…………

然后,论坛里的人就一窝蜂地拥去了霍楼的追星小号,在评论下面各种观光打卡。衣既明也不例外。

霍楼自爆的这个微博小号,比他之前被追爆出来的两个都长情,入圈最早,至今没有退圈。超话的打卡活动,坚持了三千多天没断。连衣既明都依稀对这个号有些印象了,过去好像经常在他的微博下面留言,还获得过不少高赞的评论。

"日月我心"的首页,背景和头像都是衣既明,前排的内容基本全是和《不臣》相关。

前后不到半个小时,刷了至少四十条类似于"首页小伙伴都看了几遍《不臣》?我只看了两遍,没时间三刷,心烦""啊啊啊啊啊,我死了,明明演技更棒了""年度电视剧预定"的言论。

这么一对比,霍楼之前用大号追星时,还是收敛了不少的。

一股现役粉的热情,透过屏幕,扑面而来。

衣既明在车上刷到这些后,大脑就当场卡壳了。他不是在生霍楼的气,只是时间赶巧,让他毫无准备地就直面了"霍楼追星只是过去式""对自己客气只是礼貌"等解释的破碎。霍楼是真的粉丝,很热情的那种。

衣既明没处理过这种情况,在无前例可循的情况下,他暂时也不知道该拿出什么样的模式去应对霍楼。就,只能先这样了。

等霍楼和宁不臣走后,衣既明才重新思考了起来,他把霍楼的小号又翻出来,开始从最早的那条看起。

"我宣布!从今天开始!我就是明明的小迷弟了!"

[剧照]

不知不觉就一路看到了最新的一条。

"明明的眼睛里有星辰大海!"

[《不臣》剧照]

衣既明怔怔地看着手机,还是没有办法给霍楼一个全新的定位。

一直到衣既明平时会醒的时间悄然而至，收到微信的提示音，才打破了沉寂。微信的来源自然只能是霍楼，他终于还是鼓起勇气，给衣既明发了条微信。他左思右想都觉得冷战不能等，要不是怕打扰到衣既明休息，他早就来敲门了。

霍楼：'前辈你生气了吗？［不要生气好不好］'

衣既明：'??'

不等衣既明把自己一脸蒙的情绪表达得更加清楚，一波未平一波又起，李林的微信也到了，恭喜衣既明再一次上了热搜。小南也发来了微信，询问今天出门要不要换一辆媒体不那么熟的车。总之，大家对衣既明的作息好像都掌握得挺准确的。

衣既明这一回上热搜的原因，是有人顺着"日月我心"这个小号，又扒出了不少梗。好比，很多很多年前，衣既明在经纪人的要求下，曾发过一条特别尬的聊天微博。

衣既明 V：

"大家都在干什么呀？"

连个表情或配图都没有，标点符号规规矩矩，一看就是衣既明的风格。

"日月我心"的评论，因为点赞最多，高挂首位：

"在想你呀。"

按理来说，霍楼追星追到这个份儿上，霍粉肯定不能再忍了。

不论之前如何，所有人都默认，如今的性质俨然已经是另外一个层面了。任何感情都是有独占性与排他性的，追星也不例外，大众都要替霍粉不开心了。

但，霍粉就是这么不走寻常路。

比起不爽霍楼坚持打卡别人超话三千多天，他们现在更担心的，是今晚《不臣》第六集播了，霍楼的心态会不会直接崩掉。

可以说很未雨绸缪了，真情实感地害怕霍楼去打人。

因为……

"作为剧透党，我可以负责任地说，按照《不臣》原作的时间线进度，yjm马上就要被捅死了，不可能活过第六集。"

《不臣》的编剧自己就是原作作者，请她来主笔，就是因为《不臣》的框架是直接买了她的小说版权。原作讲的是一个因为家破人亡而走上复仇之路的大奸臣的故事。有历史原型。宁不臣演的就是这个大奸臣，看上去人畜无害，却是个拿反派牌的主角。

衣既明在剧里演的是宁不臣还没黑化前的老师，当代大儒，有匪君子。这个角色是没有历史原型的。完全是作者为强行把历史上的奸臣、皇帝以及皇后三人拉上关系，而创造了一个他们师从一人的设定。原作里，这些求学时光，都是主配三人一个个细小的回忆碎片，电视剧里为了剧情的连贯性，想直白地让观众看明白到底发生了什么，而改成了从主角小时候开始演。

换言之，老师的戏份就集中在开篇的前几集，很快就要杀青了。

"老师死了？？？"

"他不死，主角怎么黑化？怎么报复昔日的小伙伴？"

"不仅老师死了，全家都死了，青梅竹马也死了，我大臣臣这回是真的惨啊。"

"yjm死了，那hl不得疯？"

"是老师死了。衣既明真不愧是演技咖，很适合演原作里这种会成为所有人追忆的白月光，脸就特别有说服力。换我，日常面对这种颜值的温柔老师，他没了，我肯定要为他报仇啊！导演选角能力地表最强！"

"我觉得以我霍追星追得走火入魔的状态，他不一定有那个智商分清楚到底是谁死了。"

"道歉筹备组已经就绪，时刻准备……替哥哥道歉。"

为粉丝们的这种担忧雪上加霜的，是霍楼用"日月我心"那个小号，发的一连串的大哭表情。如果没有剧透，大家大概还会发散一下思维，猜霍楼又在整什么幺蛾子。如今，就只剩下心头一跳，完了，霍楼已经被剧透了。

连在剧里演捅死老师的刺客的演员，都紧张了一下。一方面觉得霍楼应该不至于那么神经病，一方面又从实际出发地考虑他能不能扛住霍楼找他麻烦。

但霍楼这回真没那么神经,他觉得他哭得有理有据。

衣既明不和他一起吃早饭了!

"……"阿罗戴着蓝牙耳机和霍楼通话,手上敲击键盘的动作却并没有停,被迫一心二用,情绪多少有些暴躁,"我给你三十秒,好好组织一下语言再说话。"

"明明昨天肯定是生我的气了!今天还没消!我像往常一样,去隔壁找明明吃早饭,但家里根本没人。我问周浪,周浪说今天的剧本研讨会明明也请假了。下午宁不臣就要走了,我就没有理由再继续住在这里了。明明就是在躲我,想拖到再不和我见面,你明白吗?!怎么办啊啊啊啊啊!"

阿罗深呼一口气,才对霍楼冷静道:"我至今没有收到李林方面的解约合同,所以,哪怕衣既明真的不想见你,开机之后你们还是照样要朝夕相对。"

"对哦!"霍楼脑袋顶上的灯亮了。

"我要去和周浪说,为了追求艺术品质,我们必须进行全方面的封闭式拍摄!拍不完,谁都不许走!拍它个两百天!不,还是一年吧!"

"你开心就好。"阿罗毫不犹豫地挂断了电话,并对霍楼设置了"来电免打扰",让对方冷静仨小时,他暂时不想再和这个追星脑说话了。

但不出一分钟,阿罗的微信提示音就疯狂响了起来。

你不能掐死他:"明明要是还想继续演,那他现在去哪儿了?对明明来说,不可能有比工作更重要的事情!"

阿罗愁得也要开始掉头发了,他怎么会知道衣既明去哪儿了?

你不能掐死他:"你问问李林呀!"

哪怕阿罗没回,霍楼也像是点亮了读心术一样在作弊。

阿罗长叹了一口气,他和李林除了工作以外,就没有任何可以再和睦谈下去的关系了。"李林也不一定知道。请允许我再重申一次,李林是他的经纪人,不是他妈。"

但其实,李林还真知道。

衣既明临时去见了李林的堂弟李斯特,还是李林提前给预约好的见面时间，强制亲自把衣既明送了过去，神秘到连小南都不知道具体情况。

李斯特是个归国华裔，在业内小有名气。衣既明和李林签约时，李林给他安排的第一份通告，就是一周三次来找李斯特聊天。聊天的频率在随后的这些年里一直在逐步减少，直至变成了半年一次。如今还没到时间，李林就再次把衣既明送上了门。

"抱歉，又来打扰你了。"

"没事，"李斯特用小勺顺时针搅动着杯里香浓的咖啡，"我相信堂哥不会无缘无故打断我的假期。事实上，我最近也有关注你的八卦。是因为霍楼吗？"

"嗯。我不知道该怎么分类他。"

衣既明的生活一直很规律，规律到了正常人没有办法理解的地步，但那是对不了解他的人来说的。了解他的话，会……更不理解。

不仅是生活，衣既明连人际交往，都是严格分类的。

在衣既明的社交模板里，不同的人，会有不同的分区，以及不同的对待方式。好比李林、宁不臣，就既是好友，也是亲密的合作伙伴，他很信任他们，几乎予取予求；周浪就是导演与演员之间单纯的合作关系，还是属于第一次合作的那种基础款，很冷淡的商业往来。

衣既明的这套处理系统，一直运行良好，有条不紊，层次分明。直至霍楼出现。衣既明对他的定义一直在变，始终不能稳定，好不容易勉强在朋友上确定了分类，又出了如今的事情。

"这么快他就是和宁不臣一样的朋友了吗？"李斯特略显诧异。

衣既明停顿了一下，但还是点了点头。

"你有想过为什么可以这么快吗？"宁不臣从和衣既明合作，到成为普通朋友，再到亲密挚友，可没如今这么容易，李林也是一样的。

但是，霍楼和宁不臣、李林比，并没有任何优势，且更具攻击性和侵略性。

李斯特有点好奇衣既明是怎么想的。

衣既明却沉默了下来，没再开口。

"这不是坏事，"李斯特放下咖啡，没再强求，"事实上，我觉得这是一个良好的开端。我之前就一直在和你说,我不觉得你有任何需要吃药的疾病,你只是恢复得比常人慢,很多感知都需要一点点地复苏。"

当年那场车祸的后遗症一直都在,但时间早晚会治愈一切。

"我不进行分类,就没办法和霍楼说话。"衣既明是来寻求解决办法的。

李斯特却反问:"你想和他正常交流吗?"

衣既明不假思索地回答:"我想。"

"那,也许我们可以试着把霍楼当作特殊的存在,不去分类?就像你一下跳过很多中间过程,很快认定了他是亲密朋友那样,顺其自然。"

"把他的标签定义为'特殊朋友'?"

"哈,"李斯特虽然一直和衣既明有交流,但他也时常会跟不上衣既明的逻辑,"我是觉得你应该和他多接触看看,也许以后……"

"明白了,谢谢。"

李斯特一脸蒙,你明白什么了?我都没明白。

衣既明从李斯特家离开后,就坐在车里打开了备忘录,围绕霍楼写起了千字小作文,像分析剧本一样地分析起了霍楼这个人。从他们最初的结识,到霍楼在网上的种种操作,最终,衣既明把自己的情绪圈定在了——"开心"。

霍楼那句"在想你呀",让衣既明感觉到了久违的暖流。

衣既明的车就停在地下车库,人却一直没上去,他做起事来就会很专注,忽略掉时间的那种。一直到他给霍楼也建立了一份和自己类似的备忘录后,他才终于抬起了头。大忙人李林什么时候走的,他都不记得了。

脖颈有些酸痛,但心却是从未有过的轻盈。

衣既明满意地给自己标上了一朵小红花,想了想,又标上了半朵,然后第三次又加了半朵,整整两朵,为自己的进步。

他给霍楼……标了一排小红花,因为他看到了网上霍粉对霍楼的担心。

一直到上了电梯,回到家,在家门口看到眼眶有点红的霍楼时,衣既明才后悔了,他应该多标一排小红花的。

"不要怕,我没事。"衣既明主动上前,抱住霍楼,想要安慰一下这个看上去内心异常脆弱的大男孩。

这回轮到霍楼呆住了。

咸鱼第四次翻身

★ 日月我心 ★

Ji Ming

"火锅家族（13人）"微信群内。

明明抱我了，没有人可以不知道："！！！！！"

卖肉求生："[热烈鼓掌]这是什么神仙发展！恭喜恭喜！老大你是不是在暗示，我们今年的聚会可以搞起来了？"

女装大佬水手服："劝楼上不要做舔狗。"

没有人理我："真聚？什么时间？我看一下能不能赶回来。"

搞清楚状况了："先确定有几个人，别像之前似的，一桌坐不下，两桌又尴尬。"

又有钱了："算我随礼了。"

又有钱了："红包。"

又有钱了："红包。"

又有钱了："红包。"

中央空调："咦？可以带朋友的吗？那我……"

＝＝："不可以！"

女装大佬水手服："不可以！"

卖肉求生："不可以！"

又有钱了："红包。"

中央空调："为什么队长就可以。[委屈巴巴]"

脆皮鸭研究专家："因为老大交友谨慎，而你的那些……"

卖肉求生："衣前辈是圈里出了名的口风严，而你的那些……"

霍楼其实根本没看到后面的群聊，他正忙着在微博小号上发大笑的表情。一排又一排，成群又结队。

但搭配《不臣》今天晚上准点播放的第六集，在粉丝眼里就是，这人彻底疯了。

衣既明扮演的老师，不出意外，还是死了。一刀致命，死得凄美。加上衣既明游刃有余的演技，以及审美在线的背景音衬托，老师这个角色的白月光人设算是彻底立住了。让观众很容易与主角产生共情，也让他们忽略了宁不臣并不悲痛欲绝的演技瑕疵。

"哥哥，冷静啊啊啊！！！"

"@衣既明 跪求您，去看看我霍吧，哪怕是和他说句话也好啊。"

"老师死了，大家最同情的却是霍家大少，真没人觉得哪里有问题吗？"

"是时候喊出我们霍粉的口号了：偶像智障多年，粉丝不离不弃。"

"老师真的死了啊，一个爆哭，特别理解霍霍此时此刻的心情，想给编剧寄刀片，还我老师。"

"这才开局，电视剧还能不能好好播了？！"

"说句公道话，现在已经不流行齁到腻的纯甜了，都爱走甜虐路线。但我还是只想要甜，不想要虐啊，一人血书求老师复活！"

复活是不可能的了。

衣既明就拿了六集的钱，后面他还有些戏份，但都是很零碎的镜头。好比，当剧情需要主配三人突然拥有什么神奇的技能时，就会生扯是老师教过的。堪比教会名侦探柯南无数本领的神奇地点夏威夷。

"我在剧里还挺忙的。"衣既明一本正经地和霍楼说笑话，"一边教皇帝用毒，一边教皇后解毒，一边还要教宁不臣飞檐走壁。我若不死，天理难容。"

霍楼则在努力绷住了不让自己笑，非常心机地想要尽可能拉长衣既明对他的安慰时间。

就像他如今带起来的节奏，全世界根本没人还记得宁不臣和衣既明在戏里的师徒戏份，一提起老师，第一时间想到的肯定是霍楼要哭了。

＃鱼哭了，海知道；霍楼哭了，老师知不知道？＃

一个普通的剧情梗，能如火如荼闹这么大，一方面是剧情安排确实虐心，另外一方面也是因为有霍楼买的工作室在卖力掺和。霍楼早在知道衣既明要演《不臣》的时候，就已经看过原著了，不仅知道衣既明具体要演什么，还知道衣既明演的老师和宁不臣演的奸臣之间有个力量不小的粉圈。

电视剧一播出，这些粉丝绝对会感染当年宁衣的粉丝，两方人马合二为一，重出江湖指日可待。

霍楼作为一个兢兢业业的"毒纯"粉丝，早在没能和衣既明搭上话时，就已经设想过该怎么严防死守以防他们的粉丝死灰复燃了。当时的准备，现在已经没有用了，但如今的效果明显更好，不仅顺利踢宁不臣出局，还把自己和衣既明捆绑在了一起。

阿罗帮霍楼处理了大半的后续，不禁有些感慨："你什么时候能在演艺事业上有这个脑子，你就不是霍流量，而是霍影帝了。"

"霍流量"吃着戒烟棒棒糖，一脸无辜，他对现状还挺知足的。

《讲究》终于要开机了。

开机前要先拍定妆照，几个主演的保姆车，一早就到了拍摄地点。勤快得让不少偷拍"狗仔"叫苦不迭，不禁发出了来自灵魂深处的呐喊：为什么会有演员比他们起得还早?!

当然是因为霍楼要等衣既明呀。

衣既明的生活规律，稍微和他认识几天，就差不多能总结出一个大概。当然，那只是在生活里，工作上衣既明可以迁就，很少会被人看出他的与众不同。

但"资深明吹"霍楼同学，必然不可能答应让衣既明迁就。

霍楼也没有强迫别人，只是从剧本研讨会开始，就立了个习惯早到的人设。其他人要捧着他这个剧组里最大的资方以及流量咖，自然是要跟着早到的，甚至会比霍楼还要早到半个小时左右。等这种竞相早到的风气形成了，一切也就水到渠成了。

说句公道话，霍楼这样其实已经算是有所收敛了，毕竟这剧他只是资方之一，无法形成一言堂。要是像他给衣既明准备的那部电影那样，他完全有余地更过分。

拍定妆照这天，剧组的人已经尽可能地早了，但还是没能早过霍楼。

宁不臣走后，霍楼就只仗着"老师死了"这一理由，在衣既明家隔壁又混了一晚上，最终还是得走人。从简入奢易，从奢入俭难，霍楼缓了好几天，都没能适应已经不住在衣既明家对面的惨痛现实。

后来连剧本研讨会都告一段落了，霍楼就变成了行尸走肉，每天只会掰着手指头算，什么时候能再和衣既明见面。

这天早上，霍楼激动得差点想凌晨就守到摄影棚门口。

"你真的快乐吗？"阿罗始终无法理解这种热情。

"所谓幸福，就是你说你五点来，我从三点便开始期待。"霍楼给了阿罗一个嫌弃的眼神，"这是一句名言。多提升一点个人修养吧。"

阿罗竟无言以对。

一直到拍定妆照的时候，衣既明才发现，剧里的男三没了。

不是换人，而是从剧本上把整个角色给剪了。减不掉的戏份，匀一匀都给了原本没什么存在感的女主和女配。

根本不用霍楼做什么，女主角那边就已经投桃报李，把吴用的事给平了个干干净净，仿佛他根本不曾存在。这种事在圈里也就是常规操作。

《讲究》是双男主戏，主剧情谍战向。但还是有女主的，只不过原本是个花瓶设定，结局里她也没和男主在一起，或者说，自始至终她就没和男主在一起过。所谓的女主角，更类似于在全剧里找出来一个戏份最重的女性角色，强行当成女主角。

如今加了戏，虽然女主角还是和男主角没什么效果，但至少人设变得讨喜了。

女主角的扮演者叫唐宜，是个运气不好但演技不错的女演员。十六岁就出道了，知名导演的知名作品，但随后的星运却一年不如一年，一开始评大花的时候，她差一点，后来评小花的时候，她又差一点。然后就一直这么不上不下的了。

刚接到《讲究》的女主剧本时，唐宜还在想，这不对啊，她怎么突然就交上好运了？等看到女主那花瓶一样的戏份后，她才终于有了"果然如此"的释然，当然，心头还是不免有点失落的，这已经是这些年她最接近女主角的时候了。直至峰回路转三改剧本，唐宜才终于明白，老天这就是要玩死她啊。等玩够了，才会从手指缝里漏出一二。

但也行吧，至少她对结果很满意，并一定会不惜一切地去巩固这个成果。像唐宜这种在圈子里混得很久，却又一直缺少机会的，反而是最拼的。

心机霍在拍定妆照的间隙，趁机对衣既明进谗言："都是唐宜那边的意思，我真没有针对吴用，就是吓唬吓唬他。"

正巧被妖娆地走过来，打算和霍楼试探一下有没有可能交流点什么的唐宜听见。

算了算了，这男人不能要。

再后来，衣既明和霍楼以肉眼可见的速度发现，他们剧组里本来还有点女人味的小妩媚、风情万种的女主角，神奇地变成了一个女汉子，就那种"这个单位根本没有人值得我上班为他化妆"的感觉。

在霍楼鬼催一样的急迫下，拍完定妆照的下午，《讲究》就在一座价值过亿、地处 B 市二环内的四合院开机了。

等已经到了开坛设案烧黄纸的步骤，霍楼才意识到，他遇到了史上最大危机。

这两年，但凡是有霍楼投资的剧组，在开机仪式的时候一直有个不成文的规则——其他剧组拜关公，他们拜财神。

衣既明演过的某个版本的财神。

看到自己的剧照被摆在祭案的正中间，两边是瓜果点心，正中间还有猪头香炉时……

衣既明依旧可以面无表情地拜下去。

仿佛他一点都没有察觉到被供奉起来的照片有什么问题，一如身边的其他工作人员那样。

照片上的财神，与衣既明几乎没有相似之处，半张脸都是机械式的，手里拿着一柄很有未来科技感的武器，可以说是一个非常硬核的财神了。角色设定不是传统意义上神话信仰里的那种财神，而是导演和编剧脑洞大开的产物，是"金钱"的拟人态。

金钱是一个中性词，不好不坏，有好也有坏。文艺导演想表达的意思，是一句不算出名的名言——当你把金钱看作上帝时，它就会像魔鬼一样折磨你。

总之，是一部在国内非常不叫座的小众电影。

投资不大，但承诺给衣既明的片酬非常丰厚，只是需要等电影上映后才能付清尾款，前期的预付很少。李林当着导演的面，和衣既明直言这戏不能接，不可能有什么尾款的。事实也确实如此，据说那电影只上映了三天，就匆匆撤档了。实在是投资太小，连被人质疑是在洗钱的挽尊行为都没有。

但衣既明还是接了，他很清楚能拿到的钱大概就是前期的那些，也没打算利用合同和导演对簿公堂。因为他就是想演那个角色而已。

霍楼举香，跟着周导一起拜下去的时候，恍惚间差点以为也许连衣既明自己都不记得他演过这么一个角色了。

当然，衣既明随后的微信，还是很快就打破了霍楼的妄想。

衣既明："拍完戏说。"

霍楼举着重如千钧的手机，好险差点没给扔出去，一直到手都被寒冷的北风吹得快要没知觉了，他才颤颤巍巍地打过去了一个"好"。

唐宜当时正好就在霍楼身边不远，看到了他和衣既明明明站在一起，一句话就能解决的事，非要发微信。内心更加坚定了自己的想法。

开机这天下午只有两场戏，没有按照故事的时间线来拍，而是特意选了所有四合院场景下的戏份中最容易过的两场，只为讨个好彩头。

但事到临头，还是出了差错。

衣既明的妆在下午的阳光和镜头前，略显……不合适。具体怎么不合适，周导没敢在霍楼面前说，只是把化妆师又叫过来，低声耳语沟通了一番。今天这一幕戏里衣既明的年龄段，和上午拍定妆照时不一样，如今要尽可能年轻，显得朝气蓬勃。

于是，在衣既明重新调整妆容的时候，场务又来现场再次确定了一下布景和道具，以防出现太明显的bug（错误）。

不只是担心历史bug，戏里这一幕的季节是在夏季，他们要想尽办法营造出烈日炎炎之感。

本来周浪的意思是大家也不能干等着，不如让霍楼先上。反正衣既明和霍楼因为剧情需要，要在相同的书房场景里，穿着颜色和款式都十分相近的中式长衫，站在一样的位置，用相同的角度挥毫泼墨。

这一幕没有台词，也不需要演员眼睛里有什么特别复杂的情绪，就是单纯地写字。谁先拍都一样。

但霍楼却拒绝了。

霍楼的理由十分充分——衣既明进组演戏的时候，哪怕没了他的戏份，在他没有其他事情的情况下，他是一定会去看其他角色拍摄的，还特别专注。霍楼想被衣既明那么专注地看上一回。

周浪拿霍楼没办法，只能在心里很阿Q精神的diss对方，反正耽误的是你的钱，你没问题，我也没问题。

唐宜穿着戏服，在外面裹了件暖和的羽绒服，一边捧着热奶茶摆拍，一边假装勤奋地围观拍摄准备。

霍楼就坐在唐宜身边，两人在等待的漫长过程中，都很有默契地互不打扰，尽量不去和对方有眼神接触。如果实在避不开，不小心在空中交汇了，那就不得不来一波商业互吹。他们在此之前并没有过任何合作，剧本研讨会上也由于种种原因没有太多接触，如今还处在面对新人同事不搭话不合适，但搭了话又很勉强的阶段。

"终于能和您一起合作了，我期待了很久。"

"我有很多方面需要向唐前辈学习。"

然后，就是礼貌而不失尴尬的微笑，还要努力维系。

霍楼不在乎他在剧组的人缘，反正他在剧组的地位约等于人民币的投入，没有人会表现出不喜欢他。只是霍楼在意衣既明从别人口中听来的有关他的评价，不得不和唐宜维持住表面关系。

唐宜讨好霍楼要更明显一点，哪怕她已经看透霍楼的本质，但……当不了情侣还能当朋友嘛。

顺着这条思路，唐宜投其所好，迅速打开了和霍姓友人之间不尴不尬的局面："衣前辈风采不减当年啊，上午拍定妆照的时候我就想说了，但是没好意思。"

"对对对！"霍楼果然一下子就热情了起来，头点得飞快，"明明超棒的！"

上午，衣既明一身禁欲风格的军装，配白手套，戴黑墨镜，英姿飒爽。霍楼当时穿的也是一套黑底银边、立体剪裁的军礼服，勋章纹路复杂精美，马裤军靴的设计极其贴身，配上冬日的毛领大氅，毫不逊色。

霍楼珍藏了衣既明无数的现场照，却不好意思拿出来反复观赏。

"你也是明明的粉丝吗？"

霍楼对待别人喜欢衣既明这件事，就是正常粉丝心态，恨不能全天下都知道他偶像的好，都能跟他一起喜欢男神。当然，外人的这种喜欢必须仅限于粉丝的喜欢，要是变了质，霍楼对待对方的态度，就指不定会变成什么样了。

"我可以是。"面对霍楼的提问，唐宜回答得很有技巧。

一艘友谊的小船，眼瞅着就要起航了。唐宜的经纪人一脸老母亲的欣慰微笑。

当事人衣既明重新整装，终于回到了机位前，并不知道他的粉头霍楼这么兢兢业业，在剧组也要见缝插针地发展"下线"。

这一回，衣既明脸上的妆容淡了不少，只有薄薄一层，整个人却反而更年轻立体了。他穿着窄袖小领的银色长衫，就像是从画报里走出来的民国先生。多机位的镜头前，长衫的盘扣一丝不苟地系到了最上面，但衣既明就是有那个本事，在寒冬腊月的阳光下，演绎出正身处燥热夏季，但本人却坚持礼法，不肯解开任何一个扣子的感觉。

"我的先生是个讲究人。"

这是《讲究》第一集开篇的第一句旁白。

"从穿衣系扣，到行走坐卧，再到他微微抬眼看人时似笑非笑的模样。"

衣既明微微弯下身，下笔如有神，几个大字已跃然于宣纸之上，笔走龙蛇，铁画银钩。

一条过。

没有任何意外。

等霍楼被叫起来去接替衣既明的站位时，只觉喉头干涩，几次都没有办法发出完整的音节。也幸好这一幕并不需要他说台词。

衣既明顺势坐到了霍楼刚刚坐的椅子上。

唐宜凑近衣既明，想要"曲线救国"。但发现这位圈内有名的衣前辈，真是个古怪人，他完全没有和她商业互吹的打算。好像哪怕他们眼神对视个百八十遍，在衣既明的认知里，他也可以神情自若地不显尴尬。

说实话，唐宜的心底也是松了一口气的，没人天生喜欢没话找话。但经纪人就在身后，她还是得主动："霍楼……"

"他很棒。"衣既明入戏快，出戏也快，只这么一会儿工夫就已经恢复成了那个面无表情的他，但在提起霍楼的时候，衣既明还是愿意多说几句。

"Action（开始）！"

霍楼模仿着衣既明，站到了红木桌前，提笔，却写不下去。哪怕只是装装样子，他的手也抑制不住地抖了起来，不是紧张，而是兴奋。

霍楼用余光扫一眼，却发现衣既明根本没在看他！

衣既明正和唐宜凑近，低声说着什么。

霍楼原本学着衣既明尽可能平静的眼睛，一下子锐利了起来。看唐宜的眼神，再没办法是一个值得安利的小伙伴。

手一抖，墨汁飞溅，好好一幅事先写好的墨宝，就这样毁了。那根毛笔的笔杆上，仿佛都能掐出霍楼的手印。

友谊的小船还没出港，就要翻了。

唐宜的经纪人忍不住腹诽，你心眼这么小的吗?!

拍完戏，天还没黑。

《讲究》剧组已经热火朝天地收拾了起来，准备集体下班了。并没有霍楼一开始设想里的封闭式拍摄，也没有开机仪式后一般都会有的应酬聚餐，所有人脸上都洋溢着真正放松的笑意。

这是导演周浪的意思，因为……他还要着急接孩子放学呢。

周浪很早就结婚了，和女强人妻子有个正在上幼儿园的贴心小棉袄。周导头回当爹，满腔的父爱压都压不住。也是出于配合妻子忙碌工作的原因，时间上相对宽松的他，就一力扛起了家里大半的生活杂事，其中就包括接送孩子上下学。

孩子倒也可以交给保姆和助理接送，只是周导有他的解释："不行，囡囡一天都见不到我和爱人，晚上再不去接她，她会哭的。"

傻爸爸周导非常坚持。

霍楼斜了周浪一眼，没说话。

出奇的是，唐宜几乎是全组走得最早的，比周导还要早，连妆都没卸。顶着一头风情万种的民国卷就走了，头也不回，仿佛身后有十条恶犬在虎视眈眈。

一切都源于衣既明的一个无心邀请。

唐宜当时正在和衣既明聊天，她很会找话题，和谁都能聊得很愉快。和霍楼就聊衣既明，和衣既明就聊——演戏。"我之前没演过民国剧，为了沉浸在那种民国的气氛里，最近都让家里的保姆阿姨叫我沈太。"

沈太太是唐宜在剧里的角色。

衣既明对一起拍戏的人，总是控制不住地想要帮对方，因为他希望戏能尽善尽美。"那你要不要也不回家，直接在这里住下？"

"这里？"唐宜不确定地指了指所处的这间五进大宅，"还能住人的？"

唐宜只知道这座堪比旧日王府的大宅，是周导朋友的，专门腾出了一些不常用的院落借给剧组拍戏。来之前，周导就已经三令五申，这宅子至今还是主人的日常住宅之一，希望大家文明拍摄，不要随便出入并不在他们租用范围内的地方。

衣既明也略显不解："为什么不可以？我和霍楼晚上就住在这里啊。"

这宅子曾真的归属于一位王爷。后来到了民国，王爷的不肖子孙不成器，把祖宗家业败了个干干净净，大宅连着里面的古董一起被变卖给了一个实业商人。商人对住宅没有大改，只是增添了些民国时期特有的洋物痕迹。是把新旧文明、东西方文化结合得非常完美的代表之一。

大门口的石狮子旁，还贴着"全国重点文物保护"的标签。

宅子如今的主人除了日常修葺维护，也没有大动过这座四合院的整体结构，外表始终古香古色，只是据说有一部分日常会用来居住的区域，屋子里面的装修十分现代与智能。

衣既明和霍楼晚上就住在这样的院落里。

院子很大，屋子很多，住下主要几个演员及助理不成问题。小南甚至异想天开地和衣既明私下感慨，这要是改成那种高端超奢度假酒店，一定赚翻了。

然后，就没有然后了。

霍楼站在衣既明看不到的身后，注视唐宜的眼神已经可以称之为"死神凝视"了。唐宜除非傻了才会猜不到这里的主人到底是谁，以及为什么霍楼和衣既明可以住在主人的院落。

为免霍楼黑化，唐宜很识时务地委婉拒绝了衣既明的一番美意，马不停蹄地走人了。

衣既明在把自己专属的化妆间收拾整齐后，剧组的工作人员也已经把拍摄现场都归置齐整了。不久之前还热闹喧天的小院，如今只剩下了空无一人的清冷，只有霍楼叼着棒棒糖，在门口等待衣既明。

霍楼的身边还有两辆民国风的黑色单车，他笑着对衣既明道："快来，拍张照，我好发微博。"

下午剧组搞开机仪式的时候，来了不少记者，通告差不多会在今明两天陆续发出。剧组不差钱，尤其是在宣传方面，不管未来剧播了之后如何，如今至少是热热闹闹、花团锦簇的。

霍楼也特别敬业，比过往的任何一次都要卖力气地替剧组宣传着。

准确地说——他早就已经恨不能昭告天下，他和偶像搭档拍电视剧了！

衣既明上前，摆弄起了单车，这是剧组的道具之一，之前衣既明就有听服化道那边在感慨，单车仿古仿得特别好。

黑色的大梁，前有灯，后有牌。

这个牌是车牌，和汽车车牌类似。民国时期，自行车还是奢侈品，不仅有相关的交通法规，每年还要为单车交税。

霍楼请小南帮忙，给他和衣既明在小院门口，拍了张很有民国感觉的合影。

两个人一看就是摆拍地推着单车，一前一后稍微错开半个身子，都穿着霍楼准备好的长款风衣，开司米的格子围巾，面无表情地看着镜头。

霍楼拿过手机一看，先笑成了个傻子，特意又摆到衣既明眼前，笑问："像不像民国影楼风？等我换个老电影的黑白滤镜，就可以上传了。"

衣既明站在一边，很耐心地等着霍楼，就是不知道为什么换个滤镜需要这么久。

"上传，搞定，咱们走吧。"霍楼之前就邀请了衣既明，等拍完戏了在院子里散步。B市刚刚才下过一场雪，后花园的傲雪寒梅，是十分出名的景色，还有专门的园艺杂志来拍过景。小南选择了留下，她答应剧组的人帮忙锁门，锁完门她就回去休息了，并没有大冬天逛院子的自虐乐趣。霍楼很满意，在心里给小南准备的过年红包，又升了一个档次。

宅子之大，好似景区。

衣既明和霍楼决定骑单车前往。

"这真是民国时期的单车。"霍楼一脚踩在脚蹬子上，一脚撑着地，一双大长腿像赛马一样笔直紧实。他好似回到了校园，明明是个扛把子的坏学生，却偏偏要表现出自己最良善的一面，等在校门口的拐角，只为能和朋友骑车结伴，一路回家。

衣既明本已经要上车了，听到这话停下了动作问："会不会弄坏？"

"没那么脆弱。"霍楼不以为意，大开大合地还玩了玩车把，给衣既明演示，"真坏了，就换一个，这几辆就是我借给剧组的。"

霍楼祖上那一辈在民国的时候就是做实业的，有不少单车留存至今。

"那你家当年可以说是很富有了。"衣既明骑上车，和霍楼慢行在满园冬色的大宅里。门开芳径，庭院深深。这种时空交织的错乱感，特别吸引衣既明。

"因为我祖上就是卖单车的呀。可惜，买卖赔了个稀碎，第一批单车装了整整一艘船，刚刚从海外运回T港，战争就爆发了。"霍楼说起老祖宗干过的蠢事，不知道有多开心，"别的商行支持抗战，都是捐米捐粮，只有我老祖宗捐单车。最后都没捐完，还剩下不少放了小半个仓库积灰。家里不缺钱，他自己后来都忘记这事了。"

"丁零零——"清脆的车铃铛，一路响彻小桥流水。

"现在，它们都是我的了。"霍楼也不看前路，转头对与自己并排骑行的衣既明说了一个特别老掉牙的梗，"别演戏了，我卖单车养活你呀。"

衣既明终于忍不住笑了。

嘴角只是微微有个弧度，却绝对称得上是属于衣既明生活里最开怀的笑容。

霍楼一个激动，身子不稳，撞树上了。可怜那棵经历过纷飞战火、百年沧桑的大树，躲过了战争历史，却反而在和平年代被撞伤了老腰。

衣既明吓了一大跳，下车上前去看霍楼，眉宇间有急色，问道："你没事吧？"

霍楼本来是没事的，但衣既明已经上前要架着他，把他扶起来了，他也就顺势一瘸一拐地演上了。一双可怜的大眼睛，写满了"我需要偶像嘘寒问暖才能坚强"。

衣既明……还真就特别吃这一套。

傲雪寒梅没看上，两人最后只歪坐到了暖烘烘的厢房小榻上，各自玩起了手机。

霍楼在抓紧时间看《不臣》，虽然衣既明的主要戏份是在前六集，但后面也会时不时地出现在别人的回忆里。霍楼把有衣既明出场的那几个镜头，反复看了个够，还截图保存了下来，也不知道准备做什么。

衣既明则刷了一下微博，《不臣》和《讲究》两个剧组的段子，都在热搜上挂着，前者是宁不臣的天后妈撑起了一片天，后者是霍楼自带的流量。

霍楼和衣既明的那张合影的留言已经炸锅了，数据以万为单位地往上暴涨着。特别是霍楼还很心机，配了一句语焉不详的文字：

霍楼V：

"我和先生。"

［合影］

衣既明总算明白了霍楼刚刚加滤镜为什么也要那么久了，因为他还要修图，只修了衣既明，没修他自己。

不等衣既明看评论，宁不臣的微信就发了过来，是一条微信文章的链接：

"震惊！这十大心机绿茶的小细节，你知道几个？别让不经意毁了你！"

"1. 装柔弱……（以下省略一千字）"

霍楼正在一边哼哼唧唧。

"2. 说话超好听的……（以下省略举例一百条）"

霍楼正在给衣既明编辑文字，时不时地就要炫耀一下全世界最好的先生。

"3.合影修图，只修自己。"

衣既明终于放心了，霍楼绝不是那样的人！

衣既明不明白宁不臣发文章链接给他的意图，发微信询问对方。

"帮你鉴别身边，咳，不那么友好的女性呀。"

宁不臣从小受到的教育，让他没有办法恶毒地用不好的词去形容一个女孩子。所以他就自己发明了很多奇奇怪怪的代指，好比"从事的行业不那么符合法律规定的女性""吃着碗里的看着锅里的女性"等。

文字之后，宁不臣又紧接着发来了一段语音，他懒得打字了。

"我听我们剧女一号甄追云说的。你们剧组的唐宜，就是这么一个不太友好的女性。她俩之前有过合作，甄追云吃了不小的亏。当然，也有可能是甄追云误会了。但是！害人之心不可有，防人之心不可无啊，明明！"

衣既明和谁初次合作搭档拍戏，宁不臣都会很不放心，总要想尽办法地通过自己的关系网，先替衣既明去打听一下对方的人品。

类似于哪个女星爱炒作，搭档一次就肯定会在通稿上收获一份求而不得的爱情，还往往都是男方对她求而不得；又或者是哪个男星爱压番①，明明是男四、男五的戏份，却可以 low 到不惜和女明星抢 C 位；最重要的，当然还是哪些人聚会时爱玩过线的，要尽量避免接触，能不合作就不合作，谁知道对方哪天就翻了船，黄掉整个项目。

李林和宁不臣在这些方面，帮了衣既明良多，让他避免了一个又一个的坑。

衣既明回想了一下唐宜对他和霍楼都是唯恐避之不及的态度，慎重地给宁不臣回复："我觉得唐宜目前来说没有问题，爱聊天，但不聒噪，演技还看不太出来，但是挺认真的。"

"她回家特别积极，应该也不是个派对咖。"

---

① 网络流行语，指把本来优先于自己的演员排位压下去，通过压低别人来体现自己。

"我这边的剧组一切都好，你呢？"

这一句反问，就像是打开了潘多拉的魔盒，宁大少可有太多话要和衣既明说了。

语音直接变成了视频。

宁不臣抱着个大鲸鱼玩偶，对着前置摄像头，身后的环境不算太好，但胜在干净整洁。

"与其说是酒店房间，不如说是招待所，对不对？我们导演就是这么抠门！"宁不臣全方位、多角度地给衣既明立体环绕展现了他的居住环境，不遗余力地疯狂吐槽，"我现在还愿意吃剧组的盒饭，纯粹是为了活着。"

宁不臣的剧组其实不缺钱，相反还是个挺烧钱的战争片，很多爆炸场景都是实拍。但偏偏摊上了一个控制预算控制到快要化身狂魔的导演。制片人和投资方倒是高兴了，就是苦了剧组里的其他人。但人家导演对自己更狠，那么大岁数的老爷子，也和他们一样艰苦朴素，蜗居在招待所，边拍戏边啃个干馒头就算吃过饭了，其他人根本没立场抱怨。

宁不臣就这样一路从抠门的导演，到想要通过他搭上他爹那条线的制片，再到演戏比他还尬的男配，挨个说了一番。

倒不是他待的剧组真有多乌烟瘴气，就是压抑不住地想吐槽，吐完也就好了，转脸还是个好视帝。

宁宝宝看上去万事不愁，但也就是看上去。是人就会有压力，每个人宣泄这种压力的方式都不同。宁不臣的发泄渠道，就是以不会烦到朋友的频率，找朋友倒苦水。这种倒苦水是最行之有效的，但在娱乐圈却也是风险最大的。

当年宁不臣就因为识人不清，为此付出过不小的代价。至今还背了个"插刀教圣子"的黑称。

后来宁不臣能和衣既明关系这么铁，也是因为任何秘密到了衣既明这里就算石沉大海了，宁不臣如鱼入海，快乐吐槽。

"我就是娇气啊，一点也不想坚强！"宁不臣不以为耻，反以为荣，在歪门邪道方面的造诣不输霍楼多少，"我爹妈当年那么拼命努力，才有了如今的一切，可不是为了让他们唯一的儿子去受苦的！"

衣既明已经把微信切换到了语音通话，戴着蓝牙耳机，手机放在一旁，一边以"是""嗯""这样吗"回应宁不臣，一边和霍楼用纸笔沟通。

宁不臣的这个电话一时半会儿是结束不了了，衣既明想问霍楼要不要先回去。

霍楼当然不要回自己的房间！他也一点都不体贴！一点都不大方！他可以等！

三个人的友谊，就特别容易翻船。

衣既明只能和霍楼承诺，打完电话就去找他，还稀里糊涂地和霍楼许诺了一系列奇奇怪怪的条件，这才送走了霍祖宗。

霍楼刚走，宁不臣的吐槽却也神奇地到了尾声："哇，你知道吗，我们这女一号，比我还娇气。在棚里演戏，有暖气，开空调，竟然还和我说冷。不是，她冷，我能怎么办啊？提醒她多喝热水吗？这会被女人吐槽是钢铁直男的吧？虽然我确实铁骨铮铮。我后来才意识到……"

她想和你发展点什么？衣既明在心里猜测，这是他从宁不臣的三言两语里提炼总结出的信息，就是不知道猜得准不准了。

衣既明一直在有意识地锻炼自己情商方面的敏锐程度，虽然经常不成功。

"她大概是想要我的暖宝宝！"宁不臣的话从听筒那头传来，话语里笃定的情绪异常有感染力。

衣既明愣住了。

"但我也只有一个啊，我也会冷的呀，没有办法给她。暖宝贴倒是有不少，都在助理那里。"宁不臣的声音有点得意，"第二天我就给她送过去了，整整一箱！她一定很感动！所以才会好心告诉我这么多八卦！"

衣既明失望地垂头，竟又猜错了。

然后，宁不臣没说两句，便挂了电话，好像是他那边临时又有了什么事。

衣既明怔怔地看着手机，发现自己这一通折腾下来，除了收获了一肚子八卦，就是莫名答应了霍楼很多如今想来并不平等的条约。结果就在他答应之后没一会儿，宁不臣就挂电话了。他俩是商量好的吗？

微信提示音又响了起来，是他们那个三人群。

"一起过年呀（3人）"微信群内。

臣臣是超人："啊，对了，我也给你俩各买了一箱暖宝贴，还有两个可爱的暖宝宝。"

臣臣是超人："我妈和她助理正好在B市，我让她尽快给你们送过去呀。"

宁不臣又私下给衣既明发了一条："日久方见人心，一定要记得呀，明明！"

宁不臣真的是很好的朋友，那种为了衣既明可以上树发微博的好朋友。

后来几天拍戏的时候，衣既明下意识地就对唐宜留了个心，多观察了一下。女二也终于进了组，在这个氛围渲染下，女一女二迅速抱团取暖，发展起了一段"塑料"姐妹情，再没想过往衣既明这边凑。

唐宜坚定不移地准备和霍楼做朋友，再无二心。衣既明这边虽可以"曲线救国"，但也容易引起霍楼这个"妈粉"的保护欲，实在是一把双刃剑。

剧组还在拍盛夏的回忆。

衣既明这个男二终于有了台词，背着手，握着书，在云卷云舒的庭院下，小声吟诵"风老莺雏，雨肥梅子，午阴嘉树清圆"。

为避免冬天一张口的"仙气"，开拍前，演员都要先嚼冰。

嘎嘣嘎嘣，咔嚓咔嚓。

不能吃冰激凌，因为里面糖分太高了。身上的戏服也没办法穿太厚，不能给观众一种臃肿之感。

每个人都冻得脸色发紫，鼻尖微红，用一身浩然正气和大自然对抗。跟妆的化妆师一次次地上前补粉，却没有人抱怨，因为这就是演戏时的常态。

阿罗今天也到了剧组，就站在霍楼身边。霍楼也是大衣裹戏服的打扮，一点都不讲究。他其实还好点，戏服至少可以是初冬的打扮，能加一圈毛领子。衣既明就完全不行了。

"不心疼？"阿罗诧异于霍楼的冷静。

霍楼明明穿得很厚，但嘴唇还是冻出了一圈紫色。

"心疼。但明明看上去很开心。"

说个俗套的比喻，演戏时的衣既明眼睛里仿佛闪着光。眉眼舒展，唇角向上，看着就有一股子说不上来的慈眉善目。

哪怕是坐在一边，看别人演戏时，衣既明都是快乐的，更不用说自己亲自上了。

镜头前的衣既明，游刃有余地演绎着千般角色、万种性情，与生活里活得就像是个机器人的他截然不同。那是一种无法用语言形容的生机勃勃，霍楼觉得他能从衣既明那双寒潭一样的双眸里，看到好像在燃烧着自己生命的澎湃情感。

"你过来做什么？"霍楼这才想起来问阿罗。

霍楼以前拍戏的时候，同时还要忙碌很多其他事情，甚至还有轧戏的时候，阿罗时不时出现无可厚非。但是如今霍楼已经提前打过招呼，拼命压缩时间，处理了一切能处理的事情，实在处理不了的，也会留在每天拍完戏的晚上再做。只为腾出百分百的时间和精力，让衣既明看到他也是个敬业的好演员。

"替宁不臣送东西给你们，他和你们说过的吧？邓天后把电话打到了我这里，说是她正好没事，想着要不要亲自来一趟。"

"嗯？"霍楼一愣，差点没反应过来意思。

让天后级别的那种大前辈，亲自来送……暖宝贴？这是什么魔幻剧情。他们剧组很缺这玩意儿吗？

"圈里提起宁不臣，很多事情有可能都不是那么服气，但对于他有一对爱子至深的父母，却是绝对没人有异议的。"阿罗说得隐晦。但天后一腔为儿之心，已是昭然若揭。她很乐意用她的名声，来给《讲究》剧组再增点热度。

不需要霍楼回什么礼，她就单纯想让儿子的两个好朋友，能多念他一点好。

霍楼沉默了下来。

老天可真不公平，有人已经要什么有什么了，竟还有一对疼他疼到骨子里的爹娘。

"你要是介意，我这就打电话回绝她，一切都有商量的余地。"阿罗怕电话里没有办法掌握霍楼的情绪，才亲自跑了一趟。

"我介意什么啊。"霍楼从沉思里回过神来,已经重新换上了那副天不怕地不怕的少爷模样,"他妈对他好,这不是人之常情吗?谁妈会对自己的儿子不好?你来操作一下,也别让天后吃了亏,咱们搞个互惠互利。我什么时候还需要蹭别人的热度了。"

霍楼嗤笑一声,习惯性地把嘴里嚼着的东西拿出,准备掐灭。然后才想起来,他早就已经戒烟了。

就很烦!

正好,助理来喊霍楼去拍戏,霍楼调整了一下情绪,脱掉军绿色的大衣就上了。与唐宜饰演的沈太太,站在枯败的庭院里,唇枪舌剑,你来我往。

这是一段隐藏在暗流下波涛汹涌的戏。

周导一开始还担心这次拍摄没跟着剧情走,霍楼从感情上不好代入角色,没有办法展现出那种想要刻意掩饰烦躁,又还是会在不经意中带出来的感觉。没想到,霍楼反而演得惟妙惟肖,仿佛他现在真的被什么刺激着情绪。

甚至能感受到似有若无的嫉妒。

衣既明坐在椅子上休息,裹着厚衣服,缓解着那种冷得牙齿都想要打战的刺骨寒凉。但他却没有接过小南递过来的热茶,他一会儿还有戏,就紧接着霍楼的下一场,两人之间有个远景,仿佛隔着千山万水,跨越似水流年。现在喝了姜茶身子是暖回来了,一会儿还要嚼冰,很没有必要。

"唐姐和霍哥演技都比我想象中的好。"小南小声与衣既明道,"感情都很到位。特别是唐姐,她那种不舒服还在强撑的感觉,太厉害了。演员都是怪物啊。"

衣既明却皱起了眉,没说话。霍楼和唐宜上镜确实没有问题,但他们的情绪不是演出来的,是真的。

一直到宁不臣的母亲邓楹邓天后,真的带着暖宝贴来探班,衣既明才终于像是想到了什么。他让小南去和周导沟通了一下,把他和唐宜的几场戏,都调整了一下时间,挪到了几天后。

他没办法帮到她更多,只是可以避免她这特殊的几天再一边演戏,一边嚼冰。

邓楹来得不算低调，是和阿罗沟通后的结果，毕竟要宣传嘛，总要搞出点动静。邓天后是个保养得很好的气质美人，加上事业顺利，生活舒心，整个人都洋溢着一种幸福的人才会有的光采。她前呼后拥地来，更显贵气优雅，给剧组人人都带了犒劳。

周导亲自带着衣既明和霍楼一起去迎接。

寒暄，拍照，全程就像是多加了一场戏。衣既明打起精神，准备招待好友的母亲，但邓天后却反而没打算勉强衣既明，这么多年了，已经足够她了解衣既明到底是怎么样的一个人。她很体贴，可以说是面面俱到，除了希望衣既明能催一催宁不臣重视婚姻大事，其他就再没怎么让衣既明多说他并不喜欢说的话。

剧组里的人都在围着天后打转，因为大家都是听着她的歌长大的。哪怕只是稍微得女神一个眼神，都好像给这一天开了无敌 buff（增益效果），在开心中无所不能。

连导演周浪都不能免俗。当然，他更功利一点，他看到的是天后最近给《不臣》唱的主题曲的传唱率，在街头巷尾都能听到。周导演也有了那么一点点不好提起的小心思。哪怕这部戏不行，以后不还有其他戏嘛。

天后来也匆匆，去也匆匆。但效果惊人，当天下午，天后和她儿子的暖宝贴，就已经被玩成了无数的段子。

"哈哈哈哈哈哈，我大臣臣直男人设不崩。"

"我就想知道，让我邓女神像大学同寝室友的妈一样，去剧组千里护送暖宝贴的时候，我大臣臣的内心到底是怎么想的？"

"天后真的太宠儿子了嗷嗷。"

"女神大概还以为是给朋友送什么特别重要的东西吧，自己特意亲自去了一趟。结果，打开箱子一看……嘴上笑眯眯，心里 mmp[①]。"

"邓楹：宁不臣你个小兔崽子，给我等着！"

"我们 hlgg 也有一份！哇，他们佧竟然是真的，不是为了那天的游戏

[①] 网络流行词，是一句脏话。

直播而临时搭起来的限定友谊吗？"

"限定友谊什么鬼啦！哈哈哈哈……"

"就是为了配合宣传而在一定时间范围内表现出来的兄弟情呀！"

等唐宜惊喜地发现，自己可以避免某些尴尬，不用硬挺着寒凉也要演夏天的戏时，她是真的开始对衣既明这个前辈有些佩服了。看上去不声不响的，却再细心温柔不过。这身边要没有个恶犬霍，该多好。

唐宜发自真心地想要来谢谢衣既明。

结果，她却发现休息中的霍楼已经抢占了衣既明的化妆间，两人正在很勤奋地搭戏。但是讲道理，在所有需要以四合院为背景的戏份里，他俩之间就没什么交集互动，也不知道对的是什么戏。

唐宜咬了咬唇，还是只能默默退了，有些感谢，藏在心里，自己知道，以后找机会还了也挺好的。真的，她一点都不生气！

这回倒不是霍楼故意在霸占衣既明了，而是衣既明特意来找霍楼沟通。

"你当时的情绪不对。"衣既明开门见山。

"我演得不好吗？"霍楼很忐忑，就像是被老师抽查作业的学生，一边开心地欣赏着偶像又换了一身造型，一边忍不住紧张，"我去找周浪，我们可以重新拍一下。"

"不，你演的没问题。"衣既明拦下了霍楼，"是你当时的情绪太真实了。"

发生了什么吗？

衣既明关心霍楼的话，怎么都说不出口。

幸好，霍楼已经懂了。那个分分钟上线的心机霍再一次占领了大脑的高地，小动作不断，捏着抱枕上的流苏，几次欲言又止，然后道："咱们晚上说吧。"

"好。"

搞得衣既明罕见地在演戏的时候老是分心，担心霍楼真的遇到了什么事，又担心自己没办法化解。虽不影响镜头前的发挥，但多少还是有点不像是衣既明了。

今天有一场夜戏，周导特意先去把女儿接到了剧组，然后才继续拍摄。

还在上幼儿园的小姑娘很可爱，梳了两个小辫，戴了个绒毛帽，里三层外三层地被她爹给裹成了一个球。远远看去，都不像是在走，而是滚滚而来。

她年龄实在是太小了，分不出什么明星演员，只模糊地知道眼前的这些叔叔阿姨都是和她爸爸一起工作的人。被助理领着的时候，小姑娘看见谁都会露出甜甜的笑，很努力地在帮爸爸挣面子。乖巧懂事，让剧里的几个女演员都一心扑在了逗小孩玩上。

霍楼却是少见的表情欠奉，连个眼神都懒得给那个可爱到让所有人心都快要融化了的小姑娘。

一直到拍完戏收了工，衣既明才在暖和的屋子里，得到了霍楼反常的解惑。

"我不是不喜欢她，我只是嫉妒她。"

衣既明这还是第一次从他人口中，这么清楚明白地听到有人剖析自己的"嫉妒"。

霍楼不只是嫉妒周导的女儿，也包括宁不臣。只是霍楼在话中很有技巧地避开了一些有可能引起衣既明不适的内容。把对周导女儿和宁不臣的复杂感情，杂糅在了一起。

霍楼的父亲母亲是家族联姻，都是除了钱一无所有，连感情都很淡薄的那种。

他们后来分开，也是因为两个家族在未来发展方向上产生了分歧，这才离的婚。财产分割得清清楚楚，明明白白，没红过脸，没吵过嘴。但一直到最后一刻，他们才想起来，还有个儿子没有写进离婚协议里。

这就很尴尬了。

不是他们都想要儿子，而是他们都默认了儿子会属于对方。

他们当然不可能当着霍楼的面说这个，只是他们因为霍楼的归属，生生地把离婚又拖延了十天，这是一个不争的事实。他们之前分割财产、股权都没用三天。

最后的结果是，霍楼的母亲带着年幼的霍楼出了国，父亲也没打算挽留。

"我到高中之前,都特别讨厌我爸。"霍楼一直延存至今的叛逆,主要成因就是拜他理性的父母所赐,他们至今都没觉得他们当年做错了什么,"也讨厌我妈。"

他们都忙,根本没时间关心霍楼。

但这不是霍楼生气的点,谁会因为辛苦养育自己的人,在为养育自己的钱而奔波时生气呢?他气的是,他们的父母甚至都不愿意去尝试。

就像周导,他妻子忙,他也忙,但他就是愿意为了接孩子这样的小事而排除万难。邓天后更是愿意为了给儿子铺路,千里来送个小小的暖宝贴。霍楼的父母却不会,绝对不会,连想都不用想。

以前没遇到这些人的时候,霍楼还可以安慰自己,有钱的人家都不幸福。

但事实证明,还是有幸存偏差的。

只不过他不是。

霍楼垂下头,黑白分明的眼睛蒙上了一层阴影,整个人沉默着。他在等着……衣既明来关心他。

但衣既明却反而在等着霍楼的那一个反转的"但是"。

真正在意这些是不会说出来的,说出来的,都是已经看开了的。或者说是,看淡了,在心里告诉自己,算了吧,懒得费工夫去计较了。

简而言之,霍楼一腔心机,没起效果。但霍楼准备得很周全,不管进退,他都有说辞。

"不过,我现在已经不生气了,哪怕看到会嫉妒,至少没那么不平衡了。"

"发生了什么?"衣既明这次总算上了霍楼的套路。

"因为你呀。"霍楼的笑容在那一刻,是从未有过的灿烂,这话他是发自真心的。他确实早就不关心他父母到底在不在乎他了,他也理解了他们其实是在乎他的,只是他们的关心方式和正常人不太一样。

霍楼只是想借此良机,让衣既明知道,因为衣既明,他的整个世界都快乐起来了。

追星就是这么一件快乐的事情,只要不妨碍到别人,谁都有权利拥有自己独特的小爱好。

"改天一起去旅游吧。"霍楼突然提议，适可而止地转移了话题，"只有你和我，像普通人一样。随便在世界某个角落选个目的地，坐头等舱飞过去，在没有人认识我们的地方走过古老的城墙，感受不同历史的沉淀。随便住几晚，然后就回来。住的地方也不需要特别昂贵，一晚上几千，有个大阳台能一起看夕阳就行……"

霍楼畅想得挺美，并且觉得自己不去自己名下的私人海岛、不坐私人飞机，就已经是很朴实的生活了。

但衣既明只想告诉他的朋友，你对普通人的理解还有很长的路要走。

在莫名其妙约定了一起旅行之后，衣既明和霍楼就分开了，各自在自己的房间里开始了各自的忙碌。

衣既明在准备第二天的戏，霍楼在……忙着用衣既明新出的古装剧镜头当素材剪视频，当一个合格的粉头。

两人分住在东西两个厢房，中间隔着一个青石板铺成的小院，院中间摆了一个大水缸，缸里养着永不会枯萎的假荷，有真的锦鲤甩动着金红色的大尾巴，闲适地游弋而过。

霍楼深深地看了一眼对门的格栅，觉得有偶像关心的感觉真是好。

衣既明正在看民国剧，他和唐宜一样，最近天天看一些很有名的精良民国剧，有些是他之前就已经看过并学习过的，有些则没有，马拉松一样地连续播放，只为让自己彻底沉浸在那个马车与电灯同时存在的年代。

投影仪里，正播到一个颇有心计的女配，故意把一个很小的东西落到了男主的房间，然后假意回来拿，与女主撞上。

小南正好打来了视频，询问衣既明有没有什么生活用品需要补充，知道衣既明在看的电视剧后，顺便感慨了一句："哇，我知道这个剧，女二可讨人厌啦。"

"嗯？"

"她先是故意假装对男主剖析自己的伤心往事，来赢得男主的同情。"小南对这一幕是真的感到愤愤不平，说话的时候都在握着拳。

衣既明一愣，总感觉这个用自己可怜的过去来表露什么的行为，有些似曾相识。

"然后，她又故意假装冷，让男主把外套脱给了她，被女主撞了个正着。后面就是她故意落东西了，又被女主撞到。"

然后，衣既明房间的门就在这个时候被敲响了。

霍楼出现在门口，笑得一脸纯良："我刚刚是不是把手表落下了？"

看破不说破，小南挂断电话后，拿了手表却并没有走的霍楼，不知道为什么就顺理成章地再次留了下来。

"咱们在四合院的剧情马上就要拍完了。"他们这个剧组是一个相对来说比较成熟的剧组，除了导演以外，基本没有新人。导演本身之前也是跟了很多个组的大编剧，并不会有什么水土不服。拍戏的进度始终把控得很好。

衣既明和霍楼真正的对手戏，也终于提上了日程。

"前辈你准备好了吗？"

"应该没问题。"衣既明有个写满了字的本子，上面都是他对剧本和人物的研究，衣既明已经翻来覆去地私下练习了很多次。只为剧里的第一场高潮戏。

"我还没准备好。"霍楼的话总是怎么说都能说得通，不管衣既明接什么，他都有话。

"有什么不懂的吗？"衣既明诧异地看向霍楼。

"就我们对视的那场戏，担心情绪把控不好。"

《讲究》这个剧本，其实一直藏着一个特别大的脑洞，国外已经有过相关剧情的拍摄，那是一部科幻片。周导也不知道哪里来的这么大的脑洞，把那样的叙事方式，嫁接到了这部民国剧中。

但这终归是一次尝试，成功了，赚个盆满钵满，失败了，就从头再来。重点还是他们尝试过了。

衣既明会接下《讲究》，一方面是因为霍楼，另外一个方面也是因为这个剧本是真的很有新意。

衣既明特别喜欢挑战这种他从未演过的角色。

他和霍楼饰演的角色，都叫沈先生，住在乌台路，有个战死沙场、身为高级将领的兄长，家里好像兄弟很多，不常往来，却又关系紧密。

唐宜所扮演的沈太太，就是兄长的妻子。沈先生与嫂子沈太太从未见过面，一直到兄长战死，某一天保密局才突然上门，把这个自称是他嫂子的女人送了过来。

一切的起点就是由此开始的。

借过来拍摄的四合院，在剧里就是乌台路的沈家大宅。在这个宅子里，只有一位沈太太，却有两位沈先生。

两位沈先生好像从未见过面，却每天都在做着近乎一样的事，有着相同规律的生活。早上他们会出门，去巷口的早点铺子打一份不加卤也不加糖的纯白豆腐脑，加一份炸鬼骨；一整个白天，他们不是喝茶看报，就是练习书法，很少去工作，却总有保密局的高官登门；晚上，他们就会开始给自己的兄长写信，过去是寄往战场，如今是缅怀思念。

任他们生活的城市是洪水滔天，还是歌舞升平，沈先生的生活从未改变。直至沈太太的出现，才激起了那么一丝涟漪。

沈太太和沈先生是完全不同的两种人，她爱闹爱笑爱奢靡，经常出门周旋于各家太太之间打麻将。她还喜欢去百乐门跳舞，一跳就是一整天。夜半拎着小皮鞋，光着脚，浑身酒气地回家，嘴里哼唱着"我对你千方百计献殷勤，你对我简直一点没反应，真叫我伤脑筋呀呀呀呀"。

两人都在防备着彼此，又不得不小叔寡嫂地互相扶持。

因为他们所在的江左城，现在流言四起，说有那么一封写满了特务名单的密码信丢失了。那关乎着很多人的命运，乃至左右着战局。沈先生是破解密码方面的行家，很小的时候特意被送去国外学习，他是那一届最优秀的学生。保密局已经秘密截获了一部分密码，希望沈先生能够帮忙。

人人都想要结果，人人都下了场。

大家心怀鬼胎，魑魅丛生。

沈太太从没和两位沈先生同时对过话，因为她对两位先生说的是完全不同的鬼话。她对衣既明扮演的沈先生说，我这辈子都不会怀孕了，你兄长噩耗传来时，我怀的那一胎就流产了。她又对霍楼扮演的沈先生说，你有本事就打死我，那你这辈子就都别想知道我给你哥生下的孩子，被我藏到了哪里。

或用愧，或用威胁，沈太太总能得到自己想要的。

两位沈先生好像也不爱同处一室，互相交流，他们只会在书房留下文字，安静又奇怪地沟通。

小南在没看完的时候，猜了无数种可能："穿越？重生？还是时空交错？抑或是你和霍楼扮演的某位沈先生其实是一个鬼？"

衣既明的回答都是摇头。

这就是这部剧吸引他的地方，不看到结尾，真的没办法知道答案，但答案又是如此明显，理所当然。

"马上就要演到四合院里你我的对话。"

衣既明与霍楼对视的那一幕，衣既明陪着霍楼演了一次又一次。但霍楼还是把握不好感情，衣既明真的很有耐心，完全没因为霍楼的不开窍而生气或者是不耐烦，反而更加耐心地引导，让他感受那份情绪与张力。

霍楼有点飘飘然，他当然是故意演砸的，他再榆木脑袋，也不至于反复这么多遍还不会。

他只是想多和衣既明对几次戏。

霍楼觉得自己膨胀了。

然后，他就寻思出了一个奇葩操作。私下和周浪商量，让周浪多拍几遍那场对视的戏。他还特意清了场，除了必要的剧组人员，谁都没留下。

周浪不明所以，但也觉得霍楼说的有道理。

作为最重要的一场戏，确实应该多拍几遍，哪怕是演技如衣既明，也应该留下不同的角度，以方便后面剪辑。虽然他们是个电视剧，但周导其实一直野心不小，是在拿拍电影的标准来要求自己的。

在开拍之前，衣既明被通知了这场戏会多次拍摄，他全无异议，拍戏上的事，他很少拒绝。

真到了开拍这天，风和日丽，天气清朗。

衣既明和霍楼同时从座位上起身，分站到了院子的两头。一边是盛夏，一边已是寒冬。两位沈先生看着彼此，又好像在看着空气。

谜底终于要揭晓了。

周导一声"cut（停）"，打破了霍楼全部的悸动与紧张。

霍楼都蒙了，怎么了？哪里不对吗？

"换镜头。"

然后，衣既明就对着镜头演绎起了细腻的注视。就……剧本里是衣既明饰演的角色与霍楼对视。但在镜头语言里，表现出来的形式，却是唯有衣既明看着镜头，才会给观众一种他在看着霍楼的感觉。

霍楼这边也是一样的。看来是他之前多虑了，这与想象的完全不一样。

咸鱼第六次翻身

★ 实现愿望 ★

Ji Ming

"北京一家人（13人）"微信群内。

明明今天的演技也超神了："你们要的我和明明的视频来了！［视频］"

什么情况："？？？"

女装大佬就呵呵了："Hello？疯了吗？谁和你要过这个？"

介乎有钱和没钱之间："你每天发的那些照片还不够烦人吗？"

卖肉求生："老大威武！"

＝＝："大白天的怎么有空发视频？你眼里不应该只有衣前辈吗？"

这是个好问题，真相只有一个！

——霍楼已经不和衣既明在一起拍戏了，只能依靠看视频勉强苟活。

四合院里的所有场景拍完之后，剧组就要准备转战影视城了。《讲究》的主要剧情都会集中在江左影视城拍摄，还有一小部分需要去C市的影视城取景，后期特效则会送到S市，由一个十分专业的团队打造。

这么大费周章、辗转多地，很多都要实景拍摄，周导的野心可见一斑。

当然，这么做主要还是因为剧组有钱。

其实剧组一开始得到的预算并不算特别多，周导的打算也是直接在某影视城的民国街拍，连后期一起一站式搞定，可以省下不少钱。但是，后来剧组不是出了些小变化嘛，资金也到位了。

周导预想中很多不可能实现的场景，都有了足够的经费支持。

先选在四合院拍，就是因为需要给负责统筹的制片人时间，让她可以挥舞着钞票，去替周导把他所有想要拍摄的地方都一一拿下。

在剧组迁移的过程中，所有演员都得到了一周的休息时间。这时间并不是真的用来给他们休息的，而是给像霍流量这样的大忙人处理其他通告的。明星们为了人气不下滑，总要保持一定程度上的话题新鲜度，哪怕活成个段子，也不能真像衣既明似的，说消失就消失。

霍楼还不只是普通的流量明星，他的忙碌程度可想而知。

但已经习惯了朝夕相对，开门就能见到偶像的日子，如今让霍楼挥泪告别，他觉得还不如直接杀了他算了。真到了分开的这天，霍楼幼稚得差点想闭着眼睛打死不睁开，仿佛只要自己不醒，他就可以继续过和衣既明一起上班一起下班的美好生活。

但该来的还是会来，并不会以霍大少的意志为转移。

看不到衣既明了，霍楼那颗搞事的心就再一次活跃了起来。在大号上宣传，在小号上刷屏，在微信群里荼毒自己的朋友，反正是一刻也不肯停下。

"北京一家人（13人）"微信群内。

女装大佬就呵呵了："你竟没有试着留下对方？"

卖肉求生："对啊，老大，哪怕留前辈一起吃个午饭也好啊。你看我这个火锅小馆子怎么样？环境优雅，菜品精致，还有当家老板亲自伴唱。咱们都是自己人了，我一桌也就只收你个98888吧。"

霍楼气得直接把群给屏蔽了！他倒是留了，但是没成功。这么一想，更气了。

在结束了上午最后一场戏的拍摄后，衣既明就带着小南准备先离开了。

"中午一起吃个饭？"霍楼拦下了衣既明，委屈巴巴地望着，就差拿绳子把自己和衣既明捆绑在一起。心中再次默念，由俭入奢易，由奢入俭难啊。

衣既明没回答，只是默默从兜里掏出手机，把屏幕展现给霍楼看。那上面是一张从今天中午开始，一路排到了下周飞江左前的所有行程单。来自阿罗之手。阿罗很清楚他管不了老板霍，就提前找好了救兵。

从行程单上可以明显看出，霍楼这天中午，并没有时间和衣既明慢悠悠地吃午饭。

衣既明是认真工作派，要么不答应，答应了就一定会全力以赴。他说："我一会儿也有事，吃饭会耽误时间。"

"你有什么事？"霍楼比衣既明想象中的还要了解衣既明。好比衣既明在拍摄过程中，总是会心无旁骛，拒绝一切有可能打扰到戏感的事情。

哪怕是在剧组的假期里，衣既明也不会分心去做其他活动。理论上来说，衣既明这休息的一周，就只会宅在家里琢磨剧本。

衣既明又一声不响地把手机里标满小红花的界面调出来给霍楼看。这种事，随便一个借口就可以糊弄过去，但衣既明却总是会很认真，喜欢用讲清楚前因后果的形式，来回答自己的朋友。

"攒够五十朵小红花，我就可以去做一件我想做的事情，什么事都可以，李林不会阻止我。"

衣既明为了这一天，一直都在很努力地攒小红花。他之前攒的都被他用来拒绝李林之前建议他接下的三个剧本了。这回也是依赖于有了霍楼，衣既明才能这么快又攒够五十朵小红花。小红花够了，衣既明才心思活泛了起来。

霍楼眼很尖地看到了备忘录列表里还有他的名字，好奇地问："我也有小红花吗？"

衣既明却把手机快速收了回去，脸上的表情更加生动了些，略显不好意思："嗯。"

"那我如果攒够五十朵，也可以和你一起做一件事吗？不会很过分，但你不能在没有合理的理由下拒绝。"霍楼的思路总是会关注在一些奇奇怪怪的地方。

衣既明想了想，提醒霍楼："我很严格的。"

衣既明从不会作弊，哪怕他自己既是小红花的颁发者，也是小红花的执行者，他也从没有想过要给自己作弊，多增加任何他觉得不应该增加的小红花。

"我很期待。"霍楼觉得只是参与这件事本身，就已经很快乐了。

他偶像真是个有趣的人！

"好，"衣既明郑重其事地对霍楼承诺，"回去之后，我发你一个详细的增减小红花的条件约束表。你和我情况不一样，表格也会有变化。你同意了我们就开始，之前的小红花予以保留，具体数值我整理之后告诉你。"

总之，衣既明是铁了心要回家，拦都拦不住。

所以到最后，霍楼也不知道衣既明到底为什么要回去。

其实衣既明回家的原因很简单，他就是想用家里超高的网速……抢余票。

有一场年初的商业演出，衣既明已经想看很久了，就在 B 展剧场。演出票早在两个月前就已经销售一空，但是，就在今晚即将开演前，票务方又联合演员，搞了个"十二张说走就走的锦鲤票"的噱头，能抢到的话就可以去看。

中午 12 点 12 分 12 秒，准时放票。

衣既明只是抱着试一试的心态，能抢到贵宾包厢的票，他就用五十朵小红花和李林换一次看演出的机会。要是抢不到，他就留着小红花，以后用来拒绝李林的剧本。

总之，这一波不亏。

小南坐在隔壁的台式电脑前，用另外一条网线，准备帮衣既明一起抢票，她头上还系了条写着"Fighting①！"的红头巾，眼神凶狠，表情凝重，发誓一定要给衣既明抢到。这还是衣既明少见地表达出了自己特别想要什么，小南自然舍不得让老板失望。

随着 12 点不断临近，衣既明面上还是没什么太多的表情，但他却不自觉地点开手机，把霍楼的照片找了出来，摆在了桌上。

最近网上都在说，霍楼是追星锦鲤，转发这个霍楼，你也能和你的偶像近距离接触。

对外人来说，霍楼这种锦鲤的方式，不一定有多么吸引他们，但在粉圈，霍楼却已经是红透半边天了。连霍楼对家的粉丝，最近都爱偷偷拿霍楼的照片当屏保，想要试试看可不可以助力自己邂逅偶像。

衣既明一边看着霍楼，一边看着抢票界面，也难得迷信地想着，希望霍锦鲤能助我一臂之力，信男愿用三朵，不不，还是五朵小红花吧，来换取一次抢票成功！

然后！

就真的成功了。

也不知道是不是真的因为祭出霍楼这鬼使神差的念头起了作用，总

---

① 本意是战争，这里是加油的意思。

之，在 12 点 12 分 12 秒整的时候，衣既明鼠标一点，他真的点进了付款页面。十五分钟内填写好基础信息并支付成功，十二张锦鲤票中唯一的包厢票，就是他的了。

小南没抢到，她回这边的时候，本还有点惴惴不安，想着要怎么安慰衣既明，没想到衣既明自己就给抢到了。

喜从天降。

"啊啊啊啊啊——"小南的尖叫声响彻整个客厅，又叫又跳，情感十分充沛、丰富且有层次。这也是衣既明喜欢用小南的主要原因。

但当她一转头，却发现当事人还是那么一副波澜不惊的样子。

"哥，你抢到票了呀！"

"嗯。"

"是你最喜欢、最想要去看的演出啊！！"

"是。"

"一万人抢十二张票啊！大奖就是那个包厢票啊，只有你抢到了！！"

"对。"

行了，小南的眼神认命了，她明哥就是这么一个不喜不悲的活菩萨。她还是悄悄去磕霍衣的粮吧，精神食粮里的明哥是如此快乐！

衣既明为了抢票，连中午固定的吃饭时间都延后了。李林按照锻炼时间登门的时候，衣既明才刚刚吃完饭，小南正在把锅碗瓢盆放入洗碗机。

李林看到衣既明拿出来的商演电子票，也顾不上什么瑜伽尊巴舞了，问他："你真的要去？"

衣既明把自己一排的小红花，一并摆在了李林面前，立场坚定。

李林深深地叹了一口气，他知道自己是劝不住了，只能道："但今时不同往日，你被认出来的概率很大，场馆里到处都是人，不只有观众还有媒体，肯定会特别特别麻烦。说不定又会有粉丝和'狗仔'围上你。你真的不会害怕吗？"

李林说得小心翼翼，但想要借此劝退衣既明的心已经很明显了。他是真的怕衣既明出事，不一定非要被谁围住，衣既明自己就有可能会出现呼吸不畅的窒息幻觉。

衣既明听罢，果然犹豫了。

他的眼睛里是电子票，脑海里却是当年呼啸而过，怎么都抹除不掉的轮胎抓地声，异常刺耳，"嘭"的一下，整个世界就只剩下一片黑暗。

一向很有主意的衣既明，眼睛里的迟疑越来越多。

李林看得心疼，但最终他还是忍下了没开口。他堂弟李斯特告诉他，这种排毒的阵痛过程是必然的，他越是保护，衣既明反而越是不容易走出来。这一刻，衣既明能依靠的只有他自己。其他人唯一能做到的，就是安静地等待他的蜕变。

最终，衣既明却做了一个让李林和李斯特都没有料想到的反应。

——他既没有退缩，也没有一口答应，而是选择了发微信给霍楼。

哪怕是李林都不得不承认，对衣既明来说，霍楼真的是很特别的存在了。虽然李林是没看出来那个纨绔的霍楼，除了特别有钱、特别脑残，到底特殊在哪里，但投缘这种事情，很多时候就像你妈打你，不讲道理。

"如果你很想去看一个人的现场，但又有可能被媒体围堵，你会怎么办？"衣既明编辑好微信内容，点击发送。

衣既明不怕粉丝，怕的是媒体，准确地说是那种不顾职业道德的"狗仔"，面对正规媒体还是没有问题的。

霍楼本应该挺忙的，但他依旧在衣既明发过去微信的第一时间，回复了过来，用的是语音，背景音听起来很嘈杂："从后台出入，保镖随时保护，以及注意变装。"

这个问题问霍楼，那可真是问对人了，霍楼在这方面特别有经验。

霍楼做过最大胆的事，大概就是他刚刚组合出道，在突然一夜爆红的时候，还敢变装去接衣既明的机。霍楼当时是个组合成员足有十三人的男团队长，他是衣既明小迷弟的事情，也是在那次接机之后，暴露在团内的。

霍楼所在的团比较神奇，十三个人，虽各有各的奇葩，谁都知道对方不能说的小秘密。但……哪怕在组合解散多年的今天，团内也一直无人爆料他人的隐私。

阿罗就是那个男团当年的经纪人,如今手里还有几个发展方向完全不同的旧成员。他对此其实一直都有些不敢置信,明明在他们还是个团队的时候,每天都状况不断,意外一件接着一件,甚至还有些血气方刚,公然在排练舞蹈时打起来的往事,但反而是在解散后,十三个人都一下子安静了。

外人眼中他们就是"塑料"男团,他们本身也确实是,但没出任何一个背后插刀的人,没搞得组合在解散后也是一地鸡毛。

这真的很难得。

衣既明几次编辑文字,又几次删除,最终还是在对话框里做出了改变,他主动对霍楼开了口:"那……能把你的保镖,借我一些吗?"

霍楼的保镖在圈内是出了名的,与一般明星请的那种完全不同,专业素质很有保障。

霍楼对着手机,整整反应了三秒钟,才真的确认了,衣既明确实是开口和他要什么了!这绝对是衣既明第一次主动去索取!霍楼就像是一个含辛茹苦的老母亲,感动得热泪盈眶,他不怕衣既明求他,怕的就是衣既明一直把他当外人,什么都不和他说!

霍楼满腔热忱,想要对衣既明予取予求,从圣诞节那天堆放在圣诞树下的礼物就可以看出。但给了那么多礼物,霍楼想要为偶像付出的心,依旧不满足。

有一种理论,人分两种,索取者和付出者。有些人会从索取中不断地感受到自己的重要性与快感,而有些人则会在付出中收获精神满足。霍楼对别人怎么样不好说,但在他和衣既明的关系中,他绝对是个百分百的付出者,甚至会因为衣既明的拒绝而伤心。

因此,霍楼在转借保镖之后,一直处于大脑过热没办法思考的亢奋状态。一直到当天晚上,他才反应过来问自己:"衣既明为什么要和他借保镖?"

因为衣既明提的那个问题,其实是替自己问的啊!

换言之就是……

他的偶像,也有自己的偶像?!

霍楼给小南打了电话:"明明什么时候有的偶像,我怎么不知道?"

霍楼对衣既明的资料可以说是信手拈来、倒背如流，而衣既明的资料是圈内少有的真实，如非李林强烈要求，他是不会撒谎的。

小南略显诧异道："一直都有吧？明哥在采访里也说过啊。"

"！！"采访里！还说过！什么时候？！

霍楼的脑袋炸了，再顾不上听小南后面的话，撂下电话，就"霍"地站起，驱车前往Ｂ展剧场。甩下了当时身边的一堆事和一堆人，员工们大眼瞪小眼，却连骂都不敢骂霍楼一句，唯有阿罗敢打电话问霍楼又发的什么疯。

"给大家提前下班，不用加班了。"霍楼无耻道。

阿罗无话可说。

Ｂ展剧场属于Ｂ市展览馆建筑群中的一块区域，是舞台面积达五百平方米左右的专业演出剧场，也是Ｂ市各大商业演出经常会选择的场地之一。高雅如芭蕾舞、交响乐，流行如偶像歌手的演唱会，都经常在这里举办，每逢周末，一般的小歌星排都排不上。

如今的Ｂ展剧场外面也是横幅林立，投影灯打成了一片红色的海洋，硕大的头像无不在展示着今晚这里的主人是谁。

霍楼却根本没抬头去看，只一个劲地盯着手机，想要搜索出衣既明当年到底在哪个采访里说过他的偶像。找了一遍又一遍，怎么都找不出来。但小南的话又不像是假的。霍楼越找越心烦，想要抽烟的欲望卷土重来，还异常强烈。

Ｂ市展览馆是Ｂ市的地标建筑之一，由市政府主持建设。不过，很多政府项目，特别是Ｂ市的，霍家都有参与。Ｂ市展览馆正是其中之一。

霍家当初是真的一腔报国之心，支援建设，不讲条件。最终还是在一些领导的授意下，为霍家保留了一些并不影响什么，但至少表达了感谢的特权。

好比，霍楼可以随意进出Ｂ市展览馆的任何一个地方，不受限制。

在Ｂ展剧场甚至一直会有一个专属于霍家的包厢，只不过霍楼从没有过去。他爸倒是经常来捧场，看一些让霍楼只想睡觉的高雅艺术。

这还是霍楼第一次行使他的权力，进入包厢通道，并设法得知了衣既明所在的位置。

衣既明正面无表情看得投入，霍楼就从包厢外面打开门突然出现了，然后霍楼听到了两句……

"相声啊，是一门语言艺术。"

"那可不是。"

偌大的台子上，只放了一张小桌，并排站着四个相声演员。其中最红的那位，之前还和霍楼合作过一个新年的贺岁喜剧，口齿伶俐，表演大方。

霍楼终于意识到，这事好像出乌龙了。

衣既明倒是没觉得奇怪，只是招呼小伙伴一起坐下。包厢很大，虽说是一张票，但其实一整个包厢都属于衣既明，小南和保镖们都待得下，自然也待得下霍楼。

也不知道逗哏的说了什么，全场都笑得前仰后合。

衣既明还是面无表情。

这让身边的几个保镖连笑也不敢笑，只能偷偷内伤，腹肌都要酸了。

其实衣既明看什么都这个样子，不管是电视剧还是综艺，他总会正襟危坐，全程没什么感情流露，给人一种他好像不喜欢的感觉。但其实他真的很喜欢。每个人都有独属于自己的减压方式，衣既明也有，那就是听相声。

"讲什么呢？"霍楼自然而然地坐到衣既明的身边，小声问。

"《红花绿叶》。"衣既明回，"一段经典相声。"

说着说着，台上四个相声演员中的两个就打起来了。观众都要笑疯了，霍楼不知道前情提要，一脸蒙。说好的语言艺术呢？这都快成武打表演了吧？

霍楼也终于回想起来了，衣既明确实接受某个采访时说过，他喜欢听相声。

这竟然不是一句玩笑话！

一直到整场的相声都听完，衣既明始终没个笑模样，但他知道自己真的很开心。现场开始唱谢幕小曲了，衣既明甚至能跟着哼几句。

是首民国歌曲的改编。

>我这心里一大块，左推右推推不开；
>
>……
>
>医生与奴看罢脉，说了一声不妨碍；
>
>……
>
>这就是你的多情人，留给你的相思债。

演出结束后，衣既明并没有着急离开，他在等着剧院清场。确认没人了，他再和霍楼带着保镖从剧场后门离开，保姆车已经在约定地点等着了，随时可以上车。

这一整个过程都小心翼翼，宛若在搞地下工作，但依旧有被泄露行踪的风险。

霍楼陪衣既明闲聊，打发时间。说的是，他从小没那个氛围被相声之类的传统艺术熏陶，一直对这方面兴致缺缺，如今听了个现场才发现它的好，想要回归国潮了。他想让衣既明给他介绍点能引他入门的相声。

就"入门"这一个词，衣既明就信了霍楼是真没听过相声。

"相声没有入门不入门的。"衣既明把他喜欢的几个相声大师说过的经典选段，都一一分享给了霍楼，"听就行了。"

觉得喜欢，自然还会再听，不喜欢也不用勉强。

"各位大师各有各的特色，但我最喜欢的还是查老师。"

查老师全名查金，就是今天这场相声专场的主演，是个专业的逗哏，师从相声圈一位辈分很高的老先生。可惜老先生去得早，查老师很多技巧都是自己琢磨出来的。他和他的捧哏搭档相互扶持、合作多年，用了半个世纪从一无所有、睡公园长凳，到红得一票难求。

哪怕如今已开枝散叶，徒子徒孙无数，查老师依旧坚持在商演的第一线。

就像霍楼是看衣既明的电影长大的一样，衣既明也是听查老师的相声长大的，他特别喜欢查老师的表演风格，嬉笑怒骂间，就能把一件很小的事情，惟妙惟肖地展现给观众。喜剧也是一种表演，甚至有时候会比一般的正剧更难。吐字的速度，抖包袱的时机，乃至一个巧妙的眼神配合，都是需要下功夫去苦练的。

正说着，包厢门就被从外面敲响了，门外来的是查老师和他的搭档。查老师年过半百，鬓角已有灰白，人却很瘦，精神头十足，一进门就嚷开了："哟，大阿哥，什么风把您给吹来了？"

查老师和霍楼之前合作过一部古装电影，里面霍楼演的角色就是紫禁城里的大阿哥。

"当然是带朋友来给您捧场啊。"霍楼自然而然地把话题引向了衣既明，"我们刚刚还在说，他从小就是听您相声长大的。"

"大明星！我认识！"查老师的嗓门洪亮，说话字正腔圆，上前和衣既明礼数周全地打招呼，"您的作品，我也是从青年的时候看到现在，演艺圈的老前辈啊，幸会幸会。"

衣既明还是个小婴儿的时候就出道了，查老师这话说的倒也没错。

两个"老艺术家"一阵寒暄后，查老师就引见两个徒弟给霍楼认识，其中一个去年还上过春晚，最近一年想发展参演电影。"电影、电视圈，我们都是小学生，还望大阿哥照顾了。"

"大阿哥·霍"看到抬头进来的第一个徒弟时，还是发自真心地要照顾的，等看到第二个瘦高个儿，心里就不那么舒服了，心想："相声现在都有偶像派了？"

一般来说，相声演员的长相，需要的是给人一种舒心搞笑的感觉。用查老师的话来说就是，大家长得都和闹着玩似的，这样才喜庆。但如今他带来的高个儿徒弟，却完全打破了大众的固有印象，一身仙气，好看得不像话。

"好看吧？"查老师倍儿得意地让小徒弟上前来亮了个相，"说不定哪天我们也能组个相声男团了呢，分分钟出道。"

"怪不得我看见现场还有人带灯牌打 call[①]。"

幸好，查老师也就是带徒弟来认认人，并没有打算多留，很快就以去后台喝茶润嗓为由，准备告辞了。特别会把握那个不显得过于热情，又不至于冷淡的度。

衣既明这才上前，语气僵硬，同手同脚道："能……签个名吗？"

---

① 网络流行词，为应援某人某事而发声，有呼喊、喊叫、加油打气的意思。

查老师被衣既明的那道压迫而来的身影吓了一跳，等听到衣既明的话，才把诧异写在了脸上。一边给衣既明龙飞凤舞地签名，一边道："爷们儿，真喜欢这个啊？"

"嗯。"

查老师的惊讶里多了些开心，欣喜地道："我就说，见您第一眼怎么就这么投缘，我这人打小就有个毛病，喜欢和眼光好的人玩。"

捧哏的搭档习惯性地接了一句："挺大个年纪了，把丢下来的脸赶紧捡一捡吧。"

所有人都笑了，客气的气氛，在最后才终于热闹了起来。

衣既明心满意足，查老师也像个得了糖的小孩一般开心："以后常联系啊。"

"合张影吧？"查老师的搭档掏出了手机，主动提出。查老师和他的搭档虽然都是一把年纪的老先生了，微博却都玩得很好，粉丝好几千万。

在合影的时候，查老师还特别懂地和自己的捧哏搭档，一左一右把衣既明和霍楼凑在了中间。这一看查老师平时就肯定没少在微博吃瓜。

拍完，查老师当下便发了微博，从不修图，就是这样粗犷的性格，本身他也不是靠这个吃饭的。手速之快让霍楼来不及阻止，只能紧接着转发，模模糊糊地解释一下：

霍楼V："我男神和他的男神。灯光不好，拍得匆忙，大家见谅。//是查不是月下该扎的那个猹V：今儿有幸和少年偶像合了张影。也是头回见人约自己的偶像来听相声，真新鲜。"

［合照］

微博一经发出，评论数就"噌噌"地涨了起来，以"哈哈"党为主力军。偶尔也有些有意思的评论，霍楼在和衣既明回去的路上给他念了不少。

"不怕！哥哥什么样都是最好看的！"

"吁——查老师，悠着点。"

"我掐指一算，我霍这句解释，肯定为了他自己。［doge］［doge］［doge］"

143

"霍楼：我哥哥什么样都是最好看的！"

"查老师您这么说，让大阿哥的脸往哪儿搁？［我笑死］P.S. 头回和男神出门，就是约男神去听相声，大阿哥可太有创意了。"

这口创意之锅，霍楼默默背下了。

千里之外的宁不臣，也不忘在拍戏之余发来贺电。

"我们中出现了两个叛徒（3人）"微信群内。

大臣臣是超人："哈哈哈哈哈哈哈哈哈，快看，你们的粉丝已经要撑不下去了。很好很好，可以可以，继续保持，大概很快就都脱粉了。就像当年我和明明一样。"

虽然知道宁不臣是好意，但霍楼还是不开心。

霍楼一不开心，就想搞事。

首当其冲被牵连的就是他的经纪人阿罗。阿罗哥实在是没那个劲头再跟着"搞事·霍"折腾。他琢磨着，总这样也不是个事，彻夜难眠了一晚上，突然如醍醐灌顶，有了个大胆的想法。

阿罗舍下脸，在假期的第三天，把衣既明、李林又一次请到了巅峰传媒。

霍楼必然也是在场的，他兴奋得都快不知道自己姓什么了，还要苦苦压抑。因为明明挨着他坐下了！

李林似笑非笑道："偌大的巅峰传媒，会议室竟只能找出四把椅子，真是不容易啊。"

"嗯。"霍楼真就认了。一脸严肃的假正经，不惜舍本自黑，巅峰传媒的椅子就是这么紧张！

阿罗把一份企划书推到了李林面前，算是解了霍楼的围。"你先看一下，我觉得这次的联合计划，一定会大有可为，大家都有得赚。"

李林环胸挑眉，最先入眼的，便是企划上的"营业"二字。

是的，阿罗想让霍楼和衣既明正式作为搭档营业。他在企划上各种分析、各种介绍，摆事实讲道理，甚至不惜演了一波，就是希望衣既明和李林知道，当下帮助衣既明和霍楼事业发展的最好方式，就是真的将两人捆绑起来。

阿罗当年带过男团，在这方面可以说是相当会玩了。

他们完全可以效仿国外，制订一份成熟的对赌协议。受欢迎的搭档能带来的商业价值是超乎想象的。

霍楼事前确实是不知道阿罗的大胆想法，但在现场听了后，他肯定也不会反对就是了。甚至已经紧张得不敢说话了，生怕美梦被打破。

衣既明这边，不等李林开口，就已经毫不犹豫道："恕我拒绝。"

"为什么？"李林和阿罗同时惊讶地开口。

李林看着那份可观的数据报告，其实也有点心动了。那哪里是对他们有利，是实在太有利了好吗？阿罗几乎是在不惜成本、半卖半送地捧衣既明，不知道的还以为他和霍楼解约，转而当起了衣既明的经纪人呢。

"我不想。"衣既明的答案只有这三个字。

但本质上来说，还是最开始的理由，他是个演员，不是明星。他贩卖的是演技，不是自己的私生活，他不想弄虚作假。

衣既明倒也不觉得其他明星这么做有什么错，毕竟明星本身带给粉丝快乐的方式，就是自己，性格可以经营，其他的自然也可以。粉丝未必不知道那些是假的，但只要当时的那份被触动的心是真的，不就好了吗？你看小说知道是假的，对明星营业就不辨真假了吗？

只是衣既明始终记得，他喜欢的工作是当演员，不是当明星。

阿罗说不动衣既明，只能看向霍楼。

那霍楼……必然只可能有一种情绪啊——"我大明明说什么都对！"

阿罗忍不住在心里腹诽了几句。可惜了阿罗的精心准备，不过他心里对衣既明的欣赏，也是更多了一些的，有原则又认真坚持的人，总是会让人佩服。

霍楼是在衣既明走了之后，才后悔到捶胸顿足，会议室的桌子眼瞅着就要换个新的了。

"呵。"阿罗早就猜到会迎来这么一幕，正在作壁上观，幸灾乐祸。

霍楼后悔完了，还有点意难平，曾经有一个真挚的、能和男神合作营业的机会，就摆在他的眼前，他竟然就这么错过了！

他肯定不后悔，但心还是止不住地滴血。

霍楼站起来在会议室里来回踱步，几次都把手伸向了罪恶的打火机，到最后还是忍住了。他转而拿起手机,用大号发了个微博。

"哭唧唧。阿罗竟丧心病狂地想要我和男神营业!男神拒绝了。我明明最帅了!"

[满脸写着高兴]

粉丝只以为这是霍大少突发奇想的段子,笑得疯狂摇桌,故意学着宁不臣的亲妈粉那样哄霍楼。

"我们当然不营业,要搞就搞真的!"

"不哭不哭,妈妈知道你话语背后的深意,安排!不能明着营业,那我们就悄悄地……[突然嚣张]"

"从今天开始高举霍衣大旗!"

"对呀对呀,哥哥,我们信你和衣既明是真的交情呀,谁说不是都不行。"

"霍衣女孩,官方盖章[这里有个章]"

这些个假霍衣粉煞有介事、有模有样地开始了,一时间竟比真搭档的粉圈还要有人气。

霍楼忍不住想大喊:你们够了。

衣既明把小红花的表格通过微信传给了霍楼,他特意选了一个晚上九点多的时间,想着霍楼差不多应该已经忙完了,但又不至于会打扰到霍楼的休息。

哪怕衣既明什么都没解释,霍楼也秒懂了来自偶像的体贴。

"少点滤镜,多点智商,可以吗?"阿罗斜了霍楼一眼,他们此时还在公司,正带着团队加班加点工作。

阿罗给衣既明的霍楼行程表上,基本只写了霍楼白天通告的时间,一旦晚上过了六点,就只会模糊地标注为公司的其他杂事。但其实霍楼真正的事业大头,就是这些从晚上才开始的"杂事",加班不到十二点,根本不算完,有时候甚至会加到半夜两三点。早上五六点,霍楼又要起来去赶新一轮的通告,都快连轴转了。

这种高压强度多年如一日,不管是霍楼本人,还是他的团队早已经习以为常。

"这就是我用脑子推断出来的结果。"霍楼含着棒棒糖，百忙之中不忘自娱自乐，不接受任何反驳，他的眼睛还在盯着手机里的衣既明转不开，"哇，我竟然已经有四十九朵小红花了！那岂不是说很快就可以……"

其实霍楼本来是没有那么多的，哪怕有衣既明奇怪的滤镜加成，满打满算也只有四十一朵。

但衣既明在抢票那天不是许了愿嘛，说到做到，他就从自己的小红花里挪了五朵出来给霍楼。衣既明自认为很心机地选择了信用预扣的模式，就是用他未来的小红花抵。说来有些不好意思，可他当时只有五十朵，直接扣五朵就听不成查老师的现场相声了，他真的、真的、真的很想去听一场。

如今心愿已了，衣既明就再次过起了每天主动想办法增加小红花的生活，尽早把欠的债还了。长时间不还，是要产生利息的。第一周免息，从第二周开始，一直到还清为止，每周都会增加一朵新的小红花当利息。

衣既明对自己真的很严格。

这么算下来，还小红花这事就显得很紧迫了。衣既明讨厌欠债的感觉。于是乎，他有了在休息的时间接个工作的打算。衣既明以前在休息间隙也是接过通告活动的，他好歹也是红过三次的"老艺术家"，最忙的时候，也不是他想喊停就一定能够休息的。不轧戏，才是衣既明最后的底线。

在不影响正常拍戏的情况下，接广告、采访或者是综艺活动，衣既明没了小红花，也是没办法拒绝的。当然，过去是李林安排，现在是衣既明主动想要。增加额外的工作，并认真地去完成了，一天就可以多得一朵小红花。

霍楼那四十九朵小红花里的另外三朵，就是这么来的。他休息的这七天一刻也没停下来，真是辛苦了。

不等衣既明打电话向李林询问自己有没有可以接的小通告时，霍楼的微信就到了。

"理论上来说，我明天就可以攒够五十朵了是不是?！"

"是。你想好要做什么了吗？"

衣既明等了好一会儿，等得他差点以为霍楼是不是太累睡过去了，才等来了那头霍楼的回复。

"那你想做什么呀？［开心地转圈圈］"

仿佛只是打这么一行字，就需要用尽他毕生的勇气。

衣既明没懂，只是尽职尽责地提醒："是实现你的愿望，不是我的。"

"但我的愿望，就是希望你能实现你的愿望啊。"

简简单单几个字，霍楼说得那样理所当然、不假思索，轻松攻破了衣既明本应该无坚不摧的心防。衣既明在自己都没察觉到的时候，唇角的弧度已经越来越大。

小红花监督员（衣既明）："你这个愿望不作数，再想一个。"

小红花收集者（霍楼）："但除此以外，我真的没有愿望了呀。"

霍楼美滋滋地看着自己给他和衣既明偷偷换的新备注，哇，他可真是个天才啊！

"霍天才，"阿罗实在是不忍看下去了，一边在心里告诉自己"他管霍楼才怪"，一边又情不自禁地想让霍楼的追星之路能走得顺畅一点，他递了一份综艺合同到霍楼眼前："《世界有超模》这一季的决赛设在了Ｓ市，他们本来请了张影帝当第十一集的嘉宾，但影帝却因为吸毒被群众举报给拘留了。就今天发生的事。"

要不是全网现在都在讨论影帝吸毒，只霍粉成立的假霍衣粉，大概就够再送霍楼和衣既明上一波热搜。

"录制在这周五前必须完成，Ｍ国那边是边拍边录，不能开天窗。合同刚刚才传到我这里，那边要得很急，甚至没时间为了合同细节和我讨价还价，好说话，薪酬高。唯一的问题是，需要你明早之前就给出答复。你要是能说动衣既明和你一起去当这个嘉宾……"

衣既明因为小红花，大概率会答应。

当嘉宾并不会占用什么时间，只需要选出他们喜欢的选手就行，录完嘉宾参与的环节前后大概不会超过一天，快的话，甚至也许只需要半天。《世界有超模》是在Ｓ市录制，江左就在Ｓ市边上，开车走高速去郊区的江左影视城，大概就一个小时的车程。衣既明和霍楼只需要比计划提前一天动身，就能综艺和拍戏两不耽误。

阿罗已经把后续想得非常妥善完美了。

最重要的是……

"《世界有超模》的主持人是前超模奎妮，男的，别问我为什么男的要叫奎妮。他在Y国模特圈闯荡时，和李林是室友，也是李林少有的不那么'塑料'的朋友。他现在算节目的半个制片人，临时加个衣既明进去，问题不大。"

"说出你的目的。"霍楼总算懂了，阿罗不是没原则地在帮他，而是想要通过他，含蓄地给李林卖好。虽然他很乐意这么做就是了。

"没什么，只是想改善改善关系。"阿罗之前不是没暗中给过李林资源，只是李林从没有接过招，一直到衣既明和霍楼有了接触，他和李林之间才有了变化。不知道是好是坏的变化，但他总要去试一试的。

霍楼笃定道："你们有故事，一定很有趣。"

"故事变成了事故，就不那么有趣了。"阿罗的脸色沉了下去，点到即止，不欲多说。阿罗只是想让李林能在多年后回想起他时，好歹念他点好。这些天的接触，也足够阿罗意识到，给李林资源，不如给衣既明资源。李林护衣既明就像是护崽子，他可以替自己拒绝，却不可能那么果断地替衣既明拒绝。

"你这么费尽心思，拐弯抹角，就只是为了让李林有那么一丁点的可能念一下你的好？"

"对啊。"

"你被谁魂穿了，你老实交代。"在霍楼的认知里，阿罗就是那种绝对不会相信任何童话，现实到不能再现实的社会怪物，凶猛得很，根本不懂得什么叫讲情面。

"快点做决定。"阿罗直接拒绝了沟通。

霍楼低下头，给本就有意挣小红花的衣既明一提，事情就成了。

周四一早，由李林陪着，衣既明和霍楼带着一众随行人员，一起乘坐霍楼的私人飞机前往了S市。霍楼当年出道的时候，让他一夜成名的就是他的私人飞机——全娱乐圈唯一坐私人飞机跑龙套的新人。

阿罗亲自操刀，只这一个标题，就吸引了不知道多少人的眼球。

私人飞机也确实是霍楼的，他有一对只能从送礼物中体现对他的爱意的父母，特别是霍楼上中学那年不顾一切回国的举动，让他的母亲产生了奇怪的危机感。她很幼稚地和前夫比起了谁送给儿子的礼物更贵。人就是这么奇怪，明明当年带儿子出国时，她还想着为什么儿子不选择跟前夫留在C国，现在儿子长大要回到爸爸身边了，她反而舍不得了，生怕儿子被抢走。

霍楼十八岁生日那天，他爸把价值过亿的四合院过户到了他名下，他妈紧接着就把自己当年花大价钱刚定制好的私人飞机，转手送给了他。

"别的富二代过生日，要是收到这样的礼物，大概会乐疯了吧。"霍楼这样对衣既明感慨，他最近不知道为什么，特别喜欢回忆过去。

对什么都不缺的霍楼来说，这些礼物的价值远没有心意重要。

年少叛逆还有一点小文艺的霍楼，品尝到了一种微妙的、被侮辱的感觉，仿佛在他的父母眼里，他不是一个活生生有感情的人，而是成了他们互相较劲的奖品。

他觉得很重要、很重要，一直捧在手里的真心，在他父母的眼中，却只是一个装点胜利用的金杯。

衣既明再一次说起了笑话，想要安慰霍楼："……我其实挺想被这么用金钱侮辱的。"

霍楼很给面子地大笑了起来："所以我也没拒绝。只是我当年坐在这架飞机上发了两个誓。一个就是进娱乐圈。"

他的父母虽然不歧视艺人，但也肯定会对儿子的职业选择感到不舒服，知道他们不开心，他也就开心了。

"第二呢？"衣既明问。

霍楼看着衣既明，只是笑，没有说。

下了飞机，衣既明和霍楼就马不停蹄地赶赴《世界有超模》的录制现场。

节目组租下了S市过去租界旧址上一处很有民国风情的法式老洋房，

既有特色，也不失历史怀旧，这便是第十一集的主要拍摄地点了。

和《讲究》的民国主题有着微妙的重叠。在阿罗谈好的合作条件里，《世界有超模》也会给在未来不知道多久才会播出的《讲究》，进行一次免费的口播。周导在听到这个消息后，一蹦三尺高，摩拳擦掌，兴奋不已，觉得自己的剧稳了。连《世界有超模》这种世界级的综艺都上了，未播先红也不是什么不敢想的事情啊。

《世界有超模》就是个国外典型的竞技类真人秀，重点不在于参赛选手里未来是不是真的会出个超模，而是在于"对撕"。

全世界人民都好像对这种一群青春洋溢的年轻人，在镜头面前花式互撕的节目形式，充满了浓厚的围观兴趣。《世界有超模》节目收视长盛不衰，前前后后拍了三十多季，版权远销一百多个国家，翻译成了二十三种语言，就是最强有力的证明。

有衣既明和霍楼参与的这集，已经到了这一季的尾声，比赛选手只剩下了六个，四女两男，来自不同的国家。

简单来说比的就是……谁拍的照片更有高级感，谁能得到最多的走秀邀约，类似于一个每个人都装了 go pro（运动相机）的模特训练营。

节目主要以硬照为主，每一集都会有一个不同的主题。

这一集的主题就是"演技"。

一集分两个环节，任务和拍照。

任务环节，就是以各种娱乐任务为主，会有明星大腕作为嘉宾出镜，拉动人气，获胜的玩家能得到价值不菲的礼物；硬照环节，则是由节目组固定的评委对选手拍出来的照片打分，从高到低排列，胜者晋级，败者回家。

比赛规则简单易懂，目标明确，随便观众从哪一集看起都能看得懂，看多了又不会觉得无聊，毕竟节目组在每集的主题和任务上都玩出了刺激和花样，是一套经受住了时间考验的传统真人秀模式。

衣既明和霍楼受邀担任的角色，就是任务环节里的嘉宾。他们会先教还算是半个素人的选手们一些演技上的经验，然后发布表演任务，最后针对选手们的表演进行一一点评，选出获胜者，送出奖品。

没来 S 市之前，《世界有超模》这边就已经把台本传了过来，还很贴心地询问，是否需要找一个会中文的工作人员，先讲解一下这一整套流程具体是怎么操作的。

霍楼答应了，衣既明婉拒了。因为衣既明对《世界有超模》实在是太熟悉了，从第一季的第一集，一直到最近一季的一集，在李林的强迫下，衣既明全都陪他看过。衣既明不仅是熟悉节目那么简单，甚至对这一季的参赛选手都有谁，是怎样的人设，心里都有大致的印象。

衣既明知道真人秀并不"真人"，所以不会对某个选手代入情感。

但李林就不一样了，他哪怕知道是假的，也特别真情实感，非要扯出个子丑寅卯。在飞机上的时候，他就在试图给衣既明洗脑："选杰西卡，一定要选杰西卡，她被那群人嫉妒，被孤立了，但她就是强，选她，气死其他人！"

"这一季，杰西卡要是不夺冠，我就再也不看《世界有超模》了！"

虽然李林这么笃定地发誓，但衣既明根本不信他。李林也就是说说而已，他就是个冠军诅咒者，衣既明陪李林看了这么多季，李林没一次猜对过冠军。

相反，最被李林看好的，往往都走不到最后。

如果有节目组的摄影师在，那这个时候就可以录下李林的铁嘴，等着最后当个有趣的打脸小片段加进节目里了。

小南默默在心里给那个叫杰西卡的可怜姑娘点了根蜡烛。

没有人把李林的话听进心里，除了霍楼。他深深地记住了杰西卡这个名字，心想着，万一她真的不行，那这种强行说行的活儿，就交给他来吧。衣既明演技再好，也肯定受不了太过造假。

他们在飞机上就已经化好了妆，因为一下私人飞机，节目组分出来的一个小型拍摄团队，就已经搭乘地勤车等在了那里，力图拍出大片的感觉。一月的 S 市室外温度没有 B 市那么低，但那种仿佛钻到骨头缝里的湿冷攻击，让衣既明突然有点后悔，他应该再穿一条秋裤的。

从扶梯上下来的时候，衣既明的脸直接白了一个色号，但他还是很敬业地在镜头前表现出了自己最好的状态。

霍楼忍不住一直去看镜头前多了些鲜活气息的衣既明，那让他联想起了他第一次知道这个世界上还存在着一个叫衣既明的人的过去。很多有关那时候的记忆，霍楼其实都已经模糊了，唯有关于衣既明的回忆，始终不曾褪色。

那时候，不在镜头前的衣既明，也是一个意气风发、爱笑爱闹的漂亮青年。他会举着五颜六色的西西里冰激凌，走过文艺复兴的街头，和每一个擦肩而过的人分享幸福。

等《世界有超模》节目组把该拍的镜头拍完，衣既明就立刻收回了表情，就像是被魔法定格。

只是衣既明骨子里的温柔体贴还在，他转身主动拽住了霍楼的小臂，拉着好像在愣神的他，赶紧躲去了车里，想要暖和一下。

这个拉人的动作是那样自然，霍楼却连想都不敢想，一路都怔怔地看着衣既明的手。

加长的黑色豪华轿车里，暖气开得很足，只有衣既明、霍楼以及无处不在的镜头。李林等人都坐在了后面的车队里，和节目组的工作人员一起。

开车前，霍楼的助理送来了一个大袋子。

"是什么？"衣既明问。

霍楼窸窸窣窣地从没有logo（商标）的牛皮纸袋子里，拿出了……两条连标签都还没有来得及摘下的灰色秋裤。

"我去把镜头遮住，咱们赶紧换上。"霍楼说得特别洒脱，一点顶流的自觉都没有，比起时尚，他更爱温度。

"你也怕冷？"衣既明回想起了第一次见到霍楼经纪人阿罗时的样子。

"对啊。"霍楼理不直气却壮地回道，不羁的表情只剩下了傻气。他让助理提前准备秋裤，不是为了立人设，也不是真怕冷，而是他知道衣既明的腿自当年车祸之后就一直不算好，要精心保养。他怕衣既明尴尬，才特意准备了两条。

衣既明接过秋裤的时候，不经意擦过霍楼的手，滚烫得就像是烧开的水壶壁。

霍楼赶忙开口，转移衣既明的注意："嘘——我们悄悄地穿，悄悄地暖和，不要被李林那个时尚警察抓到。"

"好。"衣既明也煞有介事地小声回。他们凑在一起小声讲话的样子,就像是两个半夜起来偷吃饼干的小朋友,总感觉整个房间都充斥着咀嚼饼干的"咔嚓"声,"镜头不会出卖我们吧?"哪怕盖上了,也会有声音。

"按理来说,应该不会。"

节目组虽然在车里放了摄像头,但一般是不会播的,单纯的坐车镜头又没有什么意思。

但事实证明,《世界有超模》就是这么一个有毒的节目,这集在两周以后播放时,不仅放了这段黑乎乎的镜头,后期还给配了文字——不,我们播了!不仅播了!还要让世界看到来自东方的神秘力量!

国内有网站买了《世界有超模》的版权,点击率和受众群体大得可怕,唯一可以与之比肩的大概就是霍楼投资的《有钱人的一天》。等放出来的时候,整点守在屏幕前的观众都快笑疯了,不管是不是霍楼和衣既明的粉丝,都深深记住了这两个怕冷的嘉宾。

"我到底粉了个什么偶像啊,我不禁问自己。"

"霍楼我知道,和他一起穿秋裤的小哥哥是谁啊,也太可爱了吧?[比心]"

"hlgg:从今以后,我们就是一起偷穿秋裤的好兄弟了!"

"养生男孩,从二十三岁就要抓紧了。[老干部瓷缸]"

"秋裤怎么不符合时尚审美了?去年还有奢侈品牌出过秋裤单品呢!走过秀的!我哥哥就是这么棒,我不听我不听!"

与之形成强烈对比的,就是他们下车后,在录制现场见到的主持人奎妮。

当时的情况是这样的——打开车门的瞬间,尖叫声就已经此起彼伏地响了起来。犹如三千只鸭子过境,让霍楼差点想重新回车里,关上车门,江湖不见。

最开始的尖叫来自参赛的选手们,不管他们知不知道衣既明和霍楼在C国的咖位,他们都会假装很懂、很热情地瞎起哄,这已经是节目惯例了。不过,维持最长时间的尖叫,还要属奎妮和李林。这对好朋友,从李林冲出车门的那一刻,就已经碰撞出了强烈的化学反应。一点都没有身为前世界超模和金牌经纪人的矜持。

衣既明也总算知道为什么李林要跟着来，以及他为什么要在飞机上也一起化妆了。

奎妮的人设，一直走的都是很浮夸的那种圈内"名媛风"，是最不像超模的超模。也是在几乎全部由女模特统治把持的模特圈，唯一一个以男性身份获得世界认可并拥有超模头衔的男模。

"我不允许世界还不知道，这是我当年最棒的室友，以及最好的'闺密'。"奎妮一个转身，开始对着镜头介绍李林道。

奎妮有很不错的主持天分，自然而然地就把话题从李林这个切入口，转到了衣既明身上。在两个嘉宾里，滔滔不绝地先重点介绍起了自家好友的艺人。

"恕我直言，衣简直是演技之神，拥有被上帝拥抱过的表现张力。"奎妮说的是英文，略带 Y 国口音，自带史诗中老外夸起人来不要命的风格，什么神鬼莫测的形容词，都能从他的嘴里说出来，他还一点都不会觉得难为情，"我可以用我一柜子的爱马仕包包发誓，绝对不是因为我偏心才这么说的。"

选手们明显不太信，连编导都觉得奎妮又在公然偏心了。毕竟，奎妮又哪里来的渠道，跨语种和文化去了解一个如今不算太出名的 C 国演员呢？

衣既明之后，奎妮才开始着重介绍起霍楼了，他先是假意低头，看了一下自己手中的提词卡，才迟疑道："艾尔弗雷德？"

衣既明没有英文名，在节目里就直接用了他的姓来称呼。霍楼则是有正式的英文名的，写在护照上，被官方承认合法身份的那种，在之前很长的一段时间里，霍楼也更习惯听到别人叫他的英文名。

"——这可不是千禧后会叫的常用名。"奎妮抬头打趣。

"我母亲生我之前，看了部繁复又华丽的 E 国宫廷剧，讲的是艾尔费雷德大帝时期的故事。"霍楼插兜，随意地站在洋房前，凌乱的发梢被风吹起，真的有了那么一点从油画中走出来的王子的感觉，桀骜不羁便是刻在这位王子骨子里的性格，早晚有一天，王子会变成国王。

"艾尔弗雷德·霍？"

"艾尔弗雷德·莫蒂默。"霍楼一句之后，全场都寂静了。但凡在时尚圈混的，就绝不会对莫蒂默这个姓氏陌生，几个老牌的奢侈品背后，都有莫蒂默的影子。

"马奇伯爵的那个莫蒂默？"

"如果没有第二个也姓莫蒂默的马奇伯爵的话。"霍楼父辈和母辈的身份，都给了他行走在这个社会上不小的助力，这点他不否认。所以，叛逆归叛逆，霍楼并没有真的去寒过父母的心。

"大卫·莫蒂默是你……"

"我愚蠢的弟弟。"霍楼提起这个表弟时，根本没打算让别人觉得他们关系很好。哪怕全世界都知道，不出意外的话大卫就是下一任莫蒂默的家主了。

奎妮夸张地倒吸了一口凉气，他自然不可能完全不知道霍楼的身份，毕竟霍楼一直都没有什么隐姓埋名、白龙鱼服的爱好，大家都知道他爹是谁，稍微百科一下，就能知道他爹当年到底是和谁生了他。但为了节目效果，奎妮还是要表演一番的："我现在抱你大腿，还来得及吗？"

奎妮开玩笑的成分更大些，毕竟他现在已经活成了自己世界的王，他和对象合开的时尚工作室，从化妆品、服饰都有涉猎，发展的势头十分迅猛。

但其他参赛选手看霍楼的眼神就不一样了，充满了赤裸的热情。

也因此，奎妮好似"突发奇想"般，双手一拍道："衣就像是冰，艾尔就是火，不如我们来试试这终极的两大元素，到底谁能压倒谁吧。"

就这样，这场演技任务，被临时增加了难度。

六位选手，三三分开，分成了霍楼队和衣既明队。看两位嘉宾带出来的模特里，谁的演技更胜一筹。获胜者不仅自己可以得到昂贵的奢侈品礼物，还能为与自己一队的人也得到一份共享奖品。

"输家呢？"霍楼问。

"当然也会有惩罚呀。"奎妮从上衣口袋里，掏出了一个粉色墨镜，挂在了高挺的鼻梁上，"听李说，衣是你的男神，你会因为舍不得看男神的队伍受惩罚而放水吗？"

霍楼笑了，回道："那必然……"

156

是要放的呀。

抽签的时候，李林看好的杰西卡命不好，偏偏分到了霍楼队，在满足衣既明的经纪人和不让衣既明受罚之间，霍楼一点不带犹豫地就选择了衣既明。

他这人就这样，不服气也得给他憋着。

由于时间的关系，原定的嘉宾和演员交流演技心得的环节，其实就只是两个嘉宾和每个选手单独谈了五分钟。坐在租用场地中珐琅漆器雕琢下的精致会客厅，一边假装喝下午茶，一边随便拍了几个镜头，等嘉宾交代了表演任务，这一部分就算过了。

节目里会穿插选手们之前在住所是如何刻苦背诵晦涩拗口的台词，怎么在互撕的过程中抽空努力的镜头。通过时间上的错位剪辑，营造出一种他们是先和衣既明、霍楼交流，然后拿到剧本回去苦读一周，最后再进行会演的感觉。

一转场，重新换了一套服饰的众人，就开始进行表演竞赛的环节了。

衣既明和霍楼也重新换了衣服，身材笔挺，面容硬朗。两人一黑一白，一个金边一个银边，颇有 cp[①] 感。他们三个人一会儿要轮番上台，充当模特们的演戏搭档。一人会配合两次，正好六个模特，十分公平。

开始之前，数台直播的摄像头已经在舞台周围架了起来。

《世界有超模》是个很与时俱进的节目，自从直播这种形式在全球范围大火之后，节目组也火速拍板决定，在节目里增加了直播板块。一般直播的都是任务环节中的一部分。当然，完整的一集还是要看正式的电视、网络播放的。

这一集直播的就是选手们演戏竞技的全过程。可以让观众直观地看到，它们是一个多么公正公平的节目，选出的赢家肯定是表现最好的，不掺杂任何猫腻。

主流的几家直播平台，都已经和《世界有超模》节目组达成了版权协议，开辟了这一季的直播专项页面。

C 国也不例外。C 国的观众，因为没有时差问题，直播的观看体验绝

[①] 网络流行词，这里指两个看上去关系亲密。

对是最佳的。不管是信号的速度，还是开播的时间，都极度舒适。

开播前，霍楼和衣既明两边的公关团队都已经宣传过了。

在直播还是黑屏状态时，弹幕前排基本就已经被粉丝占完了，连衣既明那些仿佛冬眠完的粉丝，也都终于渐渐有了出没的踪影，夹杂在霍粉中，低调但不容忽视。

当然，偶尔也会出现不明白状况的弹幕。

"不是说张影帝吗？影帝被人顶了？"

"这位朋友刚通网？你家影帝已经进去快四天了，望周知。"

"是我们霍霍和明明来救场好吗？"

"时时刻刻高举霍衣大旗，hlgg 看到我！"

"我们悄悄假装 cp 粉，赶紧地刷过去刷过去，别让明明看到。"

"明哥真的好久好久没上综艺了啊！感动！"

"之前还有一次游戏直播的，前排赶紧补起来。"

直播一开始是一个主持人和两个嘉宾分坐在台下，搞得和《达人秀》似的。分分钟有一种他们中的谁要为人亮灯的既视感。

霍楼因为和衣既明中间隔了一个奎妮，特别不开心！特别想搞事情！然后，他就默默地、默默地……把奎妮面前摆的马卡龙，非常叛逆地给吃光了。

嗯，可以说是真的很叛逆了。

奎妮喜欢在节目里吃点甜点，表达一下健康模特的饮食理念，这是所有看节目的观众都知道的。现在在直播，他们只能眼睁睁地看着霍楼小动作不断，直至把奎妮准备的甜点吃干抹净。

"开始吧。1号就是我们的巧克力甜心马特。"奎妮说完，就习惯性地往前伸手，却只得到了一个锃亮的金盘，以及旁边假装无事发生，但唇角还有马卡龙残渣的霍楼。

观众已经快笑得喘不上来气了。

马特是个黑人，肌肉发达，棱角分明，穿着一身绅士西装，却仿佛已经快要把它撑破。他从左手边的幕后，走到了耀眼的灯光之下。

节目组安排选手们表演的情节其实挺简单的，就是有关上战场前一对情侣或友人之间的对话，只是台词故意写得和绕口令似的，一看就是为了刁难还没怎么接触过表演的选手们。并且，嘉宾们还有一个秘密任务，就是故意在搭档的时候搞些意外情况，看模特怎么反应。

至于是什么意外情况，这个就由嘉宾自己决定了，台本上只是给举了几个简单的例子，嘉宾可以照本宣科，也可以自由发挥。

看直播的观众在第一次表演之后，才会知道这个意外情况是人为的。

马特属于衣既明队，但和他搭档的却是霍楼。

"你真的一定、确定以及肯定要上战场了吗？我的挚友。"马特有些紧张，表演略显生硬，但至少完完整整地把台词说全了。

"是的。"霍楼的眼睛里有着坚毅，和衣既明比起来，他的演技就是个渣，但面对马特这种新手却是碾压级的。他甚至都不需要搞什么意外情况，就足以压得马特抬不起头。但霍楼没有，比起演技争锋，他更想搞事。

剧本里，霍楼后面还是有台词的，但他却没有说下去。

马特果然立刻就慌了，有了一个明显不应该的漫长停顿。幸好，停顿过后，他终于反应过来，强行接过了记忆里属于搭档的台词，继续演了下去。

"我知道你爱这个国家，一如爱我一样。我也爱你啊，我很害怕失去你，我的朋友。"

"不，我不走不行，这个地方让我窒息，我已经一刻也活不下去。"霍楼就是个戏精，故意做捧心状。明明应该是个很造作的戏剧动作，却硬是被霍楼演出了一种揪心之感，让人恨不能上前给他一个拥抱，让他不要心碎。

霍楼这次已经不只是"忘词"那么简单了，剧本上根本就不是这样的台词，他自己给改了。

直播观众不知道剧本，还以为本来便是如此。

马特却是再清楚不过。他僵硬地立在了原地，额头上的汗越来越多，剧情脱缰，他已经无力再演下去，但又不能直接说破霍楼"忘词"了，毕竟那可是人人都想巴结的对象啊。他只能独自想办法，努力试一试让剧情回到台本上。

"为什么呢，我的朋友？"马特往前迈了一步，"是因为你要尽快让战争结束，不让更多的母亲在深夜流泪吗？"他几乎是在明示着给霍楼递眼神，让他只要点头就可以了。

弹幕里也渐渐多了表达奇怪的声音。

"为什么我感觉马特演的这个角色，仿佛拥有读心能力？"

"对对对，总感觉他在替霍楼说台词。"

"马特到底是怎么知道霍楼的母亲在深夜流泪的？"

霍楼却并不配合马特，他抬手猛地指向衣既明道："不，是因为他，他这个负心汉！"

衣既明一时不明所以。

"哈哈哈哈哈哈哈哈，霍楼哥哥等这一刻很久了吧？"

"这要是剧本上就有的台词，我直播吃了我手上的键盘。"

"哥哥你要矜持呀！大家都知道你想和男神营业，我们信了还不行吗？"

马特在全程发蒙中，结束了自己人生的第一次表演。

未免这个可怜的大块头留下什么行业阴影，奎妮在他从右侧下去之前，告诉了他真相，整场意外频发都是故意的，是节目组安排的隐藏任务。

"你表现得很好，我的甜心，至少你坚持把自己的台词都说完了。"

观众们也跟着马特一起，明白了霍楼突然皮那么一下到底是为了什么。弹幕里，不是在跟着奎妮一起安慰可怜的马特，就是在发"哈哈哈"，还有人替衣既明发问，衣既明又做错了什么呢？为什么要被强行带入剧情。然后，已经有点分不清楚到底是真是假的霍衣粉，趁机科普了一波霍楼和衣既明最近一段时间发生的故事，逐步扩大了同好范围。

1号马特的表演，确实算不错的了，至少比2号好。

2号是个棕发波波头女生，她的搭档是奎妮。大概奎妮也受到了霍楼的启发，他准备的临时意外，顺着霍楼的剧情再次强行带了衣既明入镜。这回衣既明不再是个负心汉，而是个因为不够勇敢，而导致爱人远走他乡，最后被敌军炸死的倒霉蛋。

"我朋友的遭遇帮助我认清了我的心，我不能再对你隐瞒，我会上战场去赎罪。但我必须对你坦承这一切。"

2号选手反应能力不足，直接傻在那里，当场出戏。

不少2号选手的粉丝都表示很可惜，2号选手真的很有实力，就是情绪太敏感。如果顺风顺水，她一定能拍出特别不错的硬照，完成很好的任务，可一旦出现意外，哪怕只有一丁点，她也会迅速消沉下去，再难复起。

接下来的3号，就是李林最喜欢的杰西卡了，她的搭档是衣既明。

杰西卡是个金发碧眼、身材高挑的姑娘，还有一张时尚界最喜欢的高级脸，从节目第一集开始，她就被很多选手暗暗忌惮。而打动忠实粉丝李林的，则是杰西卡复仇女神似的人设，她总能逆风翻盘，打所有人的脸，果敢爽快。

杰西卡是个很有想法的姑娘，在衣既明的演技出现"问题"时，她不仅没慌，还跟着即兴表演了起来。

从照本宣科到临场发挥，几乎是无缝衔接。

要不是观众提前已经知道了这场表演要出"状况"，他们大概真的会以为，如今杰西卡和衣既明的对话，就是剧本中的一部分。

杰西卡应该是有一定演戏基础，至少是学过表演的，现场飙戏，毫无压力。

衣既明说："我必须离开，我的爱，我并没有我以为的那么爱你。"

杰西卡会立刻跟上，声泪俱下地指着霍楼控诉："那你就一定爱他了吗？或者说，如果我不介意呢？我们为什么不能三个人一起过上幸福快乐的生活呢？为什么你一定要离开家，远赴危险的战场？我不能没有你！"

杰西卡的词改得很聪明，不是那种天马行空的随便接话，而是在试图让已经乱七八糟的剧情看起来像个真正写出来的剧本。

这点是很难的。

演戏真正厉害的地方，不在于你如何把一个本来就很顺畅的逻辑表演给观众看，而是哪怕角色的三观存在很大的问题，你也可以通过自己的演技使观众信服这样的人也有可能真实存在。

就在衣既明一时兴起，想继续增加难度时，霍楼站了起来，高声喊了一句"cut！"。

奎妮本来看得入戏，听到这个声音便猛地转头，看向霍楼道："我什么时候认命你当可以喊 cut 的导演,我怎么不知道?"

"我必须要说,爱情不能是三个人的电影!"霍楼说得振振有词。不管杰西卡演得再怎么好,是不是自己的队员,都没用,反正她就是不能再继续和衣既明演下去了!

正常拍戏的时候,霍楼肯定不能这么说 cut 就 cut,他只是想趁此良机过一把干瘾。

"啊啊啊啊啊,明明演得好棒啊,我的男神终于又回来了!"

"你若不离,我定不弃!"

"我一直没办法相信,当年的圈中大佬'日月我心'竟然是 hl,直至这一刻,我终于信了。"

"曾经我喜欢明明,后来我喜欢楼楼,现在我喜欢他俩!"

"看着霍衣美如画,本想吟诗赠天下。奈何自己没文化,只能我靠甜掉牙!"

弹幕里的粉丝言论层出不穷。

后面上来表演的 4 号、5 号以及 6 号选手,都没什么太大的特色,只能说无功无过。搞得霍楼都不敢再怎么搞事了。因为霍楼是想衣既明队赢的,哪怕这玩意儿其实不赢房不赢地的,但霍楼就是不想让衣既明品尝到失败的滋味。

本来,霍楼在属于衣既明队的马特出来时,还想着反正三个人里面挑一个赢就行,马特这段表演可以放飞自我,趁着观众也不知道发生了什么,搞一波真情实感。

谁想到……马特已经是衣既明队里最强的选手了。

霍楼的内心犹如有一整队的羊驼呼啸而过,这是他带过的最差的一届模特!

但客观讲,这些都是十七八,最大也不过二十岁刚出头的小模特,他们没受过专业训练,能有多高的演技?更不用说他们还要应对各种奇奇怪怪的意外。有个姑娘直接笑场了,奎妮都没生气,因为他知道情况就是这个样子,这也是节目组想要的效果。

霍楼并没有就此放弃,倔强地还在强行捧衣既明队里的三个模特,在三个人商量冠军该给谁的时候,他坚持说:"我觉得马特表演的就挺好的，毕竟他是第一个上场的，能有那样的努力，实属不易。"

"4号和6号也不错。虽没有特别亮眼，但至少发挥稳定。"

这完全就是在睁着眼睛说瞎话了，但综艺节目嘛，一般考验的其实是嘉宾的演技，如何不着痕迹地把其实早该淘汰的比赛选手捧上去。

衣既明奇怪地看了一眼霍楼，这种不专业的判断，不应该出现在霍楼嘴里。

"明显是杰西卡表现更好。"

衣既明选择杰西卡，不是因为李林给他洗脑成功，而是他实事求是地觉得杰西卡的演技最好。这种感觉在衣既明和杰西卡搭档后，更加明确了。

奎妮和观众基本全程傻眼，只能"咔咔"地嗑着瓜子，围观霍衣二八争论，奎妮还"悄悄"对着直播镜头问道：

"如果我没记错，马特是衣既明队的，而杰西卡才是霍楼队的吧？

"为什么他们争吵的原因，不是为自己的队员据理力争，而是为对方的？

"这是什么不为人知、高风亮节的传统吗？这么友谊第一，比赛第二？"

奎妮的语速有点快，直播里的双语翻译妹子差点没能跟上，幸好，哪怕妹子没听清奎妮的意思，也早已懂了奎妮要表达什么。因为她也是一样的心情。这种为了让对方赢而差点吵起来的场面，真是千年难遇。

最终，由于两个嘉宾的意见始终无法统一，决策权还是只能回到了主持人奎妮身上。

奎妮是个人精，既不想得罪霍楼及其背后的莫蒂默家族，又不想违心去选一个连观众都看得出来实力不强的人。于是，他再一次转手，把选择权交给了直播间的观众们。

直播间一般都会有押注的小程序，在一个规定的时间范围内打开投票器，由观众来投票选出大势所趋的结果。

毫不意外，杰西卡一骑绝尘，成了演技环节的大赢家，得到了某奢侈品珠宝赞助的项链，她的队友们则获得了一起享受高端spa放松精神的安慰奖。

然后，直播就到此结束了。

在观众舍不得的弹幕里，所有的直播镜头同时被掐断，节目组铁石心肠，一点余地不留。现场只留下了录播的摄像头，奎妮重新坐回椅子上，带着衣既明和霍楼开始一一点评选手们刚刚的表现。

等说完了，这一部分才算真正告一段落。

所有人就此分流，到不同的摄像头前排队，录制一些"自白"，以供节目剪辑使用。衣既明和霍楼也不例外。

霍楼的思绪还停在比赛上："这就完了？不用惩罚？"

"惩罚的是选手啊，"奎妮诧异，"和嘉宾有什么关系？"

霍楼的提心吊胆，这才终于安放了下来。他也不知道自己怎么就误以为嘉宾也要跟着受罚，刚刚才会那样据理力争。早知道，他早就和明明站在统一战线了好吗?!

衣既明也终于明白了霍楼的"反常"，他又想给霍楼发小红花了，以排为单位的那种。

录制完自白，衣既明和霍楼的工作就彻底结束了。这一次短暂又好玩的综艺之旅，给衣既明留下了很好的印象。

奎妮本想请衣既明和霍楼在 S 市吃个饭，但他俩要动身赶往江左影视基地。

"真是辛苦了。"奎妮表示理解，走之前还特意和衣既明告了别，意有所指，"大影帝，下次再见面，我请客你可不能拒绝了。"

最后还是奎妮和李林这对好友去"养生夜店"蹦了一整晚的老年迪。他们去的是一个老年 bar，不少真的上了年纪的人都在里面，想要谱写一曲最美不过夕阳红。李林和奎妮算是里面最年轻的了，这让他们开心了一整晚。

"我们家明明厉害吧。"李林手里拿着一杯威士忌，头上戴着荧光棒卷成的头箍，声嘶力竭地对奎妮吼，"我简直要爱死这个大宝贝了。"

"他会变得更厉害的。"奎妮道。

这话其实奎妮之前就已经和李林悄悄透露过一些了，如今只是更加肯定，他有一个特别可靠的渠道，知道了一些很快就会被公布出来的消息。这也是他敢在节目里疯狂吹衣既明演技的原因，因为很快，全世界都会跟着一起肯定了。

"终于要熬出头了啊。"李林说哭就哭，抱着奎妮涕泪横流，没有人会比他更希望衣既明能够成功，"我带他的时候就发过誓，我一定不会让他就此废在我手里。"

衣既明并不是从头到尾一直与李林合作的，李林是在衣既明第二次爆红之后出事时临危受命，成为衣既明的经纪人的。李林当时只是想完成本职工作，没想到衣既明竟然是那么让人省心的一个乖孩子，他不自觉地就投入了进去。

后来在李林眼里，衣既明就真的已经和他的仔差不多了，他想衣既明的好被所有人看到。

虽然在李林的手上，衣既明焕发了第三次爆红，甚至如今隐隐有第四次崛起的趋势，却还是达不到李林当年心里的目标。

直至奎妮带来的这个消息。

因为身处人多口杂的酒吧，他们也不敢聊得特别深入，很多话都说得模模糊糊，但李林已经很满足了。他会让所有人真正信服，衣既明配得上当霍楼的偶像。

李林口中的乖仔衣既明，还不知道发生了什么，他此时正睡在保姆车的后座，与霍楼并排。一天的长途奔波加全情投入的录制综艺直播，衣既明真的已经筋疲力尽。他的身体其实是要比一般人更虚弱的，车祸之后就一直如此，怎么养都没有办法回到当年。他需要更多的睡眠，来弥补他不断流失的体力。

一上车，衣既明就忍不住昏昏欲睡，然后就真的睡了过去。

霍楼年轻，精力旺盛，却选择了和衣既明一起放下座椅。

衣既明迷迷糊糊醒来时，外面的天彻底黑了，车也已经绕着酒店开了一圈又一圈。霍楼想让衣既明多睡一会儿，就只能用这么老套的办法，让车仿佛永无止境地开下去。

"你醒啦？"霍楼关心地凑上前。

刚醒的人双眼黑白分明，蒙着一层水汽，呆呆地看着霍楼，好一会儿才找回了焦距。然后，也许是当时气氛太放松，他不自觉地就笑了起来，是从未有过的灿烂。眉目如画，轮廓柔和，就像是一场年少悸动的梦。

一直到助理替他们办理好入住酒店的手续，走到套房里，霍楼都有点一脚深一脚浅的，宛若不知今夕何夕。酒店服务人员来进行夜床服务的时候，都没有惊醒霍楼的迷茫。还是助理上前去沟通，为霍楼弄好了让他觉得最舒适的布置。

直至衣既明发来微信，和他道晚安，霍楼才总算从迷茫里醒了过来，相信发生的一切都是真的，而不是他的臆想。

小红花监督者（衣既明）："你早点休息。"

小红花收集者（霍楼）："好好好！"

小红花监督者（衣既明）："明天见。"

小红花收集者（霍楼）："见见见！"

衣既明也不知道怎么想的，紧接着发了一条开玩笑的微信："我会穿着米色上衣，在巧克力喷泉机旁边等你，我们以棉花糖为接头暗号。"

"ok！！"

和衣既明发完微信，霍楼已经彻底兴奋得睡不着了。他来来回回在房间里踱步，此时助理已经离开，整个大套房里就只有霍楼一个人。

他左思右想，还是决定给他的母亲打个电话。

霍楼的母亲叫奥莉薇·莫蒂默，人称奥莉薇夫人，她此时正远在南国某处的热带小岛上，享受心旷神怡的度假之旅。

由于时差的关系，奥莉薇夫人这边还是白天。她戴着硕大的复古草帽，躺在细软的白色沙滩上，欣赏着水波潋滟的蓝绿色大海，享受被阳光肆意亲吻的感觉。突然而来的电话打破了平静，看见儿子的名字时，她几乎是第一时间就接了起来。

"妈咪，我有一件事，想问你。"

奥莉薇夫人已经好多年没有听到过儿子这么叫她了，心一下子就软成了一摊水，想起了当年带着年幼的儿子出国时，他害怕又故作坚强的样子。

那个时候的霍小楼还是一头小卷毛，一手抱着自己最喜欢的玩偶，一手死死地抓着母亲的手指，小声问："妈咪，我们再也见不到爹地了吗？"

那是霍楼发来的求救信号，虽然微弱，却显得惴惴不安。

可惜当年的奥莉薇夫人不过三十出头,脑子里除了事业就剩下了野心,直接忽略了稚儿的敏感。只是不耐烦地给他系着安全带,故意吓唬道:"叫妈妈,或者母亲,你已经不是个小宝宝了。我和你父亲离婚了,如果你不想连母亲也见不到,就乖一点。"

再后来,奥莉薇夫人就彻底成了一个大忙人。

当她终于意识到,她已经许久不曾和儿子亲近过时,那个会奶声奶气、全心依赖她的儿子,早已淡出了她的世界。她的艾尔弗雷德在她父亲的教育下,已出落成了一个让所有人满意的优秀少年。有着令整个家族满意的贵气,有着独属于贵族的优雅、骄矜,以及……冷漠。

他会站在与她相隔一米左右的地方,疏远淡然地微微点头致意,叫一声:"母亲。"

奥莉薇夫人看着自己闯出来的商业帝国,告诉自己,她不后悔。

但当今天儿子打电话,不自觉地叫出妈咪的那一刻,她的心头还是涌上了无限的思绪,想着也许她当年要是换一种处理方式会更好。

她努力用亲切的声音和儿子沟通:"怎么啦,我的宝贝。"

"你有过很憧憬,不,我是说很在意的人吗?"

"当然,还记得你的乔治叔叔吗?"

乔治是奥莉薇夫人的第一任情人,一个对奥莉薇夫人来说十分特殊的存在,虽然他们最终也没有在一起。但最难忘的总是初恋。奥莉薇夫人在提起和乔治的过去时,眼睛里的情绪就像蜜糖一样在流淌,她和很多人说过乔治,除了自己的儿子。

"那他在意你吗?准确地说,你是怎么确定的呢?"

奥莉薇夫人轻笑出声:"我当然知道他喜欢我,女士总有自己的小技巧。"

所有人都告诉她,作为一个女孩子要矜持,要等着男生来邀请。但是为什么呢?她才是自己命运的主人啊,她的爱情当然也应该由她来掌控。

奥莉薇夫人被她的父亲教育成了一个合格的继承人,做什么都是强势又霸道的。

"你怎么突然问起了这个?"奥莉薇夫人想和儿子多聊一会儿,主动引导话题,"你身边也有什么独一无二的人吗?"

霍楼想到了衣既明,他的偶像当然是独一无二的,他毫不犹豫地点点头:"是的。"

"哦?那是个怎么样的人?"

"全世界最好的人!"

"对方是否在意你,我是不知道,但我可以肯定,你很在意他。"奥莉薇夫人打趣道。

"当然,"霍楼承认得大方又磊落,"但我们现在讨论的是他。"

"怎么讲?"

"我们才真正认识不久,我以前只是单方面地了解他,现在我们的每一次接触他都在为我破例,这说明我在他眼里也是与众不同的,对吗?他说自己已经很多年没有在生活里对谁笑过了,但就是今天,就在刚刚,在车里的时候,他笑了,笑得特别灿烂。"

"如果我们是朋友,我会劝你再观察一下,我亲爱的,微笑不能作为任何证据。但作为一个觉得自己的儿子是全天下最好的的母亲,我想说,没有人会拒绝你的魅力。"

奥莉薇夫人的话很委婉。

但霍楼只挑了自己喜欢听的部分去理解:"那我的偶像肯定也在意我!"

"偶像?"奥莉薇夫人微微一愣,蔚蓝色的眼睛里满是错愕,她还以为……哦,她忍不住笑出了声。她的艾尔弗雷德还是个小傻瓜呢。

"对啊。我终于见到我的偶像啦,并且相处愉快,我觉得我们马上就能够成为很好的朋友了,不,是成为全世界最好的朋友!他说自己一心放在演戏上,不想谈论恋爱与婚姻,我也是。

"所以,你打来电话的目的就是为了告诉我你的追星感受?"

"是的!"

"只是为了说你和你的偶像的未来计划?"

"是从学生时代就在憧憬着、喜欢着的偶像。"

"……好吧,如果这对你来说真的很重要。"当年的奥莉薇小姐有多特立独行,让她的老父亲苦恼,如今脑回路清奇的霍楼就有多让奥莉薇夫人欲哭无泪，只能说是因果循环了。她最后只问了一个问题："你父亲知道这件事吗？"

"我正准备给他打电话。"

"那我可真是太期待了。"

咸鱼第七次翻身遇到奇迹

Ji Ming

一早，霍楼果然在巧克力喷泉机旁边，找到了穿米色开衫的衣既明。

霍楼郑重其事地递上了撒了一半食用金箔的棉花糖。这当然不可能是酒店提供的，哪怕他们住的是江左影视城附近最好的星级酒店，也不会免费提供这玩意儿。是霍楼那个十项全能、结账总能比小南快一步的特助，早上准时送到酒店的。

一团一团的棉花糖，还散发着焦糖的香甜气息，搭配霍楼今天身上的男士香水，出奇地吸引人。

"下面是低卡的冰激凌，可以丰富一下口感。"霍楼积极介绍。

衣既明也给霍楼准备了棉花糖，不过是棉花糖造型的金坠。现在既不是过年，也不是过节，就是衣既明偶然在网上看到了金坠的宣传广告，觉得有趣，就请小南跑了一趟实体店，帮他买了回来。"今天是拍摄的第一天，希望你能万事开头甜。"

他们要在江左影视城里拍完《讲究》百分之六十以上的戏，第一集的第一幕，也会正式在今天开拍。

霍楼之前就一直在说他很紧张，怕拍不好，反复地和衣既明对戏、练习。

霍楼到底是真怕还是假怕，只有他自己知道，反正衣既明是当了真的。衣既明安慰人的方式很老套，基本都是通过观察别人学来的，好比和李林学会了一起看综艺，和宁不臣学会了讲笑话，如今又和霍楼学会了买礼物。

收到礼物的霍楼开心得很，把玩着金坠，搜肠刮肚地寻思着，一会儿该怎么"不经意"地把坠子秀给整个社交网络看。

女主演唐宜，低调地从两人身边路过，手里端着的自助餐盘上正好是一小碗可可球燕麦，本来是因为又成功瘦了三斤，她想犒劳一下自己的,如今却怎么看怎么觉得这可可球不顺眼。她真是不懂,他们就不能考虑一下早餐厅里还有其他剧组的人吗?

吃过早点,剧组的车便到了,接衣既明和霍楼一起,去了影视城里面的民国区。唐宜借口忘记拿手包,坚持要等下一趟车再走。

影视城里的整个民国区很大,又细分为不同的街道,乃至不同的年代。虽然都是民国,但民国早期的建筑和晚期的建筑在风格上也是会有不同的。一般的民国剧组不讲究,周导却不能忍。他之所以选在江左影视城,就是因为这里面有一比一还原的江左城当年在民国时期的一整条街道,还特意区分了两个历史时期。

《讲究》的剧情地点涉及了北平、上海还有金陵,但最主要的还是围绕江左旧城展开。这座比邻十里洋场的上海的江南古城,激发了周浪无数的创作激情。

衣既明等人去的时候,周浪已经带着女儿囡囡到了。

周导的妻子真的很忙,临近年关,公司更是为了新的税改要忙疯了。周导为了拍戏,也要离开家,女儿的去留就成了一个问题。最终,周浪想着反正离放寒假也没几天了,干脆就向女儿的幼儿园请了假,把他的小棉袄裹挟着带到了江左来"上班"。

囡囡精力旺盛,穿着一身很有民国风的红色外套,正好奇地疯跑在这个完全不同的世界。小孩子玩得很有分寸,既满足了自己的好奇心,又不至于给剧组忙着布置场景的人添麻烦。

是个能讨所有人喜欢的小天使。

霍楼却"哼"了一声,连看都没去看囡囡。他没骗衣既明,他是真的挺嫉妒囡囡的,他父母就从没有一次想过要带着他去公司。哪怕他们宽敞明亮的偌大办公室里,肯定会有休息区域。

周导趁着衣既明和霍楼上妆的工夫,抓紧时间给他们讲了一下今天的戏。

"第一集的开场有些变动,是这样的……"

周导很会物尽其用,在剧里加了一些无名女孩的片段,全部由他女儿客串,片酬是每天一个亲亲。

亲谁由囡囡决定,周导谜之自信,觉得女儿肯定是要亲他的。霍楼则怀疑囡囡是要亲衣既明。

"灯光，音响，摄像机准备——"

"——Action！"

随着场记的一声打板，故事正式开始。

"这山望见那山高，望见那山一棵桃。怎么知道那是桃？叶子尖尖树不高。"囡囡哼唱着简单的童谣，一个人站在狭小逼仄的街道，一边跳着格子，一边往家的方向走去。小姑娘童音童趣，天真可爱，与整个压抑的环境形成了鲜明对比。

唐宜扮演的沈太太，手拎着一个复古牛皮箱，一身蕾丝洋装，头戴白纱，脚踩圆头皮鞋，出现在了镜头里。她远远跟在女孩身后，唇色苍白，眼神仓皇。

镜头一转，囡囡已经引着唐宜走向了乌台路的尽头，沈家旧邸。

但不等这一大一小走进去，她们就碰到了衣既明扮演的沈先生，一身单薄的长衫马褂，从巷子另一头拐入。他手里提着豆腐脑、炸鬼骨、新报纸，还是这老三样，独来独往，孑然一身，连个伺候的人都没有。他走路总是不疾不徐，不缓不慢，按照一个特定的节奏走，谁也别想打破。

囡囡仰头告诉沈太太："那就是沈先生。"

我的先生是个讲究人……

一个衣既明面容的近景，他的眼里就像是藏着钩子，神秘又危险，引人去一探究竟，但若真的投身而入，却什么都不会得到。

"cut！"

周导很是满意，这是一个一镜到底的长镜头，没什么深意，就是用来炫技的。他本还有些担心第一次接触拍摄的女儿会无法配合，没想到囡囡竟一点都不怯场，表现得这么落落大方。

今天大概是吉星高照，所有人都在最完美的状态，让周导第一遍就得到了他最想要的效果。

霍楼坐在一边，更不开心了。原本的第一集，是沈太太直接被保密局的人介绍给了霍楼所扮演的沈先生，一群人围着霍楼叨叨，想要设法说服他相信，这就是他兄长留下的遗孀。

周导说第一幕有变动时，霍楼还以为会变成他和衣既明的对手戏呢。

结果……

根本没他什么事，还要坐在这里看衣既明和别人演戏，好气呀。

趁着剧组去拍别的场景，霍楼坐在原地，和他爸发起了微信。聊天页面还停留在他们昨晚的记录上。

比起和母亲打个电话那么正式，霍楼给他爸就只是发了个微信，通知一声。

一开始霍楼只是想先确定一下他爸是不是睡了，谁想到他爸的毒舌太气人，他就失去了理智，再一次叛逆地和他爸犟了起来。其实全程也不过简简单单四句话，但这对父子就是有本事让彼此都不痛快一晚上。

霍楼："爹地！"

爹（霍爸爸）："……说人话。大半夜的这么叫，你是破产需要借钱了吗？"

霍楼："我不打算结婚了。"

爹（霍爸爸）："哦。"

这个莫名其妙的对话就卡在"哦"这里进行不下去了。

直至此时此刻。

霍爸爸已经打来了三个电话，但每次都被霍楼毫不留情地给挂了。父子俩就这么反复执拗了好几次，霍爸爸还是不得已屈服了，换成了发语音。

但霍楼却只是冷淡地回了一句："在拍戏。语音不能听。"

霍爸爸没办法，再次换成了发文字。

爹（霍爸爸）："你昨天不是开玩笑的？"

霍楼："谁给了你我在开玩笑的错觉？"

爹（霍爸爸）："我只是不习惯你突然像小时候那样叫我，我道歉。"

爹（霍爸爸）："对不起。"

爹（霍爸爸）："现在我们能心平气和地谈一谈了吗？"

霍楼："谈什么？"

霍楼的回复很冷淡，但其实他握着手机的手因为紧张在寒风中出了汗。他就知道他父亲是个老古板，没那么容易过关。母亲就不一样了，比起儿子离经叛道的假想未来，奥莉薇夫人更关心的是儿子能否追星成功，以及他是否过得开心。

但父亲这边……霍楼就有点不太敢确定了。他是家中独子，父母离婚后，虽然他爸身边的莺莺燕燕就一直没断过，甚至还短暂地结过一次婚，但再没有过第二个孩子。

虽然霍爸爸经常会在生气的时候说："我干什么要把霍家留给你败光？我自己没有手，不会败吗？等我死了就把这些全捐给动物保护组织，让你小子过得还不如一条海豚有钱！"但霍爸爸自己也很清楚，霍楼确实是他唯一的遗嘱继承人，他并不会改变这点。

霍楼还是有些忐忑他爸会跟他说什么。结果……霍爸爸说的却是："你为什么先给你母亲打电话?！"

脑回路清奇如霍楼，都不可避免地愣了一下。他爹竟然更在意的是这件事吗？虽然这也确实符合他父母这些年表面朋友，实则互相暗搓搓攀比的行为，但还是感觉哪里怪怪的。

霍楼实事求是地回："因为我觉得妈妈比较开明。"

爹（霍爸爸）："我不开明能容忍你这么多年？真行啊你霍楼。得了，绝交吧，你不是我儿子了！我没有你这个爸爸！明天就登报！"

霍爸爸已经气糊涂了，莫名其妙给自己降了两辈。

然后，就轮到霍楼去拍戏了，他放下手机，和衣既明擦肩而过。

唐宜已经穿上了一件红色的呢子大衣，套在了复古洋装外面，嘴唇特意涂成了深红色，整个人都看上去锐利成熟了不少。她与霍楼站在街道上，隔着时光与车水马龙，缓缓看到了彼此。这个时候，她还不知道他是沈先生，他也不知道她是沈太太。

他们只是两个在街头萍水相逢的陌生人，各自藏着一个天大的秘密。

沈太太好像再一次听到了小女孩唱的童谣："这山望见那山低，望见那山一棵梨。怎么知道那是梨？叶子圆圆树身低。"

衣既明坐在椅子上，看着霍楼和唐宜演对手戏。他下一场的装扮不变，甚至都不需要补妆。他只需要裹着大衣就行，全剧组就他的戏服最薄。突然就感觉到了一阵振动，来自霍楼放在椅子上的手机，显示栏自动跳出了最近收到的微信内容：

爹（霍爸爸）："你竟然都不挽留一下？你这个不孝子！"

爹（霍爸爸）："快回我！"

爹（霍爸爸）："……你哄你爸一句会死吗?!"

衣既明不欲看别人隐私，把霍楼的手机扣了过去。只是却再难把霍爸爸那"你为什么还不来哄哄我"的语气从脑海里删除干净。

霍家的男人真是太可怕了！

霍楼也看到衣既明倒扣了他的手机，心头一跳，自此心里便装满了这件事，但他还是难得敬业，一直到拍完了戏，才来找衣既明。

"我手机有消息是吗？"

衣既明尴尬地点点头，略显生硬道："看起来对方很着急。"

霍楼打开看了一下，果不其然是他那个老年网瘾爹在故意恶心他，他也毫不客气地恶心了回去。等父子俩"冤冤相报何时了"地互相伤害完，霍楼才意识到，衣既明有可能看到他爸发来的微信了。但也有可能没有看全，毕竟衣既明绝对尊重他的隐私。

"你……看到啦？"霍楼试探。

衣既明点点头，努力找了一个中性措辞："令尊，挺活泼的。"

一听这话，霍楼就确定了，衣既明并没看到他爸后面发的那些。霍楼松了一口气。

"你们在吵架？"衣既明问。

霍楼不置可否地撇撇嘴，狠狠地敲击着键盘，回答衣既明的话倒是没把烦躁的脾气发泄出来："不是我们在吵架，是他单方面挑事。"

"那你现在是在……"衣既明可不觉得霍楼对着手机屏幕咬牙切齿的样子，像是在平静对待他爸。

手机振动，你来我往，父子俩都手速惊人。

"和他斗表情包！"

衣既明沉默了，看来自己的担心是多余的。

霍楼就这样开始了一边拍戏，一边和他爸斗表情包的幼稚行为，不够用了还要助理再发他一些。精神抖擞，斗志昂扬，仿佛这是一件多么重要且神圣的事情。

中午大家吃的都是一样的传统盒饭，一人十块到三十五块不等的餐标，荤素搭配，还有一份例汤。衣既明和霍楼这俩双男主也只是比别人多了几样小菜的选择。为了不耽误拍摄进度，再大的腕儿，也没有离开现场去下馆子并让所有人眼巴巴等着的待遇。剧组演员和群演都一样，穿着戏服，随便找个地方快速吃完。

群演不是找个马路牙子聚在一起坐下，就是干脆站着吃。

剧组的椅子真心没几个。

当年有个混到在影视城捡鸽子[1]的老演员，曾和衣既明开玩笑地说过："能在剧组有个椅子，有张桌子，坐着吃盒饭，那你就已经是个顶顶重要的大人物了。"

宁不臣特意卡着点打来了视频电话，非要看一下衣既明剧组的伙食。等看到衣既明的盒饭，也就比自己多几片肉，颜色看上去更鲜亮一些后，他这才找到了一点平衡，顺势隔空打趣霍楼："霸总，你这不行啊。"

霍楼翻了个不那么优雅的白眼给宁不臣，不当家不知柴米贵，他们剧组的餐标已经傲视整个影视城了好吗？那种需要拍战争场面，不管是古代还是民国的剧组，群演一多都不管饭的。群演只能跑着去影视城的集体食堂，打几块钱的大锅饭。更不用说还有抠门剧组，连主要演员吃的也……

宁不臣啃着小馒头，默默吃着助理给他偷加的火腿肠，他们就是这样连主要演员都"虐待"的抠门剧组。

宁不臣现在的这个剧组甚至还因此上过一次热搜。起因是男二发的微博，表示他在剧组吃的竟还不如他在剧里演的角色好。两张照片一对比，让不少粉丝都在大呼心酸。

宁不臣虽没有跟着起哄，但在心里也是为男二摇旗呐喊过的。

那是宁不臣内心最动荡的时候，因为他看到了衣既明在四合院吃的精致美食。当时《讲究》剧组拍的剧情简单，演员少，又有厨房自带厨子，衣既明和霍楼吃的还是小灶，时不时可以叫个外卖，简直羡煞旁人。

如今……

衣既明从米饭下面，翻出来了白松露。

---

[1] 指原本没有报上戏或没有得到通知的人，照样去现场等待，当名单中某些人突发原因无法工作或无故缺席时，他们就被叫上去填补空缺。

视频那头的宁不臣，立刻化身土拨鼠，"啊——"的一声尖叫后，就愤怒地切断了视频。有个迷弟当资方真是好了不起呀，他！一！点！都！不！羡！慕！

霍楼把手指比在了唇上，用眼神示意衣既明，咱们偷偷吃。

他怎么可能委屈他偶像呢？

不存在的！

拍完一天的戏，囡囡并没有像霍楼想的那样，她要了唐宜的亲亲。除了周导有点吃味，皆大欢喜。霍楼和他爸的斗表情包之旅，也终于走到了尾声。他一边含着戒烟棒棒糖，一边和衣既明坐车回酒店。

路上，霍楼突然气鼓鼓地对衣既明道："他要来看我。"

"嗯？"衣既明一时间有点没反应过来，他正在看明天的剧本，周导这个创作欲旺盛的男人又要改戏。有些感情上的处理，衣既明得重新琢磨。

"我家老爷子要来和我面谈。"霍楼进一步给衣既明解释了一下，还不忘抱怨，"啊，他好烦啊，谈什么谈啊。我该告诉他的都告诉他了，我的决定就是那个决定。他非要和我妈比这个有意思吗？"

霍爸爸真的很生气，儿子竟然去找前妻寻求建议，不找他！

他虽然也不怎么会出主意吧，但是有什么是他前妻可以教给儿子，而他教不会的？

爹（霍爸爸）："你要对我和你母亲一碗水端平！"

霍楼"啊"了一声，眼神轻蔑道："嫉妒的人最丑陋。"

小南坐在副驾驶的位置上，真心想建议霍楼，这话别说得太满，小心以后打脸。

衣既明听得没头没尾的，更加困惑了。

霍楼在座位上扭来扭去，磨磨蹭蹭，一刻也不肯消停。最后，才终于说出了他的目的："我爸想周末的时候过来，顺便请你一起吃个饭。"

《讲究》剧组采用的是单休制，周日的时候，剧组的所有人都可以得到一天的休息日。

因为导演要带着女儿出去玩，游乐场、动物园、水族馆，偌大的江左，有太多会令小孩子喜欢的东西了。最大的资方霍楼，也想每周都能有个和偶像独处一整天的机会，两个假公济私的人一拍即合，就稳定出了一个单休。让隔壁剧组像看外星人一样地看他们。

毕竟场地费用在那里，剧组多浪费一天，就会多产生一天的租金。其他剧组根本就没有什么周休和节假日的概念，从早到晚一气忙碌到拍完，或者中途偶尔会因为主演有事，而放个一两天的假，这才是正常的。

"我爸下周要去S市开个什么会，开完了顺便来江左，就……如果你有事，完全可以拒绝。我也觉得他挺莫名其妙的。"霍楼说的时候都不敢看衣既明。他现在的心情其实也挺矛盾的，一方面希望衣既明能一起去，一方面又不希望衣既明为难。

衣既明看出了霍楼的口是心非，本想拒绝的话卡在了嘴边，最后变成了："我会考虑一下，明天给你答复。"

衣既明真的想不明白，霍楼的爸爸为什么要见他，他能商量的人很少，最终还是圈定了宁不臣。

臣臣是超人："这还不简单吗？当然是想审查一下自己儿子交的新朋友值不值得啦。我当初和你玩在一起的时候，我爸妈也是担心过的呀。一番，咳，调查之后，发现你比我描述的还要好，特别好，这才肯承认是他们自己瞎担心，终于认可了一回我的交友审美。我爸妈还只是明星，霍楼他爸是谁啊，全国巨富，那肯定会更严谨。"

衣既明不是很懂这种有钱人的想法，困惑地问："连交友都要家长审核？这么严格的吗？"

臣臣是超人："肯定啊，没错的，相信我！"

宁不臣信誓旦旦，说的有理有据。只是普通家庭出身的衣既明，最终选择了相信这个好友的判断。

他在打定主意后，就给霍楼发了微信："我会去的。"

并在心里暗暗告诉自己，一定要好好表现，让霍爸爸放心。

周末很快就到了，霍爸爸不是这周来，这是独属于霍楼和衣既明的周末。

180

反正霍楼是这么认定的。

周导昨天趁着第二天要放假,一晚上丧心病狂地连拍了数场夜戏,一直到凌晨四点半,众人才陆陆续续回到酒店。也不知道周导第二天怎么有精神带女儿出去玩。

反正衣既明是昼夜颠倒,一直睡到了上午十一点,仍不是很想醒过来。那种犹如在雨天负重前行的感觉,没有亲身经历过的人,是没有办法理解的。疲惫感如影随形,头晕目眩呼吸重,但衣既明也只是纵容自己在睡够六个半小时,闹铃响了第一声后,就准时睁开了眼睛。

微信页面还停留在临睡前霍楼发来的一条信息上:"哥,你明天醒了叫我一声好不好,我怕我醒不来,一天就过去了。[拜托拜托]"

衣既明缓缓坐起,就像一台开机时间只能打败全国百分之一的老旧电脑,用慢得不能再慢的速度,让自己渐渐苏醒过来。他打开了床头的电视,在社会新闻的背景音中,喝完了一整杯的温开水,又给霍楼准备了一杯,然后这才打起了电话。

"嘟,嘟,嘟"不过三声,手机就已经被迅速接了起来。

霍楼实在不像是一个起床困难户。

"嗯?"霍楼含含糊糊的应答,配合沙哑的声音,听起来倒是像刚起来的没错,"明明?"他还趁机叫了平时不敢当着衣既明的面叫的名字。

但衣既明却对着话筒道:"如果你晚接一会儿,我大概会更信你一点。"

"……"霍楼一听这话,就知道没必要再装下去了,恢复了正常说话,声音干净又有力量,"你醒啦,怎么发现我在装的?除了手机接得太快这点。"

"气息不对。"影视剧里,最容易让观众出戏的一幕,往往就是演员醒来的那一刻,而这种"清醒"又通常会是一整出戏的开头,如果在一开始就让观众觉得假,那后面的故事还怎么演?衣既明为演好这个下过不少苦功夫,虽然也许表现在镜头前,只是匆匆的一幕,但衣既明自己很满意自己做过的功课。

"嘿嘿,我也不知道为什么,早早地就醒了。"准确地说,霍楼就像是即将去春游的小学生,激动得根本睡不着觉。

"嗯,我收拾好就去找你。"

之前在四合院的时候,霍楼想办法让衣既明答应了一些奇奇怪怪的条件,其中之一就是到了江左影视城后,第一个周末衣既明得陪他出去玩。

两人都是公众人物,要怎么玩,去哪里玩,霍楼一拍胸脯,表示他都已经想好了,让衣既明不用管。

衣既明就真的没在管了,他更关心的是:"你起来以后有喝水吗?"

"喝……"霍楼心下一转,语气就自然而然地变了,"当然是不可能喝的,打死都不可能喝的,我才不要用酒店的热水壶。"

"也没有让助理给你买吗?"衣既明皱眉。

"我今天给他放了假呀。"霍楼这语气,仿佛都能具现出一个大写的委屈了,"我又不是周扒皮。"

"那你过来吧,"衣既明看着自己准备好的水杯,"小南准备了水壶和水杯,你下次让助理也准备一套。早上起来,必须喝水。"

衣既明从车祸之后,就被迫转型成了一个养生 boy,当然他本身也蛮喜欢这种有规律的生活状态的。

霍楼没拿手机的那只手,激动地在空中一连比画了半天。因为就在刚刚回答衣既明的那一刻,他突然就福灵心至,觉得自己回答说"没喝"会有糖吃。果不其然,他真是天选之子!这是老天都在帮他!

霍楼另外一只拿着手机的手,却特别稳,声音的起伏也控制在了正常范围,他所有花在演技学习上的钱,都在这一刻变得具有了意义:"好的,你等我一下。"

衣既明和霍楼住的是酒店里仅次于总统套房的全景套房。一般来说,酒店里的总统套房不会很多,一到两个是常规配置,他们入住的这家就只剩下了顶层一套,霍楼肯定想让衣既明住,但如果衣既明知道自己住得比霍楼这个资方还要好,那霍楼这边有些话就圆不回来了。最终的结果就是,霍楼只能忍痛放弃了让他偶像去住最好的房间。

而全景套房,至少要有两个大面积窗户可以看到外面的景色,肯定只能分布在每个楼层四个把边的位置,这样才能打造出那种大半个房间都是全透明大玻璃的通透感。很不巧的,衣既明和霍楼的套间分在了同一层的对角线。事已至此,他也只能自己生气。霍少爷好像每天都在生气。

等霍楼到了衣既明的套房时,衣既明已经换好衣服,正在洗漱了。他只能一边捧着衣既明递给他的透明水杯,小口啄饮,一边站在正对着洗漱台的更衣室门口,和衣既明有一搭没一搭地聊天。

说话内容都没什么营养,大多都是一些霍楼从网上看来的搞笑段子,自从知道衣既明喜欢听相声,分析得出衣既明会喜欢各种好笑的事情后,霍楼就锲而不舍地开始了他的分享。

"这个微博上写,'赖床一时爽,一直赖,一直爽',哈哈哈哈哈哈哈。"

衣既明把依据他口型量身打造的全口电动牙刷挤上泡沫牙膏后,一下子放进了嘴里,三十秒后灯亮,每一颗牙齿都刷得干干净净。随后,衣既明就开始按照李林的要求,严格给自己涂抹各种一瓶就可以卖出一个奢侈品包价格的乳液精华,还不忘用一些简单的发音回应着霍楼,一直到衣既明全部收拾好。

两人先在酒店六楼吃了顿传统浙菜,然后才前往了今天的目的地——江左古城的天街。霍楼坐在车里,将准备好的面具递到了衣既明面前:"今天是千面节,街上肯定很多人会穿民族服饰,戴面具,这就是我们畅游的通行证,想去哪里都可以。"

霍楼准备的是那种全脸面具,白色的上面写着"一见生财",黑色的写着"天下太平",传统到不能再传统的黑白无常格式。

戴上后,那就真的是入水如海,再难被发现。

虽然两人身姿挺拔,走在平均身高不够理想的热闹商业街里,有些显眼,但有面具的遮挡,也不至于被人发现身份。随着二次元事业的蓬勃发展,不少明星都尝试过打扮成类似于"蜘蛛侠"那样的角色去逛漫展。

衣既明和霍楼痛痛快快地在人挤人的商业街里走了一圈,不一定真能好好欣赏到什么,但至少满足了他们那份好久没有走在人群里的新鲜感。

自己不想去参与热闹,和因为身份不能去参与热闹,是完全不同的两种感觉。

对霍楼来说，他就特别享受这种不被人发现的刺激。更不用说，今天还是那样特别，值得被写进史书——他的偶像！和他一起逛街了！

面对镜头，也不用像以前一样想尽办法地躲闪，他们就是一对一起出来逛街的游客，好朋友。

他很心机地用一根玄色带子绑住了自己和衣既明的手腕，强行以怕他们被人群冲开走散为理由。在衣既明看来那就是普通的黑色带子，像防止小朋友走丢的那种牵引绳。

霍楼再一次有点激动过头了。

衣既明转身回头，隔着面具，难掩关心地问："你怎么了？"

"就……特别开心。"霍楼给出了一个他觉得算是稍微收敛的回答。

面具后的衣既明再一次笑了，眼睛弯成了月牙模样，笑着附合道："我也特别开心。"

一周后。

人心叵测，魑魅魍魉。

保密局驻江左办事处的三楼，有一道暗门，暗门内是一张圆桌，坐了十二个戴着面具的人，衣既明和霍楼扮演的两位沈先生，都是一身戎装，以沈太太为轴心，一左一右，正襟危坐。

有个矍铄老者，捋须而叹："大厦云谲波诡，摧唯而成观。"

壮汉已不耐烦地把配枪拍在了桌上，力气之大，仿佛整个实木的桌面都跟着颤动了一下："说人话。老子就想知道，老子到底能不能拿到自己想要的那批烟土，兄弟们可都指望着这玩意儿吃饭呢。"

"烟土？你现在眼里还是只有那点东西？"一个女声嘲讽般地响起，"你装傻太久，真装成一个傻子了吗？"

一张桌上，剑拔弩张，有人已经摘下了面具，也有始终戴着的。

大家神色各异，身份不同。他们都怀着不同的目的，聚在这里，心怀鬼胎想要得到别人的情报，又不愿意说出自己的。

电视剧里，这十二人同桌的一幕，会时常出现，面具会随着不同人的视角、不同的故事发展而慢慢揭开。他们有互相知道身份的，也有都不知道的。而从观众的角度，只模糊地知道这十二个人，其实是站在三个不同的阵营。

国共两党的卧底，以及日本来的探子。

每个人都至少穿着两层"衣服"，最开始嘴上表现出来的立场，是最不能作数的，唯有通过他们到底做了什么，才能判断出他们真正的身份。但有时候也会出现误导，毕竟两党之间是要合力找出日本的探子，但他们本身又有着对立的一面，既协同又防备，探子也会多次穿别人的衣服在其中浑水摸鱼，不干好事。

整个局势，呈现的就是一种错综复杂的场面。

作为主角的沈先生，毫无争议，自然是我党潜伏最深又最优秀的情报人员。只是沈先生有两个，到底他们是敌是友，沈太太又是什么立场，这才是吸引观众看下去的爆点。

霍楼的爸爸霍然清，就是在这个时候到的。

霍然清四十有六，是个风度翩翩，只有一点点中年发福的儒雅大叔。西装革履，外加羊绒大衣，虽然对小肚子的管理方面稍显失控，让大家看到了无数啤酒的痕迹，但有数不清的家产加持，霍然清还是一位十分吸引人的大叔。

至少剧组里几个现在不需要演戏的女演员，在霍然清出现的那一刻，眼睛都亮了。想当霍楼他妈之心，昭然若揭。

霍然清来得低调，身边只有一个特助和一个保镖，但那种天然的上位者气场，是没有办法让人忽视掉的。他脖子上还规规矩矩地挂着一个"参观证"，表明了他是《讲究》剧组允许进影视城参观的非工作人员，这都是提前准备好的。

一般资本大佬来，很少有能像霍然清这样的。反倒是在他想要按照规矩走时，让给他准备证件的人奇怪了半天。

霍然清已经观察霍楼他们拍戏有一会儿了，终于忍不住对霍楼的助理小声地问了一句："这是在拍狼人杀？"

小南直接捂嘴，以防笑出声。

周导再想全情投入地去拍，也被这一句"狼人杀"整得什么心情都没有了，但他又不能去和"资方爸爸"的爸爸发火，只能默默地希望这尊菩萨以后能没事不要来"视察工作"了，真是太毒了。他这么复杂的剧情，如今连一点紧张气氛都营造不起来了。

反正也拍不下去了，周导看了一下进度，索性就很大方地一挥手，提早收工，给大家多放了一下午的假。

霍楼一甩白手套，不开心地上前打招呼："不是说好了，我们晚上拍完戏就去找你吗？"

"怎么？"霍然清挑眉，"不欢迎？"

"对啊。"霍楼直接怼了回去，想要掩饰心中那点莫名的羞耻感。就像是小时候总会羞于把自己糊弄事的作文念给父母听一样，他真的不太想被他爸看到他演戏的一面。

因为……

霍楼也知道自己的演技一般，特别是今天这一场，他们已经拍了整整一个上午。周浪没说什么重话，但霍楼很有自知之明，最后的成果肯定是剪辑拼接版。就是周浪已经懒得期待霍楼和唐宜能超常发挥，索性就多拍几次，然后在后期的时候，把他们表现最好的镜头东拼西凑，弄出一段完整的剧情。

这样明知道自己演技无法支撑，但又不知道该如何使力的一面，被自己的偶像看见，霍楼已经足够丢脸了，现在又被他爸看到，他连带着把偶像介绍给他爸的那点期待都没有了。

事实上，霍楼也就是在衣既明一开始答应的时候，激动了一下。

剩下的时间，霍楼都在担心，担心他爸跟自家偶像话不投机，有一场不愉快的经历。

霍然清就没有霍楼那么纠结了。他也根本不懂什么演戏好不好，就是想来表达一下对儿子的支持，很努力地克服了自己想要吐槽的欲望，压着本性对霍楼道："真没想到，你演戏是这个样子。"

这话在霍楼听来，就是他爸又在皮笑肉不笑地嘲讽他了。

衣既明赶在霍楼发火之前，主动上前，拦下了霍楼。毕竟他们现在是在剧组，一个公开场合，霍楼和他父亲闹起来，只会给别人提供八卦。

霍楼老实了。

霍然清却在心里诧异地眯大了眼，他了解自己的儿子，霍楼刚刚的样子明显就是准备和他大吵一架，谁来阻止都不管用。他也一点都不怕他儿子，战就战。

结果，霍楼却一反常态忍住了，前所未有，一点都不科学。

偏偏霍楼身边的人还对这一幕习以为常，理所当然地觉得衣既明就是可以控制住霍楼。霍然清忍不住想起了之前私下偷偷看儿子参加的那个综艺，开头霍楼正在吃沙拉，他当时还以为这就是演员的神奇技能呢，可以把不吃都演得像在吃。如今来看，他儿子是真的吃了啊。

这个衣既明，也不知道可不可以请回家照看他儿子吃饭，多少薪酬都好商量。

就这样，霍大佬带着两个小辈先走一步，两人那一身军服都没来得及换下。

霍然清的秘书为他们预订了江左城最好的私房菜，一家开在前朝龙脉之上的酒楼。整个建筑群都是按照古代的瓦舍仿造的，彩头欢门，五十勾栏，在前朝这还不是指带有服务性色彩的场所。

霍楼不大痛快，非要找事，一进门就对他爸道："咱们这算不算在坟头吃饭？人家列祖列宗能开心吗？"

霍然清就像是失聪了一样，不准备回答他儿子。

一个小院，赏风听雨，一张四方桌，三个人围着坐下，各式菜色已经源源不断地摆了上来。霍然清主动招待衣既明："来尝尝，也不知道你爱吃什么，我就做主先让人……"

"这个世界上有一个词叫主随客便，应该让客人点单。"霍楼要是想，总能挑出他爸的错。

霍然清不轻不重地把话说完："……我就让人把所有的菜都点了一遍，你可以挑你喜欢的吃。"

有钱人，就是这么无所畏惧。

"不用担心浪费，我们吃剩下的，没有动过的菜，我会让秘书打包送给街上的流浪者；我们动过的，助理会让酒店帮忙过水，去油去盐，再喂给流浪动物。"霍然清不愧是能做到巨富的人，真要是想宾主尽欢，他总能做得面面俱到。

如果不是衣既明之前无意中看到了霍然清是怎么和霍楼发微信的，他真就要信了这就是对方的性格。

衣既明决定多观察一下霍然清，这是一个很难得的机会。不是谁都可以近距离和霍然清这种成功多年、又涵养极好的商业大佬同坐一桌的。有一些气质，霍然清甚至都不需要刻意，便已浑然天成。这是他所处的生活环境，日积月累潜移默化形成的，衣既明想要演好这类角色，就只能通过模仿。

等霍然清和衣既明说完，他就忍不住跟儿子斗嘴了。说实话，他这人就是挺幼稚的，吸引儿子注意的方式就是让儿子生气。

"霍大少，没想到你的老父亲我还有这一招吧？"

霍楼果然更生气了，这小暴脾气，在他爸面前不点都能炸。他也确实没想到还可以这么操作，又气他爸，又气自己。这个糟老头子，故意寒碜他的吧，真是坏得很！

"见笑了。"霍然清对衣既明道，"我们这种家庭，总会有一些复杂的父子关系。"

不不不，衣既明在心里道，我觉得这和你们的家庭没关系，主要还是你这种育儿方式，就是人为地非要让自己的人生过得艰难一点。

这一顿饭吃得还算顺心。霍然清真就只是和衣既明吃了一顿饭，既没有说重话，也没有摆架子，让霍楼白白担心了一场。

吃完饭，霍然清就离开了，他提前来，是因为他还有其他事情，只能改变了和儿子约定的见面时间。走之前，霍然清还不忘招呼衣既明："过年的时候如果有空一定要来家里坐呀，没外人，就我和这个不争气的儿子。"

"不争气的儿子·霍"这回不气了，因为他终于听出来他爸是在帮他了，他紧张地等着衣既明的回答。

"如果有空，我一定会去。"衣既明答应了下来。

霍然清中途还去而复返，和衣既明合过影后才真正离开了。

这位大佬看上去人模人样的，却不想一转头，就发起了微信。

先是和儿子说："爸爸帮你约到了你男神春节的档期，厉不厉害？真不是我说你，可长点心吧，儿子。"

"……我真是谢谢你了。"

霍然清开开心心地回了一句："不客气，应该的。"

霍楼差点暴走。

然后霍然清就给前妻发了信息，搭配的图便是那张和衣既明的合影："今天认识了一个有趣的小朋友。"

语气礼貌周到，但言下之意却已经十分赤裸。

奥莉薇夫人差点气得直接从南半球杀回来。

嗯，没错了，这就是霍爸爸这次的目的。和前妻的比赛，他终于赢了一回！

奥莉薇夫人的理智，让她最终并没有那么做。但衣既明还是在那之后不久收到了一个硕大的快递。

看着里面各色的礼物，衣既明已经找不到词来形容了。

片场里，霍楼所扮演的沈先生，正在一处以深红、深蓝为主基调的房间里小心翼翼地翻找，这里不是沈家旧宅，而是一处小公馆。

是衣既明所扮演的沈先生不为人知的私宅。

这公馆的外表看上去年久失修，内部乍一看也是一片颓唐，但仔细观察便会发现宅子里明显有人活动过的痕迹。还不是很早之前，就在近期。

霍楼戴着白手套的手指滑过壁炉，什么尘土都没有留下，只有踩在地板上发出的"咿咿呀呀"的声音。他是来这里找线索的，但除了知道最近有人出入过这里，就再没有更多的情报。

衣既明悄无声息地出现在了霍楼的身后，端着金边咖啡杯，悠闲地坐到了沙发上，之后才慢吞吞地开口："找到什么了吗？"

霍楼也没有惊讶，继续旁若无人地进行着检查，对衣既明道："你一定是个很会藏东西的人。"

"你就这么肯定，是我藏起了密码信？"衣既明反问。

"我不是觉得，而是可以肯定，就是你。"霍楼站在洒满阳光的窗帘下，与阴影里的衣既明泾渭分明。那张密码信关乎着无数人的性命，乃至未来的整个战局。

衣既明褪下了伪装，眼神里藏着危险诡谲，他嗤笑一声："既然你那么厉害，就去找一找好了。但我打赌，你找不到。"

"沈太太到底是谁的人？"霍楼趁机问。

"我怎么知道。"衣既明放下咖啡杯，留声机突然响了起来，放的是一首小众的古典纯音乐，"你已经看到了，她根本不听我的。我又怎能控制她为我所用这么多年？"

"不，你可以！"

"cut！"

导演喊了暂停，负责道具的工作人员赶忙上前，开始重新布置场地。衣既明脱下黑色外套，露出了里面绸缎的白色衬衣，重新坐回了沙发上。这一次他不再是阴影中的黑暗生物，他坐在窗帘旁的花瓶下，抚摸着一株已经枯萎的百合。眉眼柔和，满目情深。

霍楼再一次问衣既明："你到底把密码信藏到了哪里？"

衣既明笑看着霍楼，不言不语。当卧底就像是一座孤岛，永远不能指望拥有同伴。他必须坚持下去，他的任务马上就要完成了。

"你是怎么策反沈太太的？不，这就是句废话。"霍楼道，"只要你想，就可以做到。"

是的，虽然霍楼扮演的沈先生是男一，但沈太太喜欢的却是衣既明所扮演的沈先生。衣既明扮演的沈先生和所有人都始终保持着距离，他用最礼貌的态度，疏远了任何一个试图走近他的人。从一腔报国的进步学生，到游走于三派之间的优秀卧底，再到仿佛已经收山、整日只宅在家里过着规律生活的另一位沈先生……

"我看不透你。"

但我憧憬你。

又一周后的周五，《世界有超模》的第十一集，正式播放。

霍楼和衣既明临时救场作为嘉宾入镜的宣传，早已经铺天盖地，还得到了节目组的感谢。这种能够在全球观众面前露脸的机会，对国内很多明星来说都是很有吸引力的资源。之前那位姓张的影帝被抓进去之前，一直是圈内的中流砥柱，又有个很厉害的经纪公司，和不少资本大佬都有牵扯，他上节目自然没人敢置喙。

但换了霍楼……

他对家的流量偶像们先被气了个半死。有责怪自己经纪人竟没有听到换人风声的，也有寻思是不是自己背靠的金主还是不够给力，更有想着霍楼何时能出事的。总之，众生百态，就是不肯承认自己比霍楼差。

在这方面，流量偶像们难得达成共识，觉得自己也就比霍楼差了个出身。要是霍然清是他们爹，那他们还演什么戏啊。

霍楼是不是脑子有问题？一个这样条件的顶级富二代，不好好继承家业，来娱乐圈里瞎混什么？

任何一个圈子里都有这样的人，气人有，笑人无。

他们对霍楼的恶意已经足够深，等看到衣既明也上了节目，对他们来说那就不是一星半点的糟心了。

可惜，不管他们内心怎么不服也只能憋着，不好公然暗示这里面有黑幕。

因为衣既明虽然看上去不显山不露水的，但根据最新的统计数据显示，衣既明大概是当代所有年轻男演员里路人缘最好的。

一般路人在平时，确实没有办法把衣既明演过的角色和真人联系在一起。可是，霍楼最近不是一直频频带衣既明出场嘛，各种花式送偶像上热搜。再无动于衷的路人，也会在好奇心的驱使下去搜索，衣既明到底是何方神圣，能让霍楼给他当迷弟。

结果一搜，还真是不得了。

衣既明演过不少给大众留下过深刻印象的角色，这些角色不一定是主角，甚至有些不一定很讨喜，但当路人回忆起来的时候，却绝对是难以忘怀的。

更不用说衣既明最近又有《不臣》里面白月光定位的老师形象，路人缘要是还不好，那才奇怪了呢。

虽然衣既明和霍楼这种新生代的小鲜肉也没差几岁，但莫名的，采访观众对衣既明的印象往往都是演技派，有实力又很低调的前辈。有点类似于某个拿过三次奥斯卡的影帝，大家都认可他的演技，但就是对他本人没什么太大关注。

这种例子确实少见，却也不是完全没有。

这就是对自己是演员还是明星的自我坚持所带来的不同结果。

总之，衣既明给其他男星的感觉是不服气，什么糊穿地心[①]的十八线，不过是抱上了霍楼的大腿，才能再一次有姓名；但普通路人却觉得衣既明就是有格调，和现在的流量偶像完全不同，人家是因为演技好而被节目组认可，请去当嘉宾的。节目组这么安排毫无问题，霍楼负责话题，衣既明负责演技。

请其他柠檬精[②]都闭嘴，酸死了。

霍楼无疑是最生气的，因为各位流量明星无法亲自出面说什么，但他们的粉丝却早已经在有心人的授意下蠢蠢欲动、摇旗呐喊。甚至哪怕没有人暗示，他们也会为自家哥哥觉得生气，觉得委屈，凭什么请衣既明？他配吗？！

衣既明不配，那谁配？！

霍楼直接套用了网上最近流行的一个梗，在他"日月我心"的小号上，发了一个硕大的柚子图：

"有些人连柠檬精都不配当。"

这就是赤裸地在嘲讽某些流量明星及他的粉丝。那必然是要撕一场的。

霍楼根本无所畏惧，战斗力极强，一天不惹事就不舒服。

有粉丝喊话巅峰传媒，出来管一管自家一哥。但巅峰传媒的官博却只是跟风发了个申明："粉丝之间的事，请不要上升明星。"

哪怕全世界都知道"日月我心"是霍楼的小号，他自己也承认了，但"日月我心"这个号上只有追星日常，是个再纯粹不过的粉丝号，比水军都纯粹的那种。霍楼也没有指名道姓地掐谁，更多的是在气被当枪使的粉丝。他这样肯定不对，但任谁遇到自己偶像被嘲了的事情，都不可能坐得住。比自己被骂还要生气。

[①] 饭圈用语，形容原本当红的明星已经过气，完全没有了以前的人气和热度。
[②] 网络流行词，指很喜欢酸别人，嫉妒别人。

"要是明明真的做错了,那我什么话也不说,躺平任嘲。"霍楼这样和阿罗在电话里说。

至于阿罗信不信,那就是阿罗的事情了。

"但现在是明明什么都没有做,只是正常接了个综艺,他们就在那边暗搓搓地带节奏,说明明不配,我能不管吗?你第一天混娱乐圈还是我第一天混娱乐圈?这种事情是绝不能沉默,不能认的,一旦示弱,下一步就是开始扣帽子,由实力不济延伸到有黑幕。会直接影响明明的风评和身价。这是明明吃饭的家伙,夺人饭碗,堪比杀生,你让我怎么忍?"

虽然霍楼说得过于夸张了一点,但也确实是这么一个道理。

"你就不怕事情闹大吗?"阿罗唯一能反驳的点只有这个,他揉了揉自己的太阳穴,那里一跳一跳地涨痛着,他早晚会被霍楼气死,"安静如花地装死,往往才是处理事情的最佳办法。虽然这样会显得厌了一点。"

"那也得他们有本事闹大才行。"霍楼嗤笑,他看事情还是很清楚的。

这事闹不大,撑死了就是一个粉圈内部的事情。大众会关心明星的瓜,但对粉圈,除非是事情太好玩或者太奇葩,否则真没人有那个闲心去关注今天是谁家粉丝又掐了谁家。更不用说这事的起因也没什么黑料可以深挖,衣既明的格调有目共睹,粉丝说酸话是粉丝奇葩,霍楼掐回去是霍楼神经,一眼就能分辨出来的事情,怎么闹大?

那些粉丝掐不过霍楼,又不甘心,就想着既然是粉丝之间的事,不如拉着霍楼的粉丝一起下水——你们对你们家霍楼这丧心病狂的表现,就一点想说的都没有吗?

霍楼的粉丝却表示……

"早就习惯了。"

"我家gg竟然忍了这么久才开始撑人,最近果然是修身养性了啊。"

"尬黑请适可而止好吗?我霍那是追星之后才暴露出的撑人本质吗?他没暴露之前,就有过用大号和黑子互撑三个小时的历史啊!"

"hl大概是所有明星里,战斗力完全不输给自己粉丝的。"

"我以前还奇怪霍大少哪里来的那么多刁钻的撑人角度,等后来爆了他追星我才懂,这就是圈子锻炼出来的人才啊。"

总之,霍楼撑人,是常态;不撑人,那才奇怪呢。

不能因为霍楼最近为了在偶像面前立下了与世无争的形象,就忘记他过去天不怕地不怕的霸道总裁的一面呀。

这件事明明与衣既明有关,闹到如今却又仿佛早已经没他什么事了。大家现在的关注点都在看霍楼到底能有多神经病这件事上。本来衣既明的老粉都已经摩拳擦掌,觉得该替男神重出江湖了,结果,被霍楼这么一跑偏,那真是毫无参与感了。

最终,事态一如霍楼所想,没有闹大,他赢得神清气爽。然后,他才敢带着礼物,来敲衣既明的房门……道歉。

"给你惹麻烦了。"霍楼的认错态度永远是最好的,至于下次会不会犯,得具体问题具体分析,等下次再说,"我知道我不该和柠檬精一般见识。"

衣既明坐在沙发上,听着霍楼说话,内心毫无波动。不管是别人酸他,还是霍楼去掐别人,他都真心没什么太大的想法。说好听了是宠辱不惊,说直白点就是衣既明的脑回路始终无法理解,为什么大家都这么激动。

不喜欢就不喜欢,喜欢就喜欢,为什么一定要逼着对方认同自己呢?当然,衣既明也只是这么想,并不会强迫霍楼认同他。

搞事的是霍楼,道歉的也是霍楼。

衣既明只能实话实说:"那你还想要我说什么呢?"

一看衣既明就没有交过女朋友,不明白说什么会成为导火线,瞬间点燃战火。但因为对方是霍楼,他肯定不会因为这句话光火,只是更忐忑了。

"你可以骂我呀!"

"……我为什么要骂你?"

"因为我自作主张,给你惹麻烦了。"霍楼分析起自己来那是头头是道,"虽然结果是没惹出什么乱子,但是万一呢?这种事情不可取,绝不能纵容,因为有一就会有二,你要狠狠地批评我呀!"

"然后呢?"

"然后我就要开始做检讨了。"霍楼还真就准备了一份万字检讨,纯手写,也不知道哪里来的那么多劲头和时间。

衣既明看着霍楼拿出来的万字检讨，更加沉默了，他已经好多年没有见过这种稿纸本了。

衣既明最后只能顺着霍楼的话道："那你知道错了吗？"

"知道了，以后肯定不会了！"霍楼的一双眼睛亮闪闪的，觉得衣既明总算开始和他认真沟通了。这是很好的一步，说开了，事情才能翻篇！

衣既明只能纵容霍楼，继续按照他的剧本走。"嗯，我也有错，不该和你说重话。"

虽然衣既明其实啥话也没有说。

"你怎么回事？"霍楼又不开心了，振振有词，"我没错，你就不能对我说重话了吗？"

衣既明无语。好累，不想说话了，他这个好友的强盗逻辑太清奇了。

随后，两人就一起坐在会客厅里看起了《世界有超模》。

节目一开始，是奎妮出来对选手们介绍，第十一集他们又要玩点不一样的花样了。选手们纷纷猜测到底会是什么。

霍楼一边吃爆米花，一边评价，这个演得太假，那个女的一点都不走心。

衣既明依旧是脊背挺直，面无表情地坐在那里，他不爱发表意见，也不习惯讨论，只会对霍楼的话，给出一些"嗯""对"之类的配合。

镜头一转，偌大的私人飞机停在了空旷之地，几辆地勤车和保姆车早已经就位，等候着飞机上的主人下来。

弹幕里的霍粉又一次刷了屏。

"确认过眼神，是我霍的大飞机！"

"这次竟然如此正常，只是普普通通的飞机，之前不还喷漆喷成了一个鸟头吗？"

"我大明明什么时候出场？"

"论如何在男神面前装成一个正常人，我只服霍楼哥哥。"

"霍楼霍楼霍楼霍楼霍楼霍楼！！"

霍楼现身，字幕的介绍是"艾尔弗雷德·莫蒂默，C国最红的男星，富二代"，而到了衣既明时，却变成了"既明·衣，C国实力派男演员"。

霍楼对节目组的这个定位还算满意，主要是衣既明站在扶梯上那个镜头，帅气无比。

要不是衣既明就坐在一旁，霍楼早就想暂停继续收集素材了，他偶像怎么能那么帅啊。那天有些小风，吹起男神的发梢，他跟着回想起了衣既明那天身上的淡香，有一种大海的神秘与包容。

在这里，插入了两个人后来录的"自白"的一部分，衣既明和霍楼都没有听过对方当时说了什么，难得专注地看着屏幕。

"我的中文名叫霍楼，英文名叫艾尔弗雷德·莫蒂默，以前没时间看太多综艺，但节目组的大名还是听过的。"

弹幕拆台：

"对，也就是把明明参与过的综艺，翻来覆去地看了个百八十遍吧。"

衣既明说得中规中矩："我是衣既明，很荣幸能被邀请来参加《世界有超模》。我和霍楼是很好的朋友。最近在一起合作一部作品，又一起上节目，就一道飞过来了。"

"手动@霍楼 听见没，听见没，听见没！"

"明明亲口承认的朋友！"

"有男神如此，夫复何求？"

霍楼当然听到了，他不仅听到了，还正和他的好朋友坐在一起呢。他爸有句话说错了，要是和男神当一辈子的好朋友，他也会很高兴的！不管做什么都高兴！

节目里的BGM（背景音乐）陡然一变，霍楼掐指一算，就知道是他们在车里的对话被播出来了。

这个节目组真的很烦。

伴随着黑乎乎的屏幕，后期字幕也很皮："代表时尚报警了，换衣服还拉灯，差评！都是男人，怕什么！"

衣既明的脸上终于露出了一些表情，他跟着回忆起了那天，很多事情都历历在目。

随之一起复苏的记忆还有……衣既明问霍楼："你其实根本不需要穿秋裤吧？我记得你的手当时特别热。"

"我只是想和你穿同款啊！"霍楼却有点不好意思让衣既明知道他那

么做是为了偶像。就那种很微妙的追星感觉,一方面恨不能衣既明知道他到底对他有多好,一方面又觉得偶像只需要享受就好,何必背上心理负担。

衣既明打量了霍楼许久,也不知道到底是信了没有,只是在转头继续看节目的时候,轻描淡写地对霍楼突然道了一句:"那我们明天就穿个同款吧,穿个别人都能看见的。"

"我和臣臣之前穿过一套兄弟文字衫,类似于一个写'你站着别动',另外一个写'我去给你买个橘子'。你喜欢什么什么类型的?我看见过一种写……"

"我们还是低调地戴个一样的指环配饰吧。"霍楼提议道,"拍戏要换戏服。但佩饰我们可以挂在脖子上,藏在衣服里。平时也可以戴在手上,谁看见了都能知道我们是好朋友。"

衣既明想了想,觉得霍楼说的有些道理,便同意了。

"火锅火锅!(13人)"微信群内。

今晚八点明明上综艺,都去给我看:"他同意了!!"

钱来:"?"

脆皮鸭诶嘿嘿:"我的直觉告诉我,事情并不简单。[可达鸭抱头]"

女装大佬:"综艺里衣前辈给了他一个名分,承认他们是好友了。"

卖肉求生:"老大老大,前辈到底同意什么了呀?"

有一个捧场王,霍楼的话就可以继续下去。

今晚八点明明上综艺,都去给我看:明明要和我一起戴戒指了!

女装大佬:"哦。"

= =:"哦。"

买肉求生:"老大,你这话我都知道是假的呀,怎么捧?"

霍楼"喊"了一声,不准备和这些庸俗的人继续讲话了,转头就给助理发了个微信,让他找一些适合的戒指品牌和视频,他要亲自挑选。定制是来不及了,还是现买吧。

节目里,又一次开始了衣既明的自白,霍楼这才抬头去看。

"是的,我的经纪人和主持人奎妮曾经是一起租房的好友,我也是才知道。

"如果我要找人一起租房的话,肯定是选霍楼啊。"

"没什么理由,就是第一反应是他。"

不是李林,不是宁不臣,而是霍楼。衣既明自己都被自己的这个想法吓了一跳,但事实就是如此。他没办法想象他和除了霍楼以外的人同住一个房间的画面,哪怕是宁不臣也不行。以前宁不臣偶尔在衣既明家过夜,衣既明还是 ok 的,但长住一起的话就不行了,最大的底线是让宁不臣住到隔壁去。

可一旦把人选换成霍楼,衣既明却完全没有了这方面的障碍。虽然两人都是他的朋友,衣既明也不觉得自己是个偏心的人。他只能把这个归因为霍楼比宁不臣更安静一些吧。

"啊啊啊啊啊!"霍楼分分钟打脸了衣既明,他终于按捺不了自己的开心。

"只是假设。"衣既明的解释是如此微弱又苍白。

霍楼直接忽略了。"我们住在一起吧,我愿意啊,我是说,我一直没尝试过这种和谁住在一起的生活。哪怕是在组男团的时候,我都是自己单住的,我真的很想试一试。"

衣既明却更关心其他问题,问:"你组过男团?"

"对,一个只组了三年就散了的男团,不怪你不知道。"霍楼赶忙给衣既明解释,满足衣既明的好奇心对霍楼来说才是第一要务,"我们出道的时候,打出来的噱头就是限定男团,三年之后解散。所以,真解散的时候,也没有闹出什么太大的负面新闻。"

与其他男团组到最后的一地鸡毛、互爆黑料完全不一样。

"大概也是因为太扑街了,没人关注。"

霍楼这是谦虚的说法了,他们在那三年间几乎是引领了整个亚洲的流行文化圈,就没有人没听过"For you"这个男团的大名。

连衣既明在搜索出 For you 的战绩后,也一点点地回忆起了当年的盛况,大街小巷都在传唱,专辑广销海内外,还上过吉尼斯纪录。衣既明当年还接触过这个男团,到底是什么时候接触过的,又实在是没有印象了。因为就在霍楼刚刚红起来的那年,衣既明出了车祸,衣既明的人生自此拐上了一个完全不同的道路。

当时霍楼十八岁，衣既明也才二十三岁。

"当时的我就和现在的你一样大。"衣既明发现了这个巧合，会心一笑，"这是最好的年纪，你要好好珍惜。"

"算命的说，我今年会遇到奇迹。"霍楼意有所指，看着衣既明的眼睛道。

衣既明还在鼓励他："一定会的！"

戒指很快就被送到了霍楼手上。

等衣既明戴上去之后，霍楼才发现，这玩意儿太不起眼了。男士戒指为了追求简单大方有高格调，看上去都差不多，就是个素戒，没什么花里胡哨的。从外表看，根本看不太出来什么花样。戒指里面倒是刻了名字，还有一些很有心机的小设计，但也不能翻出来到处给人家看啊。

举个直观的例子，霍楼和衣既明同一天开始戴上戒指，不知道戴了多少天，竟没有一个人发现。他连个被别人误会的机会都无从发挥。

周导倒是在第一天就发现了，毕竟他要时刻盯着镜头里演员的表现，但是……

"这是你俩想出来的？"周导把霍楼和衣既明叫到眼前，一脸的惊喜。

霍楼不明所以地问："……嗯？"

衣既明没说话，和霍楼在一起活动，最省心的地方就是他可以不用负责沟通，真好。

"不错不错，以你们在剧里的那个身份，戴同款戒指会更有隐喻。我给你俩加一小段剧情解释，以后都戴着吧。"周导的创造激情再一次迸发了出来，埋头对着剧本和分镜"唰唰"涂改了起来。他嘴里还念念有词，写到兴起，表情都会跟着有较大的变动。

女主角唐宜只能在一边默默想，她这个女主演得好没有存在感啊。

然后，不管霍楼想不想，他和衣既明的同款戒指，就变成为剧情服务的道具了。

负责电视剧新媒体宣传的工作人员，还专门拍了他们俩戴着戒指的修长有力的手的特写，发了个微博，一排的狗头表情，让大家猜猜这预示着什么。

结果！竟没有一个人误会！

看一眼哥哥的美手，开始崭新的一天。"

"衣既明和霍楼这是……"

"楼上不要误会！这是剧情需要！"

"对啊，小编以后不要总发这种含糊说法啊，我们明明和谁传过绯闻了？"

"这样对一位敬业的演员，不好。"

"对我们霍哥也不好啊，纯纯的对男神的偶像情结，怎容玷污！"

别的明星都是拼了命地去澄清，他们没什么，他们真的没什么，却反而越描越黑，一直到作品结束很久才能解绑。到霍楼和衣既明这里，连他们的粉丝都觉得只是剧情需要。

霍楼的那个十三人小群的人也纷纷给霍楼发来了贺电。他们就说嘛，一定是霍楼暗搓搓地逼导演加戏，啧啧，其心可诛啊，这也太不要脸了。

苍天啊。

霍楼从没有那么暴躁过，为什么全世界就没有人愿意相信这原本不是道具，是交情的证明?!

当事人衣既明，只是低头转了转戒指，琢磨着自己以后出镜时，是不是可以加个转动戒指的小动作，来表达人物正在不断思考的内心。

霍楼放弃挣扎了。

咸鱼第八次翻身

★

一起过年

★

Ji Ming

一月底,在春节来临之前,《讲究》剧组的拍摄也终于告一段落,准备迎接过年的假期了。远在摄影棚、搞得自己灰头土脸的宁不臣,咬牙决定暂时屏蔽掉自己的两个好朋友。他们剧组吃得差也就算了,连过年都要拍戏,根本不给假。衣既明他们却是每周都有单休,过年更是从小年夜一直放到初八,真是太过分了!

衣既明也没想到会放这么久。不过一想到周导那个爱妻、爱女如狂的样子,过年要是他们一家三口都不能团圆,他大概就要抑郁了。

霍楼也在期待着放假,因为放假了就可以约自己偶像去国外玩了。

他都已经计划好了,就差一个邀请。

就在他们收拾好行李、准备离开江左影视城的前一晚,《不臣》迎来了大结局。

宁不臣扮演的大奸臣主角,终于推翻了前朝,大仇得报,问鼎江山。他敞开双臂,站在九龙壁上,享受山呼万岁,摆出明君的模样。但在登基仪式之后,当空旷的大殿内只剩他一人时,他才快意地仰天长笑,露出了不一样的面孔。

他笑着笑着,就哭了,脆弱得如一个孩子。

曾经,他只是一个偏居一隅的世家之子,身边有父母有家族,有挚友有同窗,还有教他做人道理的老师。一个小院,站得满满当当的都是人,都快要站不下了。

如今再回首,他龙袍加身,受万人敬仰,但他的身边,却已经再没有任何人了。

只有他自己,还要长命百岁,万寿无疆。

回忆里的老师问他:"子介,你后悔吗?"

"我为什么要后悔?

"我不悔!"

"朕不悔!"

每一句都代表了他内心的一次转折,从反问,到坚定,再到君临天下。

老师一袭白衣,踏月而来,笑容温暖地道:"你不后悔,那就很好啊,我也终于可以放心了。"

这一波回忆杀,再一次掀起了网上各种的花式哭老师的风潮。

"吾之余生所求不过三言,好诗书,饮美酒,望弟子喜乐安康。"

霍楼也不知道是真信了,还是怎么样,当天晚上就抱着枕头,敲响了衣既明房间的大门,眼眶还带着特别真实的红。霍楼一句话都没说,衣既明叹了一口气,从门口让开半步,霍楼走了进来。

"只有今天一晚上。"衣既明道。

"嗯嗯!"霍楼自己都被自己的不要脸震惊了,但不要脸就不要脸吧,反正他是不想走的。

衣既明走在前面,在类似于壁炉的电视柜下面一阵摸索,随着"咔"的一声,一张床就被放了下来。

他转身对霍楼介绍:"挺厉害的,是吧?我之前在酒店评价里看到的,说是这个套间可以变成亲子房,还不需要加床。机关就在这里,你今天可以睡这儿,开心吗?"

我真是,好开心哟。

"明明……"霍楼很委屈。

衣既明基本已经默许霍楼这个叫法了,站在会客厅的圆桌旁,不知道低头在平板上操作什么,很随便地答应了霍楼一声,好像一点都不关心。

霍楼真要哭了。

然后,衣既明才拿着平板走了过来,往霍楼的眼前递了一个剪辑视频:"来看一下,缓和缓和心情。"他刚刚就是在找这个东西。

霍楼的心情果然立刻云开雾散,恨不能走路都一蹦一跳的。他们一起坐到了床边,看起了一个 up 主[①]剪辑的最新视频。up 主的马甲名有点

[①] 指在视频网站上传视频的人。

微妙，叫"我明美如画"，剪过不少衣既明多角色视角的视频，不算多出名，也不比其他专业的"剪刀手"。但胜在创意足，脑洞大，过往的一些视频虽没有大爆，但还是有不少的点击量。

这次剪出的新作品，更是上了一回视频网站的首页推荐。

这个混剪视频，把霍楼的很多古装角色拼在一起，和衣既明在《不臣》中扮演的老师，生拼硬凑成一个故事，还配了个很动听的古风音乐。

标题起得特别文艺——也信美人终作土，不堪幽梦太匆匆。

"你敢信？这视频其实是个 he[①] 的故事。"衣既明对霍楼道。从名字到身份，都预示着种种不祥，但偏偏视频内容却很温馨，up 主是真的有想法，"虽然是粉丝剪辑的，但也算是给了老师一个好结局，不要难过了。"

霍楼捧着平板，整个人都僵硬了，缓了好一会儿才问道："你……你还看这种视频啊？"

"小南发给我的，我觉得还蛮有意思，"衣既明解释到一半，才好像明白了霍楼的意思，"放心，大家都知道是假的。"

这个混剪视频很短，就一首歌的时间，但信息量却是爆炸的。霍楼的角色作为一个现代人，穿越到了《不臣》里，改变原作老师的命运。最终两人一起归隐山林，过上了有诗有酒的美好生活。

故事有头有尾，还有一波回忆杀，虽然短，却回味绵长。

不少弹幕都在求 up 主能再接再厉，争取出个大长篇。在花絮部分，up 主还似模似样地用衣既明和霍楼流出来的过往互动视频，剪了个演员花絮。

混剪视频轻松愉快，瞬间就冲淡了《不臣》结局所带来的悲伤。

"你不喜欢？"衣既明试着猜测霍楼的情绪。

"没有。"霍楼很快摇头否定了，但还是浑身僵硬得厉害，因为……这视频就是他剪的啊。他自从开始追星，便发展了一些业余小爱好，比如剪辑。"我明美如画"就是他的早期粉圈马甲号之一，不那么神经质，

[①] happy end 的缩写，意思是完美结局。

只专注发作品的马甲号。

这要是被爆出来，他可怎么解释啊？

一定不会被……被爆出来的吧？

他当年因为岁数不够，可是特意用他爸的手机号注册的平台会员。

就在他们坐飞机回到B市，分道扬镳各自到家的同天晚上，平台因为黑客的攻击，会员信息被泄露给了一个交友网站。这事闹得很大，还上了热搜。

好巧不巧，霍大佬的注册信息便赫然在列。

被追星还不是霍爸爸背上的最沉重的一口锅，而是他被迫成了自己儿子和衣既明的粉丝，拥有剪刀手技能的大粉。

不出意外，海角论坛里讨论此次事件的帖子，再一次多了数栋万丈高楼，主要就是围绕霍然清展开。

最高一帖的标题是——理讨，霍爸爸这到底是什么操作？

主楼：[被泄露的信息贴图][霍氏国际集团员工手册贴图]平台注册信息的手机号和霍爸爸公开的工作号，是能对得上的。由此可证，这个实名认证的用户就是霍爸爸本人，他剪儿子和儿子男神的视频到底代表了什么？父爱如山吗？有没有会解这道题的优秀同学来说一下？

1L：哈哈哈哈哈，不行了，笑死了，我还特意去官网上比对了一下，LZ贴的图是真的。

2L：霍爸爸？

3L：父爱如山啊。

4L：@2L，霍爸爸＝霍然清呀，我霍的亲爹，被粉丝亲切地称呼为爸爸。

5L：我就不一样了，我都是叫老公的［doge］比起嫁给男神，我更想当男神的小妈。

…………

115L：这是什么开年大戏？霍家一门俩父子，今夜都是明明粉？

116L：不是，冷静，我们先盘一下逻辑。有没有可能是有人因为年龄不够，盗用了霍爸爸的手机注册的会员信息？

117L：这个平台需要身份证核验分级，还需要手机验证码的，随便填不可能成功。

118L：其实也有人可以同时拿到这两样的，好比十年前肯定不够十八岁的hl……我突然有了一个大胆的想法，但我不敢说。

119L：不瞒你说，我也是。

楼后面就完全变成侦探剧了。有觉得这个猜测有理有据使人信服的，也有坚信父爱如山理论的，反正只要霍家父子不出来澄清，这件事始终要蒙上一层谜团的阴影，无法用一个结论来让所有人信服。

由于事发突然，霍楼也是到了家，才发现自己当年的所作所为，在如今到底是怎么坑了爹的。他心虚得不行，脚底抹油就准备跑路。

结果，刚到门口，霍然清正好下车回来。

霍家在B市郊区有一栋占地面积极大的别墅，已经有点类似于庄园了，前有绿树成荫，后有一个可以当停机坪的小型高尔夫球场。建在半山之上，常年与青山绿水为伴，只能遥遥看见邻居家的一个房顶尖。这一片是全国有名的富豪云集区，不管是不是常住，都肯定会在这里有一处房产。山下有专业的保安团队，不是登记在册的车牌，是不会被放行上山的，除非有山上房主的沟通确认。

这一整片的建筑都十分新，因为这里是霍楼高中回国前才开发建设好的。牵头的就是霍氏集团旗下的地产开发公司。

不过由于位置实在是有点偏，除了离附近的环球影城比较近，就没有任何地理优势了。去市内的公司需要很长的时间，工作日的时候，霍家父子是绝对不会住在这边的。上次《有钱人的一天》节目组倒是来这座建筑取的景，满足了大部分人对有钱人的想象。节目里还一闪而过了霍家其他多处房产的镜头，但都没有这里更能给人一种视觉上的震撼。

但大概就是因为太大了，有再多春节的装饰，也掩饰不了这其中不近人情的冷淡味道。

比这还要冰冷的就是霍然清此时此刻的表情。他还是西服三件套加大衣的传统打扮，手里挂了一根文明杖。面对皮得就要上房揭瓦的儿子，他这回是真的只剩下了皮笑肉不笑地道："哟，刚回来怎么就要走？想去哪儿啊？"

"爹地！"霍楼每次闯祸或者有求于父母的时候，都会瞬间化身三岁的小卷毛，用那种特别幼稚的叫法，试图唤醒他父母内心对过往的回忆。

霍然清对儿子有愧，一般都会上当。

但这一回不能够了，他坚定立场，咬死不打算让儿子这么轻易过关。

因为实在是太丢人了！

对霍然清来说，丢什么都可以，但不能丢人，他就是这么要脸。但现在，全世界都知道他儿子用他的工作手机号注册了某平台的会员，还成了个什么剪刀手。今天参加老友之间年前的小聚，所有人都在拿这件事打趣他。到最后霍然清连晚饭都吃不下了，打着迫不及待要见久未回家的儿子的名义，这才逃了出来。

看见霍楼那张让他这么丢人的、罪魁祸首的脸，霍然清就气不打一处来。

"不敢当您这一声称呼，要不您来给我当爸爸吧。"霍然清就是典型的傲娇，还是那种得寸进尺的傲娇，你软下来了，他就要上天了。

偏偏霍楼理亏，只能压下脾气装孙子，特别亲昵地扶着他亲爹进了客厅。

偌大的客厅，有一个透明玻璃装点的真火炉，正散发着火热的气息。到处都挂满了新年的装饰，尽量布置得富有年味。是俗气了一点，但霍然清最近两年就喜欢这个红红火火的调调。

"说吧，霍爹，您老打算怎么解决这件事啊？"坐到了常坐的沙发上，脱掉外套，放下拐杖，霍然清被儿子伺候得舒舒服服，终于决定讲讲道理了。

"呃，"霍楼卡了一下壳，还要解决？怎么解决？"要不，我给您换个手机号？"

"……您可真大方。"霍然清根本不买账，他想要，手机号多的是。暴露出来的只是工作号，其实也不影响什么，顶多是年底给特助多包个大红包，补偿他最近要不断地被骚扰。等换个工作手机号，也就好了。

"那我给您报销个环球旅行？"霍楼绞尽脑汁地想道。

"你老子我是缺钱的人吗？我需要你给我报销？"霍然清突然很想打

人，然后才发现，拐杖早不知道被霍楼收到哪里去了。

如果说霍然清一开始只有三分生气，那他现在就是六分生气了。

他到底是怎么生了这么一个不会讨好人的儿子的？这一定是前妻那个冷冰冰的家族影响的！他们老霍家就不可能生出这么一个物种来！

"我……要不这么着吧，您说，我做，一句怨言都没有！"霍楼觉得他简直豁出去，亏大了。

但霍然清却更不高兴了，连晚饭都不愿意和儿子一起吃，气哼哼地去了二楼的书房，他要来的礼物还有什么诚意可言？

然后，霍爸爸就一直没下来，还不允许霍楼走，吩咐全家盯着他。

霍楼被盯得只能无语问苍天。他到底要怎么做，他爹才能消气？突然，霍楼灵光一闪，这不是和衣既明打电话的好时机吗？他可以问问明明怎么办呀！不管明明会不会处理吧，至少他赚了个给偶像打电话的机会，哇，他可真是个天才！

忠心耿耿负责来看着少爷想主意的老管家，默默觉得还是不要给先生汇报了，要不然先生真得气死。

霍天才就这样兴奋地和偶像视频起来了。

衣既明没有回自己在灰蓝里小区的住所，而是回了他父母家。

衣既明是土生土长的B市人，父亲是公务员，母亲是家庭主妇，是个再普通不过的普通人家。在衣既明还没有成名前，全家最值钱的不过是他们住的那一套单位房，只有八十平方米，还是因为有衣既明小婴儿时拍戏的片酬，最终才能勉强买下来，不用当房奴。

房价再涨，他们也只有一套房子，不能卖掉。房子在衣既明十八岁之后，就变更成了他的名字，哪怕衣既明根本不缺这个。

那套老房是个两居室，现在只有衣既明的母亲和保姆阿姨在住。附近都是老邻居，机关单位的公务员，不是什么大领导，都是小科员，一辈子老实本分，邻里和睦。衣既明从小就是整个机关小区里别人家的孩子，这也直接导致他没什么朋友。

衣既明的家庭实在是乏善可陈，衣既明的父亲早早就因为意外去世了，母亲有冠心病，做了支架，受不得刺激。

衣既明很少回家，也是因为不想被母亲发现自己车祸之后的变化，而让母亲着急。

幸好，衣妈妈是个典型的传统女性，一直在默默当着衣家父子俩坚强的后勤保障，从不会催促衣既明回家。反而总是鼓励衣既明，男孩子长大了，是应该忙一些的，去外面闯出一片天地。衣既明的所有作品，她都有珍藏，并反复地观看。

"妈妈是明明的第一个粉丝呀。"衣妈妈曾这样对衣既明说道。

衣既明正在和霍楼视频，没说两句，衣妈妈的声音就从餐厅传来："明明，吃饭了。"

"这么早吃饭？"霍楼略显诧异，更让他诧异的还是衣既明的打扮，怎么说呢，就特别日常显年轻的那种。格子衫，牛仔裤，连发型都像个还在上学的学生，有一种说不上来的干净。

"嗯。"衣既明不愿多说，"初一早上，我去给叔叔拜年。"

"好！"因为这个约定，霍楼已经再顾不上其他，满脑子都是再过两天就可以见到自家偶像了。

挂断视频，霍楼才想起来，他忘记问衣既明聚餐吃火锅，还有短期旅行的事了。

与此同时，霍爸爸一直在书房里假装忙碌，却始终不见他那个脑子不开窍的儿子来哄他，简直要气炸了。而点燃他最后那点理智的，是一条来自前妻的信息，她明明知道爆出来的事情肯定是因为霍楼不省心，还非要含蓄地内涵前夫："没想到你还有这么活泼的一面，失敬失敬。咱们当年结婚的时候，我是不是特耽误你追星啊？"

"轰"的一声，霍然清脑子里什么理智都没了，他是怒从心中起，立刻就想出了一个惩罚霍楼的好主意。

他打开微信，找出了之前见面时就顺便加了好友的衣既明。装作不经意地，把霍楼不少中二时期的黑历史，都给衣既明拍照发了过去。

类似于霍楼当年用还特别蹩脚的中文写的作文，题目叫"我们是糖，甜到忧伤"，开头第一句是"我写的不是作文，是寂寞"，点睛之笔是结尾那一句"世界这么脏，谁有资格说悲伤"。

一看就是从QQ空间摘抄下来的杀马特之言，尴尬扑面而来，让人起了一身鸡皮疙瘩。

发完后，霍然清还特别心机地等了两分钟，等到不能撤回了，才又悠悠地发了一句信息过去："对不起，发错了，你假装没看见吧。"

揭够了儿子的黑历史，霍爸爸果然畅快了不少。

要尴尬大家就一起尴尬好了！霍然清的内心也是阴暗得不行，他还顺便想着，霍楼以后要是逼急了他，他就把霍楼追星的那点东西也一起爆料给他的偶像！

就在下一刻，老管家拿着平板来敲门了。他看到自家先生这么开心，还以为他已经提前知道了，笑眯眯地恭喜道："少爷这回的道歉，先生一定很满意。"

"……嗯？"霍爸爸接过平板，看到了霍楼的微博。

霍楼按照衣既明给他提出来的建议——是的，衣既明偶尔也是会有好建议的——刚刚才发了一条微博：

"全世界最喜欢爸爸了！"

［我爸超厉害的］

衣既明并没有把霍楼作文泄露的事情告诉霍楼，毕竟霍爸爸已经说是无心发错了，衣既明也就信了。

而且，衣既明看完那些作文的感想，和霍爸爸期待的一点都不一样，他觉得霍楼……挺可爱的。

转眼就是大年三十了。一大早，衣既明正和衣妈妈在门口贴对联，就接到了霍楼的拜年……红包。

两百一个，十个一组，霍楼已经连发了十组。

要不是衣既明因为手机都快变成振动器了，及时发现并制止了霍楼的窒息行为，指不定还要收到多少呢。

小红花监督者（衣既明）："???"

小红花收集者（霍楼）："明明！除夕好！"

小红花监督者（衣既明）："发这么多红包做什么？"

小红花收集者（霍楼）："我要凑个好寓意，十万挑一［害羞］［害羞］［害羞］"

小红花监督者（衣既明）："那个词叫万里挑一。"

小红花收集者（霍楼）："但是一万我觉得不够诚意。［没脸见人呀］"

小红花监督者（衣既明）："那就两万挑一，打住吧。"

小红花收集者（霍楼）："好！"

短暂地聊完之后，衣既明按照李林的要求，把刚刚写好还没贴上的春联的照片，发到了微博上，展现居家一面。

"和妈妈一起贴春联。"

［春联］

底下评论：

"我明的真迹！是本人拍的照片没错了！"

"这已经是常年失踪明，坚持自己发的第十条微博了，感动。［抱抱］"

"我爱你啊！"

"除夕快乐呀男神！"

"霍楼也发了个贴春联的微博，男神你今年和霍楼一起过的？？这种宠粉福利，怎么申请？"

也不知道是巧了，还是……

霍楼差不多是在衣既明发微博后的一分钟，也发了个他和他家大门口春联的合影。

"今天的我长这样。"

［春联］

底下评论：

"哥哥除夕快乐！"

"这春联字迹有点眼熟。"

"对比过了，肯定是隔壁的字迹没错，衣神每次写钩的时候，都会习惯性地提高一笔。"

"［盘他］"

"我霍要一整年都开心呀！"

霍楼家的春联那必然是出自衣既明之手，却不是衣既明今年写的。而是很早以前，李林替衣既明搞过的一次粉丝福利，抽一些粉丝送各种礼物，其中就包括衣既明手写的春联。

衣既明一手好书法，人尽皆知，当年还代表国家去参加过中外艺术交流展。

春联本身就已是价值不菲。

当然,最重要的还是这是男神亲笔手写的春联。

霍楼手上有整整四幅,一幅是他自己勤勤恳恳、兢兢业业转了无数次微博后,实打实抽奖抽到的;一幅是他爸送的,还有两幅是她妈搞到的。总之,爸妈是一定要有一番龙争虎斗的。

这些春联都被霍楼小心翼翼地珍藏了起来,就差装框裱上了。

今年认识了衣既明,霍楼才很心机地拿出来其中一幅,拍了个照片发微博。

别人会不会误会不知道,反正宁不臣是误会了。这位知名闲人,于千里迢迢之外,百忙之中,不忘抽空质问衣既明:"我还是不是你最好的朋友了?![我要认真生气了]"

哪怕是在友情里,三角形也绝对不是个稳固的结构。

衣既明:"……是啊。"

臣臣是超人:"你迟疑了!你竟然迟疑了![大哭][大哭][大哭]"

衣既明:"我只是不知道你为什么突然这么问。"

臣臣是超人:"[微博留言截图]你有时间和霍楼一起过春节,却不肯来探我的班。"

等衣既明对宁不臣保证了年后一定会去看他,宁不臣这才勉勉强强地不再自怨自艾,当然主要是因为他没时间了,又轮到他去拍戏了。

宁不臣的剧组今年是真的不休息,唯一的福利就是食物品质上的提高,剧组在大年三十这天准备吃饺子,主要演员可以自己点馅料,整整三种。这要是放在以前,说出去宁不臣自己都不会信,他竟然被抠门导演驯化了,因为这三种饺子馅而感动。

宁不臣发的微博还上了一次热搜,被段子手嘲笑成斯德哥尔摩症是如何养成的。

晚上,还不到八点,衣既明刚刚和衣妈妈吃完年夜饭,在电视机前坐下,微信视频的铃声就响了起来。

"谁呀?"衣妈妈是个无论说话声音还是外表都十分温柔的女性,是那种仿佛这辈子都不会与人发生争执的人。她笑吟吟地看着衣既明,期待着儿子的回答。今天的衣妈妈和衣既明一起穿了一身母子装,都是统一的红色调，又喜庆又传统。

"娱乐圈的朋友。"衣既明道。

"已经交上朋友了吗？也是个大明星？哇，明明好厉害啊。"衣妈妈信奉的是鼓励教育，就是哪怕衣既明小时候只是多吃了一口饭，他妈都恨不能带领全家给衣既明起立鼓掌的那种鼓励。不管衣既明做了什么，在衣妈妈看来儿子都厉害得不得了。

"确实是个有名的人。"衣既明点点头，"性格也很好，特别活泼……"

数起霍楼的优点，衣既明一时间竟有点说不完。

霍楼给衣既明的感觉是如此不同，他从没有过这方面的交友经历，自己也说不上来是为什么。反正就是一提起霍楼这个朋友，就会特别开心。

"那就好，你快接啊。"衣妈妈看视频响了很久，生怕衣既明错过了，"不要让朋友久等。"

衣既明本来是准备去隔壁接的，现在也只能当着妈妈的面，点开了平板上的微信，那头露出的就是穿着高领毛衣的霍楼。

霍楼是从书房给衣既明拨过来的视频，背景就是一墙的书。

视频接通，霍楼吓了一跳，他没想到衣既明的妈妈也在。他没见过衣妈妈，但从她和衣既明统一的衣着风格上，就已经不需要再猜测对方的身份了。衣妈妈看上去富态又年轻，一点都不像是她这个年纪会有的精神状态，特别饱满。

"这是我妈妈，这是霍楼。"衣既明给两人都介绍了一下。

"阿姨好！"霍楼头皮都要炸了，要是知道会这么突兀地见到衣妈妈，他肯定不会这么简简单单的打扮啊。虽然他为了和偶像视频，已经纠结了很久，才终于决定了穿居家的这一套，就那种明明狠命地捯饬了一番，却又故意弄得和并没有刻意拗过造型一样。

"小伙子长得真好看。"衣妈妈这话的意思其实是，她并没有认出来霍楼是谁，但怕给儿子得罪人，只能生夸其他方面。

幸好，霍楼的性格就是个给点阳光便能灿烂的那种，根本没注意到衣妈妈眼中对他这个红遍大江南北的新生代顶流的陌生。

然后，霍楼身后就突然传来了一些动静，仔细听就能分辨出来，是霍然清正在和奥莉薇夫人用七国语言无缝衔接地切换着冷嘲热潮,主要内容是翻来覆去的车轱辘话:"你凭什么和儿子穿亲子装?要穿也应该是我穿!要不是因为你搅和,儿子怎么可能两件都不穿?"

奥莉薇夫人终于还是没能忍住,在霍楼之前那条微博的刺激下,于大年三十这天赶回了 C 国。

她没有逼着霍楼回答谁才是这个世界上他最爱的人,她只是怀疑儿子是被前夫胁迫,或者说是下了蛊,才会头脑发昏发出那样的微博。

"别怕,亲爱的,妈咪来救你了!"

霍楼觉得有点丢人,但还是意思意思地给衣既明和衣妈妈介绍了一下:"背景音里,正在幼稚争吵的,就是我的父母,霍然清先生以及奥莉薇女士。"

霍然清和奥莉薇夫人终止了旁若无人的嘲讽,因为他们终于发现了霍楼正躲在这里和衣既明视频。他们不约而同地上前,想和衣既明打声招呼,却反而被霍楼小气地给拦住了。他一点都不想他爸妈在今天这个气氛里见到衣既明。

或者说,霍楼怕衣既明被吓到,自此远离他。

霍家今天那真的可以说是相当热闹且充满神经质的氛围了。

奥莉薇夫人不是一个人回来的,还带了在国际舞台上走秀的男模,年轻、漂亮,又有好身材。她的本义是带着男朋友和儿子欢度佳节,国外不过春节,但她百分百尊重儿子的民族习惯。至于同行的那位男模,奥莉薇夫人从没有在儿子面前掩饰过这一面,她是个正常的成功女性,拥有着正常人的所有需求。

见前妻这么光鲜亮丽地高调回来,霍然清可太了解她在搞什么了,便也不甘示弱地当即决定在家里开个除夕夜派对。

香槟美女,觥筹交错,比霍楼这个儿子活得还要年轻。

不为别的,就为了在上新闻的时候,能和前妻斗个旗鼓相当,不要成为新闻报道里"形单影只,对着前任沉默无言"的可怜人。

也不知道那些媒体怎么想的,但凡霍然清和奥莉薇夫人中有哪一个身边没人,就会被报道成旧情难忘,断肠人在天涯。把他俩都烦得够呛,但他们也因此发现,只要自己快乐了,对方在报道里一定会是可怜的。于是，他们经常会设这样的套，来默默报复对方的一些不合适的行为。

对奥莉薇夫人来说，霍楼的微博，就是战火重开的信号。

她带来的那位男模，是不是她的真男友不一定，但想坑前夫之心却是比真金还要真的了。

霍然清表示不能输。

于是……

霍楼家一直都是这种情况，霍楼已经习惯了，只想躲到书房和衣既明安静视频，却还是被他父母看到了。

幸好，霍然清和奥莉薇夫人很快要一起出现在众人面前，否则他们一同消失太久，只怕又会被报道成旧情复燃。反正不管他们做什么，在媒体眼里都不对劲。

"你可以回卧室，和我们一起看春晚。"衣妈妈对霍楼发出了邀请。

"好好好。"霍楼快要开心死了。

然后，那一年的大年三十晚上，霍楼和衣既明母子通过平板，隔空一起过了个有意思的年。十点左右的时候，春晚播放了明星大拜年的视频，霍楼送祝福的脸就在其中。

"我是霍楼，祝全国人民，新春快乐。"

"哇！"衣妈妈忍不住喊出声，没想到这个叫霍楼的小伙子，真是个大明星啊。嗯，衣妈妈判断明星是不是大牌的理由就是这么复古——能不能出现在春晚上。

下一刻，衣既明的脸也出现了。

《讲究》剧组和央视已经提前签下了合同，未来会在央视黄金档播出。所以这一年的春晚，剧组的主要演员都会在明星拜年环节露脸。霍楼本来是打算和衣既明一起拍的，但是导演组不同意，非要坚持一位明星一个镜头。最后的妥协就是霍楼和衣既明前后挨着出现。

衣妈妈更开心了，快乐得就像是个五十岁的孩子，目不转睛地看着屏幕里的儿子，祝她新年快乐。

"我们明明可真厉害啊。"

这一声感慨，几乎是同时响起。一个来自霍楼，一个来自衣妈妈。

衣妈妈觉得和霍楼所见略同，热情地非要邀请霍楼有空了来家里坐坐。霍楼那必然是要顺竿儿爬地答应的呀，要不是和衣既明约好了明天来他家，他都恨不能当下就改了行程。

看了一会儿电视，衣既明就开始催促母亲去睡觉了。到点了，她不能熬夜。

"还不到十点半。"衣妈妈为自己据理力争，老小孩老小孩，她现在就是个孩子。

"已经过了十点了。"衣既明就是大家长，特别严格的那种，"去洗漱好，十分钟后，我要看到你熄灯。"

衣妈妈想反驳，但看看儿子板着的脸，最后还是没吱声，特别委屈地去洗漱了。

回到平板电脑前，霍楼已经发来了感慨："明明你好帅啊！"

不知道从什么时候开始，霍楼就特别喜欢用这种打直球似的夸奖方式来和衣既明说话，不管衣既明做什么，他都能花式吹个百八十遍。

衣既明的脸颊微红，不知道该如何回答。

等确定衣妈妈真的睡了，不会偷偷躲在被子里看平板后，衣既明才重新抱着跟霍楼视频通话的平板电脑，回到了客厅。

两人继续了这场春晚之旅。

歌舞出来的时候，他们就有一搭没一搭地聊天，聊拍戏，聊趣闻，聊所有能聊的东西。有了相声小品，就一起聚精会神地看。衣既明还是很少笑，倒是霍楼替衣既明不知道笑了多少次。哪怕是知名男神冯老师的"我想死你们了"，霍楼都能笑点特别低地笑出来。

"笑到满地找头。"霍楼这样说。

衣既明反而因为霍楼的形容笑了。

衣既明的颜值，是那种能经得住前置高清摄像头考验的，哪怕是素颜，透过屏幕，都仿佛被打上了一层柔光，特别耐看。虽然这么说有可能很肤浅，但霍楼最开始注意到衣既明，就是因为衣既明走过文艺复古的欧洲街道时，他是整条街上最引人注目的那个。

"你真应该多笑笑的，"霍楼脱口而出，在衣既明回看他的眼神里，组织了一下语言，"你笑起来最好看了。当然，不笑也好看。"

"我会努力。"衣既明对霍楼保证。

"不努力也没有关系。"霍楼却想起了衣既明变成这个样子的原因。作为衣既明的死忠粉,衣既明过去经历了什么,霍楼自然比谁都清楚。而正是因为衣既明当年出了那样的事故,霍楼这些年才不敢再凑上来,怕影响到衣既明的康复。

若不是有了之前的契机,霍楼肯定还在踟蹰。

衣既明需要远离媒体镜头还有粉丝的关注一段时间,那些是荣光,也是带给他最深伤害的过去。

"我没那么脆弱。"衣既明郑重地对霍楼解释。

很多人都觉得心理出了问题,人就会变成易碎品,是精神上的异变。但至少衣既明的症状不是,他只是生病了而已。就像是感冒了,血液不通了,或者是眼睛忽然就看不到了,是身体实实在在的病理变化。只要病灶被治好,他就会好起来。

衣既明一直很积极地在配合治疗,当所有人都小心翼翼对他的时候,他反而觉得大家都很莫名其妙。

"我想努力。"变成一个正常人。

"那我就一定会帮你到底!"霍楼郑重与衣既明约定。

霍楼就这样陪着衣既明守岁,一起跨过了新年。哪怕平板没电了,霍楼还要坚持一边充电,一边等着倒计时来临的那一刻。最后三秒,他们谁也没有说话,只是默默看着平板电脑的屏幕,记住了那个约定。

然后,在过了零点整的刹那,他们几乎是同时出声,对彼此道了一句:"新年快乐。"

一夜好眠,第二天一早,霍楼早早就开车去接衣既明了。一是因为大年初一把小南叫出来不合适,二是怕衣既明临时反悔。

虽然这个担心有些多余,但霍楼就是担心。

通过电话之后,衣既明就裹着围巾、带着礼物下来了。有给霍楼父母的,也有送给霍楼的,一条很经典的老花羊毛围巾。

和衣既明戴的不是同款,但是一个牌子。

霍楼迫不及待地围上了,很是搭配他今天的一身衣服。他特意郑重穿戴好了才来接衣既明，结果没有见到衣妈妈。据说衣妈妈和保姆阿姨已经一起去遛弯了，这点上衣妈妈和衣既明有点像，有些习惯雷打不动。

"水杯托架里有温水。"霍楼车上的水杯托架可以进行温控，保证了水维持一定的温度，"你先喝一点。"

衣既明抱着水杯，感觉整个人都温暖了起来。

"我和爸妈已经说好了，家里只有他们两个，没有其他什么来来往往、乱七八糟的客人，你就是唯一的客人。"霍楼道。

衣既明早上一起来，就看到了新闻上有关于奥莉薇夫人出现在国内机场的报道。不少人都在猜测，这是不是她准备和霍然清复合的预兆。衣既明有些担心，今天要是霍爸爸和霍妈妈一起在家和儿子共度初一，没有外人，可能引起什么不必要的麻烦。

"没事，他俩一年要被传十次复合、分手又复合的消息。"霍楼眼皮都没抬一下，"他们早就习惯了。"

大年初一的早上，街道上基本没有什么车辆，霍家虽然远，但还是比预计的更快到了。

衣既明和霍楼到时，霍然清和奥莉薇夫人已经等了很久，哪怕他们假装并没有在等，但霍然清手上的报纸都拿倒了，一看就是在慌乱间才拿起来装样子的。

奥莉薇夫人穿了一身长裙，烈焰红唇，明艳动人，五官比霍楼更接近欧洲人。她本身就是个混血，深邃的黑眸就是东西方碰撞最明显的标志。不过她的儿子就几乎看不到什么混血的影子了，毕竟四分之三的血脉都是中国人。

奥莉薇夫人上前，热情地给了衣既明一个拥抱。

在她想要亲吻衣既明的时候，被霍楼给挡住了，因为衣既明其实不太喜欢和人接触。衣既明可以忍受，甚至演技完美得不让人发现，但霍楼却不想衣既明不自在。

幸好，奥莉薇夫人也只是噘嘴表达不满，并没有追根究底。

奥莉薇夫人对儿子没有什么独占情节，和前夫之间就只是幼稚地竞争。看着儿子偏心衣既明，奥莉薇夫人的内心毫无波动，只要儿子不偏心他爸就行。甚至奥莉薇夫人和前夫的竞争，已经隐隐从儿子一人身上，扩大到衣既明那儿。

好比衣既明送来的礼物，两人就是互相暗搓搓地攀比一番。

最后发现实在是比不出来，也并没有作罢，纷纷拿出了自己给衣既明准备的见面礼，想要再分个高低。

一直到吃完午饭，衣既明都处在被争夺的修罗场内，他也终于有点理解霍楼的叛逆为什么一直都好不了了。

幸好，吃完饭，霍然清和奥莉薇夫人这两个大忙人，就要去各自忙彼此的事情了。

让衣既明松了好大一口气。

但很显然，衣既明这口气松得有点早了。

一转头，衣既明就被两位大佬在国内外不同的两个最火热的社交平台，送上了最惹人注目的位置。

霍然清V：

"一家人，共度新春。"

［他和霍楼以及衣既明的合影］

奥莉薇·莫蒂默V：

"我的宝贝们。"

［她和霍楼以及衣既明的合影］

不出意外，在大年初一这天下午，这件事成了整个热搜榜上最亮眼的话题。

这已经是不是粉圈，或者是娱乐圈的事情了，而是全国人民都知道了，甚至连外网都出现了一定量的讨论。

奥莉薇夫人作为知名的女继承人，推特粉丝数量一直很可观，更有奢侈品市场的回暖为她助力，哪怕其实并不是她拥有各大奢侈品牌的主理权，而是她的家族拥有其中一些奢侈品的股份，但她还是莫名得到了世界的关注。

不少人都在问，照片里这个能和奥莉薇夫人一起在春节同桌而食，还被称之为宝贝的男人是谁。

霍楼大家基本还是知道的，毕竟奥莉薇夫人经常在社交平台晒儿子，衣既明就真的很陌生了。不过拜《世界有超模》以及霍楼之前的各种迷弟追星行为所赐，衣既明的身份乃至生平，最终还是被人清清楚楚地扒了出来。

在粉丝和吃瓜群众争论了无数帖后，终于有了一个稍微统一的声音——衣既明确实和霍楼关系好，到底好到哪一步，不好说。但如今发酵成这个样子，背后肯定是有水军推手的。这推手到底要干什么，自不用多说，必然是宣传《讲究》啊。

新剧要上了，不炒一波怎么行？

就是炒的方式神奇了一点，其他明星很难复制。

毕竟不是谁都能找这么一个富豪爹、一个贵族妈，来帮着自己一起炒作的。但想想宁不臣他妈邓天后，为了儿子的演艺事业那也是三十年如一日地下了大功夫的。可怜天下父母心，大家多体谅一下，也就得了。

周导还特意在剧组的大群里，点名表扬了衣既明和霍楼的无私奉献精神，在休假之余，还不忘制造话题上个热搜，给剧组宣传一波。

简直是我辈之楷模，感动整个江左影视城。

霍楼对灯发誓，他这回真的没买水军！他和衣既明不是为了给剧组做贡献！

衣既明本来对这个超出控制的事态还有点费解，如今看到大家得出的结论，点了点头，表示懂了，原来是这样。

"我真没买水军，"霍楼欲哭无泪地和衣既明解释，"我得给多少钱，才能让水军大过年的还坚守在岗位上？"

"我信你。"衣既明安慰霍楼，不自觉地说了霍楼作文上的一句话，"成功者，天不负。"

霍楼很敏感，一下子就抬起了头："这话你怎么知道的？"

衣既明一愣："这不是当年的流行语吗？"

"当然不是！"霍楼幽幽道，"这是我当年没学好中文前，特别蹩脚自编的。"

霍楼对自己当年的"创意"可太了解了，因为每一句里都要和衣既明搭点边。要么是衣既明的名字，要么是衣既明的角色，乃至衣既明说过的话。这句也一样，始于衣既明当年演过的一个军师角色，只不过那个角色背的是"故天将降大任于是人也，必先苦其心志，劳其筋骨……"也不知道霍楼怎么串台总结成了那六个字。

衣既明不太会撒谎，只能看着霍楼。

霍楼有可能在其他方面比较傻，但在某些时候又异常机敏。他几乎是分分钟就猜到了衣既明到底是怎么知道的，问他："我爸'一不小心'错发给你的？"

衣既明只能实话实说，还要替霍爸爸解释："他也不是故意的，你不要生气，只有我看到了，没有别人。"

被你看到，就是最糟糕的结果了好吗？

霍楼不怕被除了衣既明之外的世界上任何一个人看到他的黑历史，就像是那些追星号上的言论，他大大方方地就认了。黑历史就黑历史呗，确实是他说的没错。但重点是，不能让衣既明看到啊！在偶像面前莫名羞耻好吗？！

而且，也就只有衣既明会信他爸不是故意的了！这么多年了，霍楼还能不明白他爸的那些小动作？肯定是报复他之前发视频的事。

他就说他爸怎么会那么快就安静下来，这里面果然有问题！

霍楼当下就拉黑了他爸的微信，只留下了最后一条语音。

出门在外的霍然清，本来看到儿子的微信还挺开心的，直至他听完了内容——"这回我真的没有你这个爸爸了！"

简洁有力，又有血有泪。

当霍然清发信息过去问为什么的时候，已经显示他被他儿子拉黑了。

正巧霍然清和奥莉薇夫人在一起，奥莉薇夫人差点笑得背过气去。这一次回国，赚了！

在霍楼送衣既明回家的路上，他终于想起来对衣既明发出邀请，有关趁着接下来几天还有时间，不如出国做个短期旅行的事情。

衣既明却遗憾地拒绝了霍楼："抱歉，我想过年的时候多陪一陪我妈。"

衣既明已经好几年没和衣妈妈一起过年了，之前他出国过生日的时候衣妈妈还因为意外犯过心脏病，衣既明今年无论如何都想和妈妈多相处一段时间。

"哦，也是啊，"霍楼很会接话，无论衣既明说什么，他都有话，"多陪陪家人应该的。"

但还是能看出霍楼眼中的失望与低落。

衣既明忍不住抬手，主动戳到了霍楼的包子脸上，他也不知道自己为什么要这么做，反正做了也不后悔就是了。在霍楼惊愕的表情里，衣既明道："旅行虽然没有办法实现，但我可以陪你一起去吃火锅。"

霍楼这回是真的惊住了，喜悦占主要部分，但也有一些困惑，"你怎么知道这个火锅局的？"

霍楼一直找不到合适的时机和衣既明提火锅，被衣既明拒绝了出国游后，甚至有点想打退堂鼓，觉得干脆还是自己去吧，免得再被衣既明拒绝一次。他实在是承受不住再被偶像拒绝了。没想到衣既明反而主动提了出来，这绝对是意料之外。

衣既明拿起手机，把微博私信页面里的语音，播给了霍楼听，这些语音均来自一个同样加 V 的账号。

吕望转型卖肉了 V："衣前辈，您好。"

吕望转型卖肉了 V："冒昧打扰了。我是前 For you 组合的成员吕望，不知道您对我们这个组合还有没有印象，我们的队长是霍楼。"

吕望转型卖肉了 V："情况是这样的，我们组合虽然解散了，但一直保持着在过年前后兄弟几个聚一次的传统，今年也不例外，就在我这个不起眼的小火锅店……"

后面还有一长串看上去就特别话痨的语音对话框，但霍楼已经不想听了，因为他完全能猜到吕望会说什么。

吕望就是十三个人小群里那个"卖肉求生"，组合解散后，他就转行去开火锅店了。

"如果我不说，你准备什么时候告诉我？"霍楼的车已经停在了衣既明家楼下，但衣既明却没有着急离开，而是问起了霍楼。

霍楼给了衣既明一个可怜兮兮的眼神。

"吕望说他就猜到你会在关键时刻怂了。"虽然衣既明不知道霍楼有什么好怂的，但看来还是吕望了解霍楼，"所以由他断了你的后路。你的队员很关心你。"

或者是着急,皇帝不急太监急的那种急,这是吕望自己的原话。

"谁要他多管闲事。"霍楼死不承认他被感动到了。

"我还挺想吃火锅的。"

霍楼立刻换了一副模样,分分钟与衣既明敲定:"那就这么说定了,我初六晚上来接你去火锅店,咱们不见不散。"

衣既明下车,挥手告别霍楼,一路进家,脸上都挂着笑。

衣妈妈正在厨房里和保姆阿姨一起热饭,听到开门的声音,才探出头来,一脸惊讶道:"明明你今天遇到什么好事了吗?这么开心。"

衣既明看到了玄关镜中的自己,这才发现自己竟然笑了那么久。

初六晚上,霍楼来接衣既明的时候,学会了等他到了楼下再打电话,不给衣既明任何提早下楼空等的机会。

霍楼在初一送完衣既明回家后,就和阿罗紧急召开了个内部反省会,与会人员只有他们两个,反思的就是霍楼在与衣既明这一天的相处里,有哪里需要改进,有哪里根本不对,又有哪里值得表扬的。

而从第一句话开始,阿罗就给出疑惑:"你为什么要提前给他打电话?"

阿罗就差直接问霍楼,我以前怎么没发现你智商这么低?

"因为礼貌呀。"霍楼以前还是个天不怕地不怕的霸总时,其实也没那么礼貌的,但和衣既明处久了,潜移默化地让他总感觉自己要发展成四好青年,才能得到偶像的青睐。

"……谁给了你这种奇怪的错觉?"登门之前提前打电话是礼貌,接人之前打电话,不就是在催促对方动作麻利点早些下楼吗?

"我以前又没接过人,我怎么知道?!"

霍楼在这方面毫无经验。从与衣既明认识到现在,霍楼做的每一件事都是靠运气,还有就是天生的那点小狡黠。摸着石头过河,有走对的时候,自然也有操作不当的时候,好比此时此刻。

阿罗竟无言以对。

然后,两人嘀嘀咕咕地反思了一通,就有了今天全新的尝试。

衣既明穿着刺绣牛仔外衣下来的时候,霍楼已经双手插兜,一脚微弯蹬在迈凯伦前,半倚靠在引擎盖上,拗了一个和拍封面硬照似的造型。霍楼的五官十分立体,面部轮廓硬朗,男性荷尔蒙几乎是扑面而来,除了嘴里的……棒棒糖。

虽然点一支细烟,在此情此景下肯定会更帅,但吸烟有害健康,霍楼坚持要把烟给戒了!

霍楼还吸取了前两次的经验,一身半休闲的打扮,说正式也正式,可以分分钟见长辈;说休闲也休闲,穿来和朋友聚会是 ok 的。风衣里面套了个连帽衫,不管怎么穿都特别帅。一副黄色墨镜,衬得皮肤更白了。唯一的问题是……

衣既明走过来,只认真问了霍楼一句:"你不冷吗?"

当然冷啊。

哪怕已经二月了,但 B 市今年的气温回升缓慢,在街上的人都还在过冬的时候,唯独霍楼提前进入了春天。衣既明夹克的内衬更是羊绒质地的,还有一件保暖的高领毛衣,反正就是怎么养生怎么来。

"你等一下。"

衣既明上楼拿了一件自己常穿的羽绒服下来,递给霍楼,说:"别介意,我家里只有这个了。"

霍楼必然不会介意,他都想回去把羽绒服供起来了。

衣既明打开副驾驶的车门,就看到了一件礼物摆在那里,霍楼已经坐在驾驶位上期待着看向衣既明了,还说了衣既明很喜欢的一句电影台词:"我想这是从你身上落下来的。"

衣既明拿过礼物,坐进车内。

霍楼今天特意开了辆跑车来,但这种高端跑车为了追求速度,车身设计得非常扁平,每次出入都特别考验人。据李林说,不少女星私下里都特意练过怎么上下跑车才能赏心悦目,把自己的一双大长腿优雅又不失心机地显露出来。

衣既明一边拆礼物,一边和霍楼道:"我身上可不会落下自动包装好的礼物。"

礼物不大,是两张今晚鸟巢的相声票。

"在鸟巢说相声,牛不牛?"在引擎的轰鸣声中,霍楼带着衣既明上了主路。

"我们吃完饭再去,来得及吗?"虽然霍楼来接衣既明的时间很早,但衣既明总感觉不够。

"来得及来得及。"因为霍楼根本没打算和衣既明在那里久留。和一桌知道自己太多黑历史的人一起吃饭,哪怕事先已经沟通过了,但霍楼还是很不放心。

两人很快就到了火锅店,名字取得很有意思——红红火火恍恍惚惚。

衣既明以前也听过这家店的名字,和吕望口中谦辞的"不起眼的小店"实在是相去甚远。远远地就能看见火锅店的独栋古风建筑,走的是极简的冷淡风,低调的奢华,衣既明的最爱。

不少圈内的明星都来这里多次打卡,一是吕望圈内人缘好,二是……真的好吃。

吕望做的不是某个城市类型的火锅,而是创意火锅。简单来说就是,什么类型的火锅都有。川式,粤式,铜火锅,只有你想不到的,没有他们整不出来的。最近最受欢迎的是走黑暗料理风格的奶茶火锅,刷爆了整个短视频平台。

听说衣既明要来这里吃,连李林都特意让衣既明点一下奶茶火锅,好给他拔个草,到底值不值得牺牲体重,中午来吃一回。

店里有代泊服务,衣既明和霍楼直接在门口下车就可以。一排黑西服的小哥早已经排列整齐,不用问就已经主动引路带他们去包厢了。霍楼和衣既明的脸实在是太有辨识度,根本不需要问有没有预约。

衣既明和霍楼等电梯的时候,还与另外一伙儿B市圈的明星撞上。

最后对方选择了搭乘隔壁的电梯。双方都很有默契,知道对方来了,也只是点头致意了一下,完全没有上前打招呼的意思了,给彼此留够了隐私空间。毕竟都在假期,谁也不想好好的聚会变成商业酒局。

衣既明和霍楼乘电梯上了八楼,进了包厢。

屋里是一个能坐十二人的大套间,该来的人基本已经齐了,有正在自动麻将机前彻底不要偶像包袱的,也有百无聊赖地不断按遥控器换台的,剩下的正坐在一起小声交谈。十三个人的组合,来了九个,加上霍楼,就只有三个人因为一些行程上的冲突而没能赶来,可以说是相当齐全且念旧了。

衣既明和霍楼还没进门，作为东道主的吕望就已经迎了上来，对衣既明要多热情有多热情，招呼一声："前辈！"

其他人也齐齐地跟着喊了一声，仿佛他们之间拥有什么神秘的欢迎大佬的仪式。

让衣既明略显诧异。

For you解散之后，组合里发展最好的就是霍楼，但其他人也不差，大部分的人都还在娱乐圈混，走的路线不同，但也算是耳熟能详。不在娱乐圈混了的，也在其他领域走出了独特的道路。好比吕望，他进军餐饮业的策略十分成功，红红火火恍恍惚惚的分店是开了一家又一家，迅速在这几年间就占领了北方大半的市场，能和海底捞分庭抗礼。

让衣既明比较意外的是这里还有人穿着女装，就特别光明正大地穿着女装的那种。但很显然一个纯男团里，是不可能有妹子的，来之前霍楼也说了没有人带女朋友，那这位大佬是谁，衣既明心里也就有了点数。

其他人对这位的女装打扮，也是一副见怪不怪的样子，没有恶意也没有生硬的玩笑，就像对方只是穿了一件再正常不过的衣服，没有人会去在乎他穿的是大衣还是羽绒服。

反倒是霍楼特意穿着、嘚瑟地给所有人看的羽绒服，受到了极大的关注。

没有人不知道那件衣服是衣既明的，毕竟衣既明真的挺偏爱这件银色羽绒服的，被拍到过很多次。作为一同被迫和霍楼追星的人，他们都不会对这件羽绒服陌生。

霍楼在这么热的火锅店里，还要特意穿进包厢，是为了什么大家心里也懂。

就故意不提，憋死他。

霍楼很生气，只能发微信给自己的小跟班吕望："快，问我羽绒服哪里来的！"

吕望听到手机响了，却没去看，因为他很清楚这个时候会是谁，那么无聊地给他发微信，他甚至能猜到对方给他发的内容是什么。但他是一个有骨气的商人,他是不会向邪恶势力低头的!

"望子,你手机响了。"霍楼笑得像条大鲨鱼,特意提醒吕望。

其他人都在心里默默给吕望加油打气。

但吕望最后还是不争气地低下了头,打开微信,动作不要太直白,看完就用一点都不真诚的语气道:"哇,老大,没见你穿这身啊,什么时候开始穿羽绒服了?"

霍楼满意了,带着一脸一点都不矜持的得意,傲视了一圈圆桌上的人,确定了所有人的目光都停留在自己身上后,他才慢悠悠说道:"明明怕我冷。"

衣既明忍不住心想:现在我知道自己多虑了。

这一年,衣既明还没有出车祸,霍楼已经过了十八岁的生日,并为实现第一个愿望迈出了坚实的第一步——他花钱雇了一个金牌经纪人。

经纪人阿罗则为他组了一个十三人的男团。

"啧,这队员人数选得可真是绝了,"霍楼从小长在国外,对十三、黑色星期五之类的格外敏感,他一边埋头写歌,一边在经纪人阿罗不解地看过来时,难得纡尊降贵地多解释了一句,"早晚要散。"

阿罗那个时候还留着一头飘逸的长发,却非要一丝不苟地扎起来,也不知道他留长发的意义到底是什么。"我突然有了一个好主意。"

限定男团的企划在一周后,被摆到了巅峰传媒老总的办公桌前。

老总眼光老旧,格局小,对所有新鲜事物的接受能力都有限,有限到在他眼里所有的艺人都不过是戏子。于是后来……巅峰传媒就改姓霍了。

霍楼因搭乘私人飞机赶通告的通稿而一夜爆红,但组合里也就只有他红了。这个时候的 For you 组合,还是个"真·塑料"兄弟情的组合,队员们归属感很低,对队长的认同度也不高,主要是因为队长对这个组合也没投入什么感情。

十三个人住在同一栋别墅的不同房间里,就像是一群为了省天价房费,而不得不在 B 市选择合租的外乡人,他们随时都有可能各奔东西,再不相见。

别墅由霍楼提供，他每天除了必要的活动外出，基本只在自己的套房里活动，还极其讨厌别人进去。

这种隔阂，让他们始终没有办法像一个真正的组合那样去磨合。

某天活动结束之后，众人回到别墅，霍楼依旧是一马当先，连声招呼也懒得打就回了自己位于二楼的房间，过起了与世隔绝的生活。

其他队友三三两两地聚在客厅休息，有的在客厅连着的开放式厨房里给自己做饭，有的在和自己的小圈子消磨时间，就像是一个猫群里总会形成的特别封闭的小集团那样。吕望一边玩着复古的溜溜球，一边给了身边的沈步飞一个眼神，两人一起不屑地对刚刚离开的霍楼撇了撇嘴。

那个时候的吕望绝对想不到，未来的他会成为和霍楼关系最好的人，而沈步飞会成为……其他什么奇怪的"品种"。

经纪人阿罗哥带来了一个好消息，他们有了一个为期三天的小假期，虽然不能随意外出，但他们可以在别墅里放松一下。

也就是说，他们可以喝酒了。

当偶像真的很辛苦，特别是新晋偶像，为了立人设，成为优质偶像，他们不能在镜头面前展现任何没有积极影响的一面，坚称自己不抽烟不喝酒，都只是基础中的基础。

但是讲道理，谁不是那个年纪过来的？十七八岁的大男孩，有几个没叛逆过？

那一夜之后，本来彼此不算熟悉的队员之间终于亲近了些。有几个队员壮起胆子，终于决定去敲霍楼的门，想要和这个纨绔队长好好谈一谈。他们和霍楼不同，偶像就是他们当下能够选择的最好发展，他们希望能够有所改变。

但敲了许久的门，也没有人来开。

霍楼平时虽然一副眼高于顶，不把任何人放在眼里的样子，但基本是没有出现过这种别人叫他，他却全程毫无回应的情况。

几人一开始以为霍楼是睡着了，但在他们这么吵闹的声音里，哪怕被打了麻醉药都应该能被吵醒了。

见里面这么久始终没有回音，一群少年终于有点急了。

"队长会不会出什么事了啊？"队里有胆子小的，已经开始在胡思乱想,"就……你们也知道的嘛,那些外国的富二代很叛逆的,不会出意外了吧……"

"不不不,不可能的,我们要冷静。"这么说的人是最不冷静的,他已经在走廊里来回走了无数次。

"要不打电话报警吧?不不不,不能报警,找阿罗哥?"有人提议。

吕望见去找霍楼的人迟迟不回来,还以为出了什么事,赶忙上楼来查看,然后就听到了这句话:"你疯了?"

不把彼此卖给经纪人,是这十三个大男孩最初也是至今唯一达成的共识。

"最讨厌的就是告密的老鼠!"

好兄弟,讲义气,受到当年一部影片的影响,他们那一代的热血青年都特别讨厌告密者。虽然按照一般的定律来说,在一个多人的小团体里,势必会出现这样的角色。但For you组合就是那个意外,建团之初的共识,一直延续了很多年。

"那怎么办?万一队长在里面真的……"

"为今之计只有踹门了。"与吕望关系最好的沈步飞,双手环胸倚在楼梯扶手前,他看上去是最漂亮娇弱的,其实却是团里最暴力的那个,"踹坏了,我赔。"

"我们为什么不拿钥匙进去呢?"

"你有钥匙?"

"我知道备用钥匙在哪里。"以防万一真的有人在房间里出事,备用钥匙一直放在一个容易拿到,但又只有少数人知道的地方。提出建议的是军师人设的队员,虽然他知道在哪里,却从没有想过说出来。

今天也是迫不得已。

然后……

霍楼不应声不是出事了,而是他根本不在房间里,众人在开门后便知道了霍楼的小秘密,那一墙的衣既明海报,还真是闪瞎人的眼,恐怖如斯。

霍楼当时正扛着昂贵的摄影器材,戴着口罩,全副武装地躲在衣既明的粉丝团里,等着接衣既明回京。

嗯，他那么迫不及待地回屋，就是因为他要赶紧偷跑，和其他约好的粉丝和站姐去机场接机。

队员们你看看我，我看看你，实在是不知道该如何评价自己的队长，只能选择默默退出了队长的房间，关上门，把他们看到的东西从脑海里删除。不过印象还是留下了，队长也许不是高冷，只是忙着追星。

不行，忘不掉了，还是觉得他好傻啊，怎么办？

等霍楼深夜回到别墅，刚巧是众人喝得兴起，有人酒后吐真言，爆了霍楼追星，结果霍楼轻描淡写地也把所有人的秘密都抖落了一遍。

众人四目相对，你看看我，我看看你。

"你……你一直知道？"

霍楼点点头，耸了耸肩，他只是懒得说而已，并没有觉得那些秘密有什么大不了的。却莫名得到了队员们的尊重，觉得这个队长当得还是很称职的，他一直守护着他们的秘密。

大哥不说二哥，大家都有自己的小爱好，既然已经被知道了……索性就放飞了自我。这些真正能引起爆炸性新闻的料，从没有被他们讲给他人听。

霍楼是放飞得最彻底的那个，强迫全团和他一起给衣既明应援打call，还能顺便找人给他的追星打掩护，他终于有点明白组个男团的意义了。

虽然阿罗的本意完全不是这样。

总之，For you 整个组合，就没有不知道霍楼追星衣既明的。霍楼能为衣既明豁出去的程度，更是让全队开了眼。

他们甚至为此开过盘，赌的内容是霍楼什么时候有勇气去和衣前辈认识。

十一个人围坐一桌，准备吃火锅。

到底要怎么吃，衣既明来之前还猜测过，是那种一人一个小锅分而食之，还是得站起来，腿短的说不定还得踮起脚来吃的大锅。

现实是有专人服务。

一个包厢里站了三位服务人员，统一的黑西服、白衬衫，彬彬有礼，笑容和善。进门之前还用仪器特意检查过全身，让所有人确认了他们身上没有任何偷拍或者录音设备。其实本身也不需要担心，毕竟店就是吕望开的，他对自己员工这点掌控力度还是有的。

不过用仪器检查这个流程，是所有包厢都会有的，这也是不少明星都愿意反复光顾吕望的火锅店的原因。

这里真的是把私密性做到了极致，玻璃窗户是只能从里面看到外面，却无法从外面拍到里面的材质。

点菜用平板电脑，上菜是智能机器人，连那口锅都装着各式各样的机关。服务人员把食材下锅煮的时候，会特意展现出智能锅种种不同的一面，带给客人新鲜感，保证了整个进餐过程都充斥了高科技的仪式感。

这样菜品会更好吃吗？

"不，会更贵。"吕望实话实说，无商不奸，他也一样，只是他这个奸商更加诚实，他会让客人实实在在、真真切切地明白，他加收的那些钱都是为了什么。就好比他们现在用的所有餐具，都是Y国某著名奢侈品品牌。

每一道菜品都会卡在正好适宜捞出的时间点上，由服务人员用公筷和公勺，送到每一个人的蘸料碗里。

而蘸料，每个人都有自己的选择。

"这么吃，火锅都莫得灵魂了。"一个队员带着明显的川渝口音。

"先拍照，拍照！"吕望才不要管他，他站起来招呼道，"吃饭之前先拍照，再发微博和朋友圈，这是现代餐桌的基本礼仪，你们不知道吗？"

"这是什么基本礼仪啊。"霍楼笑骂了一句。

根本就只是吕望想要一波宣传而已，他为了他的这个火锅店，那真的是鞠躬尽瘁了。

但大家还是很给面子地纷纷掏出了手机，却没有要拍的意思，只是点开了微信群，等着拥有一级摄影师资格证的霍大佬，拍好之后上传，他们再从其中挑选合适的。

霍楼这回却没准备拍照，他说："我其实不太爱拍照啊，吃饭就正经吃饭，拍什么照呢？"

吕望差点脱口而出：引起不适，举报了。

反而是衣既明拿出手机准备拍照，他不解地看着霍楼，开口劝道：

"还是拍几张吧,要不然我拍好了,发你?"衣既明对吃饭先拍照反而没什么想法,一代人有一代人的喜好,没什么对错,开心就好。

"好啊好啊!"霍楼一口答应了下来。

其他人看确定没戏了,这才不得不自己动手,丰衣足食。拍好了还要让吕老板检查一下,确认把他家火锅拍得特别高大上之后,才能发。

知道 For you 组合有每年一聚传统的粉丝们,早已经在等着聚餐照片了。

For you 的粉丝虽然早已不剩下什么,但偶尔来怀旧一波的老粉还是有不少的,队员之间每一次的合影,都会勾起不少人珍贵的回忆。

衣既明看了一眼那位女装大佬,也就是沈步飞,国内知名……武打男星,他主演的电影刚刚拿下了国内一个电影大奖,虽然是颁给导演的,他本人遗憾地与影帝擦肩而过,但沈步飞的演技还是受到了广泛认可。比起还在电视剧圈里晃的霍楼,沈步飞在电影圈眼瞅就要更上一层楼了。

只见沈大佬特别从容地摘下假发和发网,擦掉口红,再拿出了一个假领子套在脖子上,合照的时候他就又是个硬汉了。

沈大佬扮女装的时候化的是淡妆,对男装来说就是妆容有点浓,侧过脸,稍微修一下,就完全不会被看出问题。毕竟男明星本身也是要化妆的。拍完合影,沈大佬就摘掉领子,去套间里自带的盥洗室里重新补妆了。

衣既明全程只有"佩服"两个字想送给对方。

等照片拍、修好图之后,众人这才开始在吃饭闲聊之余,想着怎么编辑文字。朋友圈加微博的套餐式宣传,甚至还有人录了个短视频,这一波广告打得那是相当到位了。

衣既明是最早发的,因为他的文案根本不用想。

衣既明 V:

"和朋友聚餐。"

[照片九宫格]

很有个人风格。

"明明么么哒。"

"今天也是抢在霍楼前排的一天。"

"日月我心:今天没有'彩虹屁',只有真情实感的一句,我 gg 怎么能这么帅啊！"

霍楼一边切换小号回复衣既明的微博，一边默默发现了一个不争的事实，他偶像发微博的简洁风格，并不是车祸之后性格变化的原因，而是从一开始衣既明在社交平台上的话就不多。以前他觉得是男神就该这样，但如今来看，大概，也许，可能，衣既明只是觉得这样比较省事？

"嗯。"衣既明很诚实。

"特别好。"霍楼连这也能捧。

吕望和补完妆回来的沈步飞，动作同步，白眼快要飞到天上，给了霍楼一个衣既明看不到的表情，实名呕吐。

霍楼把他俩一起打入了柠檬精的范畴，不予理会。

霍楼的微博紧接着衣既明发了出来。

霍楼V：

"［害羞］我就是那个朋友。"

［只发了和衣既明以火锅为背景的合影］

粉丝们基本明白了，霍楼强行要和他偶像营业的心已经没办法掩盖了，让不少粉丝哀其不幸、怒其不争。

"知道今天的 hlgg 还是这么不要脸，我就放心了。"

"我也想和衣神一起吃饭。［馋］"

"哈哈哈哈哈 F13 的其他成员呢？被你吃了吗？吕望已经发微博了，我们都知道你们聚餐了！想假装只有你和衣既明两个人是没有用的！"

然后……

在当晚十二点过了之后，霍楼又特意发了一个听相声的合影，着重强调了，这回真的只有他和衣既明。

"约男神二次听相声，你有什么好骄傲的？"

"真的，哥，这个场地太清新脱俗了，我都不知道该怎么帮你吹了。"

"沈步飞隔空喊话，想和衣前辈合作，不要你。"

不过这都是后面的事情了。

拍完照之后，一群人的聚餐终于变成了真正的聚餐，聊聊近况，扯扯当年，顺便吃一顿让人服务的毫无灵魂的火锅。衣既明全程都在吃，因为他好久没有在晚上吃过沙拉以外的东西了。偶尔一次的放纵，就像是出来放风的犯人，肾上腺素狂飙，特别刺激。

也不知道是那顿火锅真的好吃，还是别的什么，衣既明的筷子就没停下来过。

后来大家基本就是乱坐的了，还有人在起哄玩游戏，狼人杀，国王游戏，随便什么，反正必须来点助兴的。然后，吕老板就一撸袖子自己上了，含羞带怯地故意恶心人，拿起麦克风，为众人现场高歌一曲，还带自己报幕解说。

"唉，当红小生为何深夜卖唱，知名企业家难逃下海命运，这到底是人性的扭曲还是道德的沦丧……"

女装大佬沈步飞不知道什么时候，已经悄悄坐到了衣既明的旁边。

"前辈。"沈步飞这一声是真的出于对衣既明的尊重，和其他人只是顺着霍楼叫不同，越是在演艺圈里混，越是能明白衣既明演技的难能可贵，"以后有机会的话，能一起合作一部作品吗？我给您做配，我很想和您学习一下。"

沈步飞天生底子长得好，是那种略显阴柔、分分钟演绎西厂太监的颜值，更不用说还有他的女装爱好加成，他这么求人的时候基本就没失手过。

"不行。"霍楼是唯一能抵抗住这种糖衣炮弹的，他替衣既明回答道，"我们忙着呢。"

"我不着急，我可以等。"沈步飞不愿意放弃。

沈步飞之前还是影帝候选人时，也曾得意扬扬地膨胀过一段日子，觉得全国都快放不下他了。等被一个演绎小人物的老前辈黑马逆袭，从他手中抢下都快到手的影帝后，他都快要气炸了。但是，等他回去认认真真把那位老前辈的戏看了一遍后，他反手打了自己一巴掌，明白了自己到底有多么地井底之蛙。

不和真正的老戏骨合作一场，他永远无法明白他只是比小鲜肉们强的演技，到底还有多少不足。

衣既明最终还是加了沈步飞的微信，表示他会考虑。下一部作品，衣既明也是有计划拍个电影的，毕竟他主要发挥的舞台还是电影，不是电视剧。如果大小钱执导的那部电影还要继续往后等的话，他应该能排开档期。

霍楼看时间差不多了，就带着衣既明告辞，马不停蹄地一起去鸟巢听相声了。

朋克相声，新潮得不得了。

衣既明听相声的时候收到了来自霍然清的微信。霍然清已经被他儿子拖入小黑屋好几天了，前妻奥莉薇因为这件事开开心心地再一次返回了欧洲，志得意满，觉得自己这回赢了个彻底。

但霍然清却还在苦苦挣扎，寻求翻身的一线生机。

由于霍楼已经用搬出去自己住来表明了立场，霍然清连和儿子谈一谈的机会都没有，他只能从其他地方下手，比如……衣既明。

霍然清肯定不会和衣既明说实话。

"是这样的，小衣啊，你们在拍完江左的戏之后，搬去影视城之前，不是有个短暂的假期吗？叔叔能不能求你一点事。"

"您说。"

"有没有空来给叔叔公司新推出的跑车，当个代言人啊。"

这段简单的对话到底有多震撼，从衣既明把对话截图发给李林之后，李林的尖叫声里就能看出一二。

霍氏集团之前收购过一个D国的老牌高档汽车公司黑楼，黑楼公司还包括了两条高端跑车线，就像迈巴赫其实属于奔驰一样，黑楼旗下也有一款十分知名的超跑叫X级。最近X级准备上新，这是所有人都知道的，但广告代言人一直没有定下来。大家都觉得霍然清是给自己儿子准备的，如今竟然天降馅饼砸到了衣既明嘴里。

"必须吃下！"李林简直要高兴疯了，哪怕他至今还有一种不真实的感觉，但他还是想不管三七二十一地直接促成合作，然后再去想其他的。

衣既明却还在犹豫。

直至霍然清的下一条微信发过来："霍楼已经同意了，他十分期待能和你一起拍这条广告，就当作是一个老父亲的请求吧。"

衣既明看了眼身边的霍楼，这才同意让李林去谈具体的合同事宜。

听完相声回去之后，霍楼就接到了来自家里老管家的电话，他知道那头其实是他爸，但因为他今天心情实在是太好了，并没有拒接。接通后霍楼没有说话,只是等着看他爸准备说什么。

但霍然清也不说话。

霍五岁和霍三岁就这样开始了莫名其妙的比赛,看谁能对着话筒沉默更长时间。一直到霍楼实在是不想继续浪费时间,威胁道:"你再不说话,我就挂了!"

他还想和衣既明打微信视频呢!

霍然清这才放下了自己的傲娇,道:"衣既明已经答应接这次 X 级的广告代言了,需要爸爸给你也安排一下吗?你知道的,这次的车有两款。"

虽然他爸打死不愿意道歉,但这种类似于"你和你妈冷战完了,你妈来主动叫你吃饭"的委婉递台阶的方式,霍楼还真是没有办法拒绝。和衣既明一起拍广告啊!一起当代言人啊!"合同里会写送一辆代言车吗?"

"可以。"

不可能再不同意了!

霍然清挂断电话之后,就从儿子的黑名单里被放出来了。

他特意发了个信息确认,然后截图,"一不小心"发给了前妻。

咸鱼第九次翻身

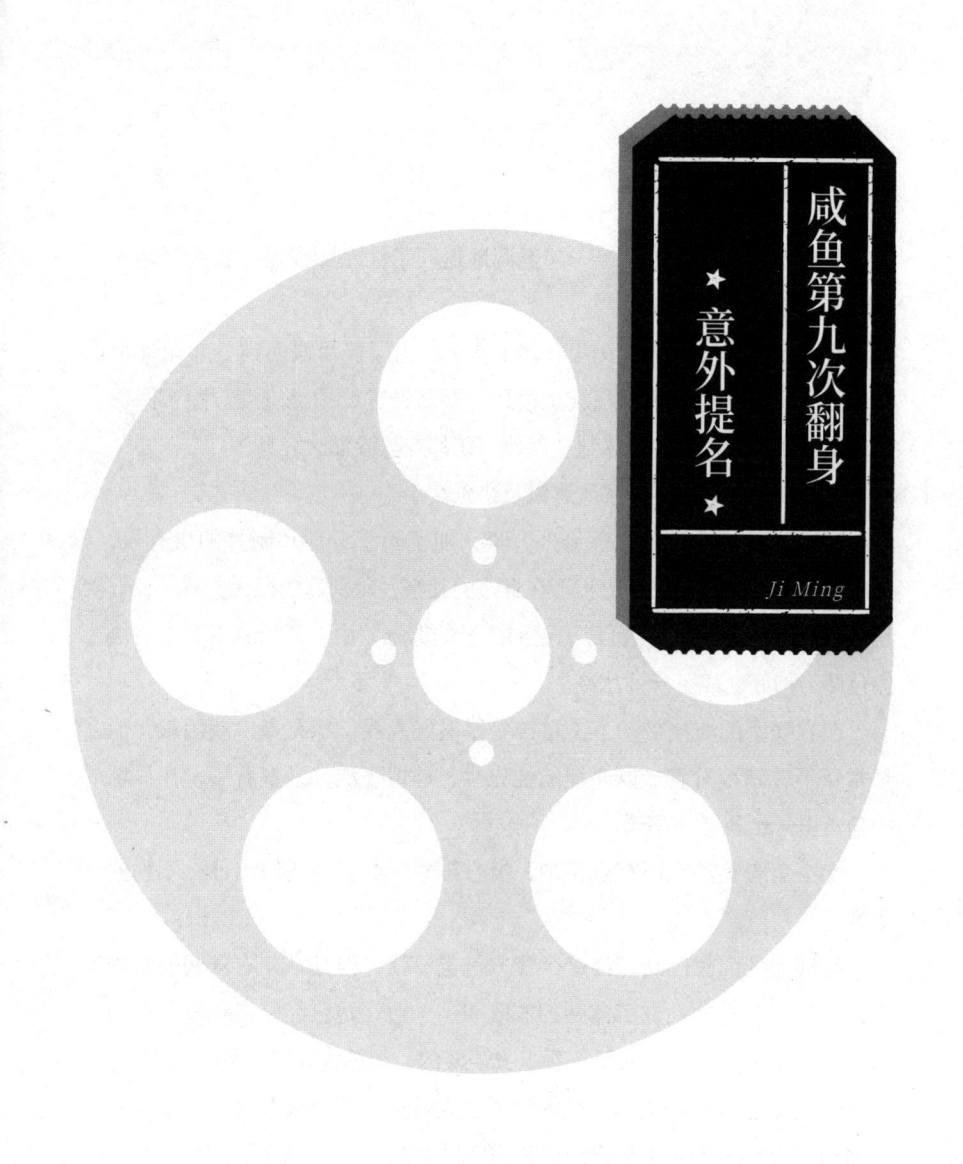

★ 意外提名 ★

Ji Ming

初七晚，衣既明和霍楼一起低调地返回了江左影视城，重新开始了为期两个月的封闭式拍摄。

这一回周导没办法带女儿一起工作了，为了能尽快回到 B 市陪伴自家小公主，周导进入了疯狂赶工模式，不断推进着拍摄进度。除了保留了和霍楼当初商量好的单休制，其他一切都变得没那么容易了。

只有制片人对此表示了欣慰以及快乐。

剧组的其他人只敢私下另外开群，加了除了导演和制片的所有人，有志一同地认定女儿在身边和不在身边的父亲，差别真的很大。

《讲究》的剧情也拍摄到了更加深沉的部分，由一开始就不算太明快的色调，彻底变成了一片冰冷。

在衣既明的演技带动下，霍楼变得很好入戏，却有点出戏困难。他经常目不转睛地看着衣既明演的沈先生，神情晦涩，紧抿着唇，在片场的角落里一坐就是一整天。

女主角唐宜甚至还有点害怕，担心霍楼会对衣既明做出什么不利的事情。

她现在依旧想巴结霍楼这个资方爸爸没错，但是在和衣既明的相处中，让她不自觉地站在了体贴的衣既明这一边，她已经好多年没有遇到过衣既明这种类型的男人了。看上去淡淡的，却总能在细节处带来惊喜。认真负责，还有一股说不上来的气质让人着迷。哪怕只是交个朋友都好的冲动，让她甚至愿意为了衣既明去得罪霍楼。

不过，唐宜很快就用她多年的经验分辨出了，霍楼看衣既明的那种"凶狠"，不是要做什么不利对方的事。

唐宜甚至不得不连夜又重新翻看了一下剧本，确定了剧里的两个沈先生之间的关系，绝不是霍楼表现出来的这种。

霍楼在衣既明面前还表现得稍微像个正常人，对待其他人，不自觉地就会带上多疑与审视，他就像是一条守护着宝藏的巨龙，警惕地看着每一个胆敢接近宝藏的人。

唐宜死活想不明白，霍楼是怎么入的戏，才能理解成这么一个鬼样子。

除非霍楼是装的。

霍楼……

那必然是装的呀。

最初那次，确实是有点入戏了。

当时的剧情是，衣既明扮演的沈先生受了枪伤，不能报警，也不能去医院，只能用土办法治疗，性命堪忧，血水泼出去了一盆又一盆，躲在小楼里甚至没有办法回家。

衣既明身边只有唐宜扮演的沈太太在照顾，她学过一些基础的医疗救护。

霍楼扮演的沈先生只能站在门外看着，那种无能为力，让霍楼联想到了衣既明当年出车祸后的一些不好的事情，那种无法诠释的共情让霍楼一时间差点没能从角色里走出来。哪怕镜头已经停止拍摄，他还是觉得自己就是沈先生，每一位靠近另一位沈先生的人都心怀歹意，他必须保护好对方。

不过，霍楼还是很快就从这种有点魔怔的状态里走出来了，衣既明就是他的坐标，在衣既明担忧的注视里，霍楼迅速分清楚了现实与角色。

他扮演的沈先生一无所有。

而真正的他，拥有家人和衣既明这位挚友。

后来的一段时间里，在拍完的某个瞬间，霍楼偶尔也还是会有迷惑的感觉，但不至于那么严重。之所以演变成如今剧组上下都在担心他的出戏问题，最主要的是，霍楼也想趁此机会，让衣既明看到他不同的一面。

他想让衣既明了解真正的他，也想让对方接受。

剧里霍楼扮演的沈先生正好是一位深沉的情报人员，一个游离于法律之外的仲裁者。

霍楼便想着试探一下衣既明的接受程度，大概是太在意了，霍楼这段时间可以说是超常发挥，演技突飞猛进，至少衣既明至今都没有看出霍楼所谓的无法出戏也是演出来的。

"综上所述，还望诸君能够配合，众志成城，清缴叛徒！"衣既明在镜头前如是说。

"cut！"伴随着周导的一声，这一天的拍摄全部结束了，众人发出了如释重负的欢呼，终于可以回去休息了。周导又看了一遍刚刚拍的回放，把衣既明叫过去说了半天。衣既明的演技几乎是无可挑剔的，周浪只是想和衣既明讨论一下明天的拍摄角度。

商量完，衣既明就准备和霍楼一起回酒店。

霍楼的脸色却不太对，他是真的有些生气了。因为网上最近突然出现的一些言论。不过他什么都没和衣既明说，只是比以往更早地从衣既明房间离开，自己先回去处理事情了。

衣既明却反而担心起了霍楼，觉得他有点反常。

考虑到影响问题，衣既明只能和李林商量，李林和阿罗是唯二知道《讲究》剧组目前出现了什么情况的外人。

"真奇怪，不是吗？你演戏反而没有这方面的问题。"李林很长一段时间都十分担心衣既明。因为衣既明车祸的后遗症实在是太匪夷所思了。演戏的时候感情充沛，平时却无法感知到太多的情绪，这又不是水龙头，能说开就开，说关就关的。

李林就特别怕衣既明变成那种传说中的表演艺术家，把自己整个人都陷入角色，再也出不来了。

结果，衣既明根本没事，他真的好像能控制住自己的情绪，做到收放自如。

最不应该出现问题的霍楼，现在倒成了一个令人头疼的问题。

"我和他谈过。"衣既明无法形容自己的感觉，他一方面觉得霍楼其实并没有问题，一方面又实实在在地感觉到霍楼的性格出现了变化，与过往不同。

"好的那种，还是坏的那种？"

"我说不上来。"

对衣既明来说，不管霍楼变成什么样子，他都会觉得霍楼有点可爱，两者根本不需要比较。

"霍楼最近有发生什么事情吗？"衣既明问道。

"没有。"李林答得很快，就霍楼那个背景，除非能一击必中，否则没谁敢轻易对霍楼出手。反倒是衣既明……李林这话在喉咙里都盘绕好几天了，还是没能说出来。

衣既明最近倒是在网上出了些事。

只是衣既明的注意力都在拍戏这件事上，再一次回归了以前那种社交平台绝缘体的状态，并没能及时看到微博和论坛上在带他的节奏。

翻来覆去还是那一个黑点，他不配。

从衣既明不配成为霍楼的偶像，到衣既明不配当《世界有超模》的嘉宾。

其实一直都有这些声音，只不过最初实在是太微弱了，没有人在意。

最近这些声音才被莫名抬了起来，且有了越来越人多势众的征兆，主要就源自霍然清对衣既明提出的那个代言邀请。

这一次的X级跑车有别于以往所有的跑车，是一次交通工具改革方面的里程碑。不管什么级别的明星代言，都不需要担心跑车的销量，因为这次的X级是悬浮车。

启用了新能源配置，是真正意义上的颠覆了大众认知的超科技。虽然目前只能离地几厘米，但没有抓地摩擦这一点，就足够把车速提升到另外一个层次。搭配未来游戏公司即将推出的一款据说可以实现百分之八十以上真实感的全息游戏，真的有一种科幻小说里的未来感。

大众就是在见证着历史，又怎么可能不为此疯狂？但代言人已经敲定了是衣既明和霍楼，别人想上，拉不下霍楼，就只能奔着拉下衣既明的路子去。

他们怕得罪霍楼，不敢亲自下场，却已经找到了最合适的一杆枪。

之前那个有黑料的影帝张均。

张均不知道听信了什么谣言，坚信是衣既明举报了他，才得到了《世界有超模》的嘉宾名额。他甚至不需要什么证据，只需要看到衣既明是既得利益者，就笃定衣既明一定是举报他的人，可以说是恨毒了衣既明。他这些日子在里面也不肯消停，动用了一切还能够联系到的人脉，要让衣既明给他陪葬。

简直有病到了极致。

霍楼最近在处理的就是这件事。他想把一切恶意都压在萌芽阶段。真炒出了什么热搜，哪怕日后有什么反转，对衣既明已经造成的伤害是不会逆转的。

随便举个娱乐圈的例子就能看出来，哪怕你真的是受害者，只要脏水泼上了，想彻底洗清是绝无可能的，始终会有人坚信自己一开始听到的谣言才是真的，后来的真相不过是动用了手段的洗白，他们才是众人皆醉我独醒的智者。

霍楼是绝对不会允许这样的事情发生的。

但张均在里面已经是烂命一条，对一个有黑历史的明星来说，他已经不会有未来了，等将来出来，也只能勉强靠着过去挣的钱养老了。

张均彻底变成了一条疯狗，遏制不住。

阿罗已经派人去和张均接触过了，但张均根本不听解释，一心认定了是衣既明在搞他，哪怕他和衣既明远日无怨近日无仇，哪怕是他自己犯法在先。

为今之计好像只剩下了……

霍楼的脸色阴沉得可怕，既然和张均讲不通道理，那就别讲了，反正这种人是不会有好下场的。

就在这个时候，远在大洋彼岸，全世界的明星做梦都想获得的小金人，组委会终于姗姗来迟地公布了这一届的入围名单。

在最佳男演员的名单里，"既明·衣"这个充满了异域特色的名字，显眼又如此不可思议。

衣既明当初参演过的那部名叫《MYM》的电影，去年播出后在国内又不叫好又不叫座，导演砸锅卖铁却赔了个底掉，自此就消失在了人海。在大家都差不多遗忘了衣既明还曾经演过一部电影，只有霍楼会用来当财神拜。

如今，它却神奇地入围了小金人，获得了最佳影片、最佳原创剧本、最佳剪辑以及最佳男主角四项提名，并都杀入了最后的候选名单。

看到这个报道时，所有人的第一反应都是不敢相信。

奎妮正一边涂抹指甲一边和李林视频通话："怎么样，我没骗你吧。我家 honey 的哥哥，你知道的，在统计公司工作的那个。小金人是他们的大客户，每年的票选工作都是由他们来统计的。签了保密协议，不能说得太细，但提前稍微和家人暗示一下谁入围了，还是有商量余地的。"

"我之前都不知道那是你家明明，只是听说了有这么一个影片，出于猎奇去看了一下。真的是很邪典又小众，按理来说是很不符合那帮影评人的口味的。"

"但是，后期重新剪辑拯救了它，真的很震撼，衣既明的演技绝了。"

"总之，恭喜，你家明明这回真的熬出头了。"

因为欠衣既明薪酬，一直不敢出现在衣既明面前的导演郑围城，终于鼓起勇气给衣既明打了一通越洋电话。

虽然薪酬他还是给不起，但是……

"你看小金人典礼的门票，可以当利息抵了吗？"

衣既明接到郑围城的电话时，说真的，他自己也挺意外的。

没想到郑围城竟然是个守信的人。

咳，这不是依据郑围城人品而得出的猜测，而是根据现实。在衣既明签下合约时，包括李林在内的所有人，其实谁也没指望过郑围城能把尾款结清，就像是辛辛苦苦写剧本的编剧，能拿到尾款就和中奖的概率差不多。这不对，但这就是行业现实。

"其实，"衣既明停顿了一下，还是把心里话说给了郑围城听，"抵了尾款也没有关系。"

郑围城是真的没钱，不是故意欠债不还，他为了筹拍《MYM》，把所有身家都砸进去了，结果赔了个倾家荡产，他想还钱都不知道该拿什么还。

同样是为了追寻心中的导演梦，郑导和周导的境遇真的可以说是天差地别。

衣既明当初接下《MYM》的时候特意去了解过。

都是拉资方，周浪依靠他师父小钱编的关系找上了财力雄厚的霍家，郑导却捧着剧本求助无门，最后还是他的一个多年好友实在是看不过去出了手，但郑围城的朋友其实也没多少钱，只是个做小本生意的普通商人。

当时郑围城是打算用总投资的四分之三请衣既明，但衣既明却反而更希望郑围城能把前期投入都用到电影拍摄里，等上映之后再结清尾款。

能遇到衣既明这么好说话，只看重剧本的男主演，郑围城做梦都要笑醒了，可惜，他的好运并没有维持很久。

戏拍到一半，郑围城的好友突然脑梗去世了。继承了财产的儿女互相推诿，谁也不肯认下当初这笔看上去注定无法回本的投资。迟迟等不到后面的资金，剧组差点因此停摆，最后还是郑围城卖了自己在B市仅有的一套小居室，才得以让拍摄进行了下去。

钱都砸在后期特效上了，上映三天又因为实在是没人看，而临时撤了档。

这部电影就像是一个胎里带病的孩子，众人甚至都没敢指望过能看到它蹒跚走路的一天。也不知道消失之后的郑围城经历了怎样一番周折，才有了今天的荣誉加身。

"不！片酬一分都不能少！"郑围城的语气听起来有些过度兴奋，他不可能不兴奋，甚至也许他已经醉了，只是他还在执着地和衣既明说，"你放心，哥早就想好了，欠的钱，一定还上。我也不指望拿奖，那根本不是咱们能想的，但光这一个入围，就够去谈卖各国的版权，把当年的投入都翻倍赚回来了。

"到时候咱们在B市，不，在A国LA市最大的酒店，开一场庆功宴，全剧组的人都来！

"哥跪下来挨个给你们道歉，还钱。"

郑围城欠了不止衣既明一个人的片酬，在他最困难的时候，他甚至会有一种被那一大笔钱压得恨不得去跳楼的绝望。

"但是我不能跳啊，我跳了，谁来还你们钱呢？"郑围城说着说着就哭了，这位来自北方的汉子，却有着一颗再敏感不过的文青心，"你们都是好人，我怎么能让好人没有好报。"

244

那么难了，明知道郑围城有可能给不了尾款，还愿意跟着他拍下去。

"不怕你笑话，哥当年人间蒸发，真的是因为实在是没脸再见你们了。"郑围城的声音带着哽咽，以及只有他自己知道的心酸，"我这次本来都做好会吃闭门羹和看冷脸的准备了，但是当我用旧号码给你们打电话的时候，你知道有多少人把我拉进黑名单吗？"

衣既明没有说话，因为他知道郑围城现在需要的不是谁来说什么，而是需要倾诉，他真的太苦了，苦到当年每次去剧组都要弯着腰走，只为了也许能在路边多捡到一块钱。

"没有人！对，没有一个人把哥拉进黑名单，你们这帮好人可太缺心眼了。"

哭着哭着，郑围城就笑了。

"他们都说我运气不好，哪里不好了，我觉得很好，要不然怎么遇到你们呢？这得是多大的情分啊。"

衣既明也终于开了口，笑着反问："我们拉黑你，谁来还钱呢？"

"对，还钱！一个都不能少，三月份，咱们 A 国的 LA 见啊，走商业签证，应该快。早点来，我还能带你们去玩一圈，开最好的车，住最贵的酒店！"

"咱们现在有钱吗？"衣既明问了一个特别现实的问题。

"……没多少。"《MYM》未来肯定会卖出多国版权，但也不是现在卖。郑围城手上的钱真没多少，他至今还借住在发行公司老板的一套别墅里。

《MYM》能在 A 国上映，也实在是郑围城走运，搭对了路子，本来只是抱着试试看的态度，没想到真抱上了那么大一条金大腿。《MYM》在 A 国的发行公司背景很大，已经不知道捧了多少座小金人。他们在攻略奖项方面拥有一整套独特的商业流程，十分成熟。

发行公司的老板是真的很看好《MYM》，这才有了如今的这一切。

不过，在没有拿到实实在在的奖项或者钱时，老板能给出的投入也不会太大。

"那就还是等卖了版权，再说好好玩的事情！"郑围城豪气地拍板决定，反正肯定是要出去玩的，"你什么时候能来 LA 啊？"

衣既明有点为难了。

他现在还在拍《讲究》，按照他的习惯，天大的事情，也不能耽误他现在正在拍摄的工作。

"去啊，为什么不去？！"周浪在听到衣既明竟然真的在为了这个而犹豫的时候，差点冲上去摇醒衣既明，要不是有霍楼在旁边看着，他真的会那么做的，"不要告诉我你是担心请不下来假？我准了！资方也肯定会无条件答应！"

霍楼已经在旁边把头点得快变成小鸡啄米了。

"不是假期的问题。"衣既明只是担心工作。

"你去出席颁奖晚会，也是工作啊。这是对咱们剧组多大的一个宣传，你明白吗？你不能不去！不，你为了咱们剧组，也必须得去啊！"

"可是我不可能得奖。"衣既明还是那么冷静以及客观。

《MYM》在国内不叫好又不叫座不是没有原因的，反正绝不是什么曲高和寡不懂欣赏的问题，也不是换个A国国籍就能够克服的。

"那也要去啊，你能入围，国内观众都已经兴奋成什么样了，你没看到吗？"

也没人真的敢想衣既明会拿下影帝桂冠，虽然像霍楼这样的资深脑残粉肯定觉得他们家明明好得天上有地上无的，但他们也得承认一个客观事实，那就是两国文化有差异，还是很大的差异。

但衣既明还真就不知道网上对此事的看法，他既不知道之前有人在带他节奏，也不知道风向的转变只在一瞬间。不需要澄清，不需要公关，只要有足够的实力，一切的谣言都会不攻自破，在顷刻间被碾碎。

更不用说本身黑衣既明的点，就源自衣既明到底配不配。

现在根本没人再敢这么问了，是有多狂妄，才敢去质疑小金人最佳男主角的候选人？

网上的舆论都是统一的风向，说霍楼的眼光好，说衣既明的格调高。霍楼那边也趁势把衣既明以前在国内获得过的大大小小的奖项，列了个长微博，发到了网上。哪怕没有小金人，衣既明本身也是有实力的，他当年爆红的时候也拿过影帝。

只是，不说国外，单说国内，一年之中各大电影节的各大电影奖项，就能诞生出无数个影帝。说真的，影帝也不算多值钱。

衣既明又从没有拿这方面来宣传包装过自己，鲜少反复提及，哪怕衣既明的名字一直挂在那里，也很少能够唤起别人的记忆。

远的不说，就举个最简单的例子，随便在街上拉个路人问一下，你知道今年某个奖的影帝是谁吗？有百分之五十的概率是对方答不上来，再大的奖项都是一样的，哪怕是小金人。

只不过衣既明这一回的情况实在是太特殊了。他是实实在在地进入小金人最佳男主角候选的男演员。这样的独一无二，才会让大众记住。

周导甚至私下里忐忑不安地问过霍楼："咱们那个片酬真的没问题吗？"

衣既明当初可是真的只要了一块钱。

"没事，我会从其他地方补上的。"霍楼早就有计划了，但他叮嘱了所有人都不许说，他要巧立名目，给衣既明他应得的一切。

霍楼V：[扬眉吐气]

衣既明终于打开了微博，一刷新就是霍楼发的这条，他抬头狐疑地看向霍楼，问道："你正常了？"

衣既明在霍楼略显僵硬的神情里，摆出了一个笑容，安慰他道："别怕，好了就好。"

他并没有打算追根究底。

因为不管霍楼什么样，衣既明都接受啊。在衣既明走出房间的时候，他仿佛听到身后传来了霍楼的一声欢呼，但是当衣既明回身去看时，霍楼还是那副正襟危坐，仿佛无事发生的乖巧模样。衣既明只能把一切都归结为是自己误会了。

二月很快就这么过去了。

三月上旬，已经取消单休有一段日子的《讲究》剧组，终于在工作群里发了休假通知，由于全国人民都知道的理由——《讲究》的男一和男二要远赴A国参加小金人的颁奖典礼，剧组索性就给大家放了一个为期一周的长假。

准确地说是男二衣既明去参加，男一霍楼只是协同凑热闹。

哪怕明知道衣既明此去不过是"陪太子读书"，但网上还是兴奋得不行。因为此次，衣既明不是走谁的关系被捎带进颁奖典礼现场，也不是强行尬蹭红毯镜头，更不是虚假宣传，就是凭自己本事，实打实地获得了主办方的邀请函，以最佳男主角候选人的身份去的。

在衣既明和霍楼临走之前，《讲究》剧组仍在争分夺秒地进行拍摄，想要争取用假期前后的各一周，把这几天假期里应该拍摄的内容给分摊出来。

如今在拍的是一场舞会的收尾。

剧情地点在大帅府，府邸的主人早已经被收编，没什么军阀不军阀的身份了，自嘲就是个寓公，只不过他手中的兵力，依旧引人垂涎。大帅有九个姨娘，却只得了一个宝贝女儿，今天是她的订婚宴，嫁的是政府高官之子，男才女貌，一对璧人。

霍楼扮演的沈先生带着沈太太出席了这场舞会，宴会上男的或西装或军服，女的或洋装或旗袍，是一场再表面不过的上流社会的交际。

霍楼扮演的沈先生，却几次感觉看到了衣既明扮演的沈先生，想要摸上二楼的书房。

什么叫情什么叫意

还不是大家自己骗自己

伴随着《卡门》歌剧中的经典唱段，镜头会在衣既明与霍楼之间来回快速地交错。一头是霍楼与沈太太在舞池中翩翩起舞却各怀心思，一头是衣既明小心翼翼摸进大帅的书房，找到了关键的部署信件。

什么叫痴什么叫迷

简直是男的女的在做戏

一转脸，衣既明所扮演的沈先生就和大帅对上了。

霍楼就在由彩色玻璃拼接而成的隔断外面，看不到里面具体发生了什么，只能模糊地看到两个人影，他们说话的声音很低，就像是蒙了一层布在话筒上，霍楼没能听清楚具体内容。

随着"砰"的一声枪响，歌声戛然而止，舞会也再没了喧闹。

霍楼打开门，书房里只剩下了额头中枪、一命呜呼的大帅，不见了衣既明的踪影。霍楼转身，正看到沈太太神态凉薄地站在楼梯口，那一刻她再不是一个被支配者，而是一个伪装成蝉的黄雀。

沈太太抬手，比了一个开枪的动作，她此时戴的是一双黑色的蕾丝手套，与她在楼下时所戴的白色截然不同。

这一幕戏就停在这里，正式结束了。

由周导亲自上前，给演绎大帅的老演员送上了红包，在剧里演死者，被送红包是一个最基本的传统。周导一边递上红包，一边客气地道："恭喜老先生杀青。"

"后生可畏。"老演员给了衣既明这样一个评价。

剧里肯定是要拍清楚衣既明扮演的沈先生到底和大帅之间发生了什么的，他们之前已经拍过衣既明和老演员在书房里的对峙，如今只是又重新拍了一遍霍楼视角的戏。至于表现在电视剧上具体是怎样的剪辑安排，那就是导演周浪需要考虑的事情了。

老先生在和衣既明单独拍的时候，就觉得衣既明很可怕，当他们只需要随便一站，甚至都拍不到正脸，但衣既明还在严格要求自己时，老先生禁不住感慨，哎，生不逢时，幸，后继有人。

拍完戏，衣既明一行人就赶紧回到酒店，带上已经为他们收拾好行李的助理及一众随行的工作人员，马不停蹄地赶往了江左机场。

这一回李林和阿罗都来了，他俩还是老样子，和谐地坐在一起，热情地互相攀谈，不知道的还以为他们是什么八拜之交，但只有他们自己知道，他们之间曾经有过怎样的暗潮汹涌。怕被记者打扰，剧组公布的休假通知故意写错了一天，这才让衣既明和霍楼一路顺利地起飞。

从江左直飞LA市用时差不多是十二个小时，幸好霍楼的私人飞机就像酒店似的，让所有人都拥有了足够的空间躺下休息。

衣既明一上飞机就睡了，起飞时间有点晚，早已经过了他平时睡觉的时间。

霍楼想和衣既明聊会儿天，就像是小时候请好朋友来家里参加睡衣派对，肯定是要兴奋地聊天的呀。

结果……衣既明已经秒睡了。

衣既明赶工一天，拍完戏又赶来机场，实在是太累了。更不用说下了飞机，LA那边只是下午四五点左右，还有一个采访和一个饭局在等着衣既明，他必须得养精蓄锐。

一夜好眠，衣既明再醒来时，他们还有不到四个小时就要到LA了。衣既明一睁眼，看到的就是霍楼那张青春肆意的脸。

"早。"霍楼这样对衣既明道，带着满满的干净清爽。

"你已经洗漱好了吗？"衣既明问。

"没啊，我也是刚起，好巧哟。"霍楼强行假装自己这就是纯素颜，还似模似样地揉了揉眼睛。

衣既明默默地看了看霍楼那明显洗漱打扮过的样子，最终还是决定不戳穿他了，给小朋友留点幼稚的面子。

霍楼果然很可爱。

一行人下飞机，迎接他们的是早就安排好的拍照发通稿环节，然后便是在行进的车上进行的采访。这是A国最近流行的一个节目，节目的形式是拼车采访。据说一开始源自一个拼车对口型唱歌的搞笑节目。

节目组的汽车会带着衣既明和霍楼绕过LA最知名的几个景点，问一些有关于小金人以及电影《MYM》的问题。

这是奥莉薇夫人安排的，能上这个访谈节目的，都是A国大牌中的大牌。

也是霍楼能够跟着一起出镜的原因。

主持人知道这是资方金主妈妈的儿子，很是关照霍楼，特意给了霍楼一整个提问环节的镜头时间。"艾尔会作为衣的同伴一起走红毯吗？"

"嗯，一起走，假装自己是明明的手机。"

听到霍楼这番言论，他们二人的粉丝也欢乐地沸腾起来。

"哈哈哈哈哈哈哈……"

"我要笑死了！"

"手机可还行？"

"我也想当男神的随身手机。"

"要点脸好吗，大少，我衣神不是很想有你这个手机。"

250

咸鱼第十次翻身

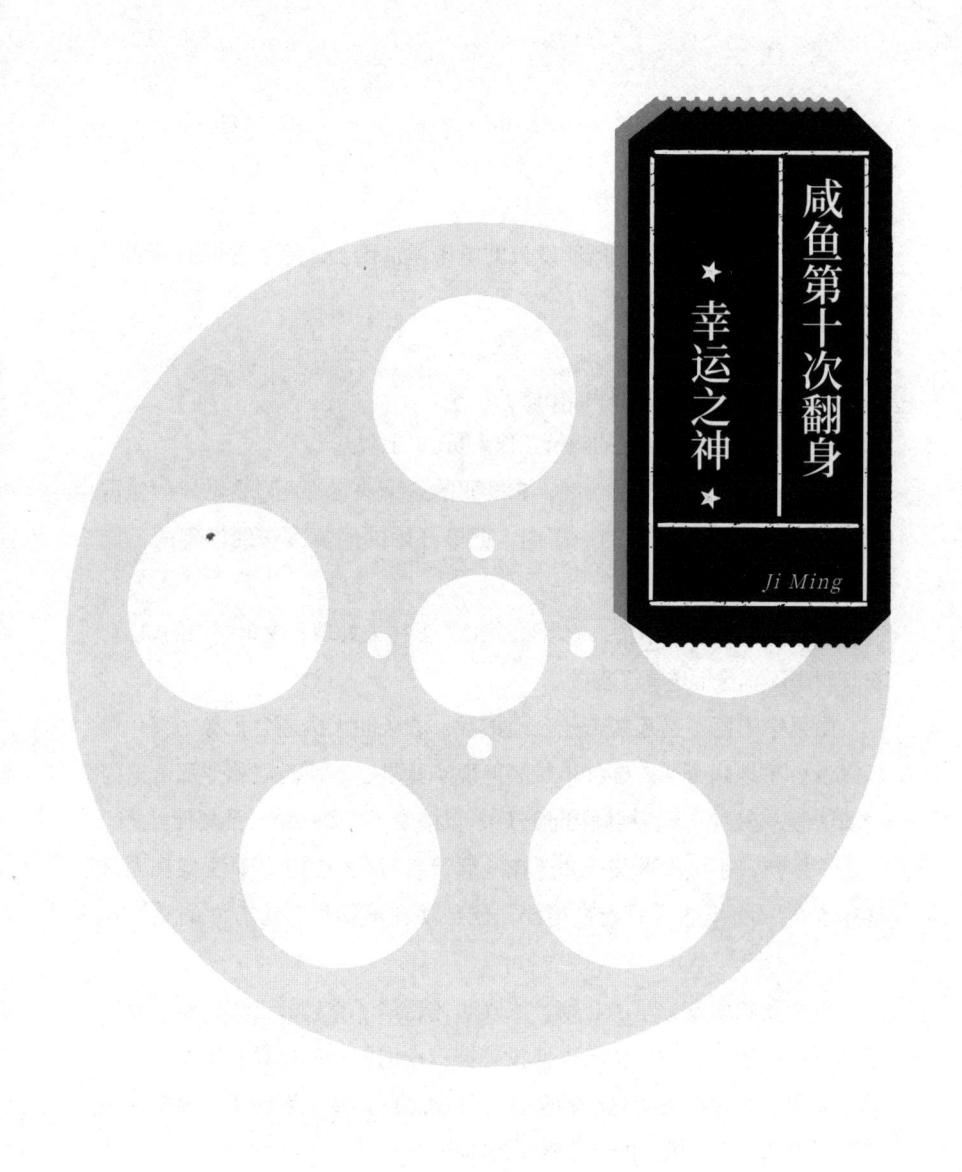

★ 幸运之神 ★

Ji Ming

在小金人组委会给衣既明发放的电子邀请函上，除了常规的邀请与恭喜，还有三点。

一、请准备正装出席。

二、请考虑是否携带伴侣出席。

三、请申报典礼当日的随行工作人员。（上限八人）

一直到颁奖典礼的前一晚，衣既明的这个决定都可以变动，但他需要先在收到电子邀请函的一周内，把最开始的回复发送到指定的工作邮箱。

随行工作人员的事情，衣既明交给了李林去处理，携带同伴的事情，衣既明毫不犹豫地选择了霍楼。

如果宁不臣不是还在苦兮兮地拍戏，衣既明大概还会犹豫一下，然后以示公平地两个朋友谁都不带。但现实就是宁不臣无法和他那个抠门导演请假，在和宁不臣视频沟通过后，霍楼成了衣既明唯一的男伴。

早些年，小金人颁奖典礼还在遵循着当时社会的传统，男候选人只能带女伴，女候选人只能带男伴，但是现在早就没有这方面的硬性规定了。

出于要和朋友分享的心情，衣既明才邀请了霍楼。当然，他也有自己的一些小想法，如果传出去他没有携带任何同伴的打算，那圈内的一部分明星，肯定能为了这一趟免费的红毯之旅掐到地老天荒。早早地决定下同伴，是一个极好的避免麻烦的办法。

别问衣既明怎么这么熟练，以前他爆红的时候也是被困扰过的。

当时能递到衣既明这边的压力，还只是公司内部，以及曾经的合作对象，大部分人的大部分时间都是在烦李林。

这一回，根本不敢想。

甚至连大小钱那边都暗示了一下，他们剧组即将签约的那个在国际上混的影后，也有提前和男主角衣既明在国外见个面，培养一下男女主之间默契的想法。但最终还是被衣既明婉拒了，拍戏就拍戏，衣既明只想保留这种就事论事的工作关系。

"给你添麻烦了。"衣既明对霍楼充满了歉意，觉得勉强霍楼陪他出来一趟，霍楼要承受的压力实在是太大了。

也确实有人来骚扰过霍楼，不管是自认为名气够大的圈内前辈，还是在圈子里玩票性质的各种富二代，他们的脑回路都很清奇，意思是你霍楼想去小金人现场，怎么去不行？能不能发发善心，把衣既明的伴侣名额让给更加需要这次露脸机会的我，我花钱买总可以吧？

霍楼一一毫不客气地打脸回去，不管对方怎么说，到他这里只有铿锵有力的两个字，不行。

其实霍楼还蛮享受这种感觉的，就是他可以拥有全世界人绞尽脑汁都没有办法拥有的东西。别人越是眼红找麻烦，他就越是叛逆得很开心，特别有那个有闲工夫和对方周旋，气死那些强盗逻辑的人。

不过，在衣既明面前，霍楼还是要卖一波乖的。

"比起走红毯，我更喜欢站在边上的粉丝群里给你打 call。"然后，在万众瞩目中，衣既明走到极尽疯狂的人前，在黑衣保镖的层层保护下，对霍楼伸出手说："有没有兴趣和我一起走红毯。"那样霍楼就可以昂着下巴，从粉丝中脱颖而出，踩着一众人羡慕嫉妒恨的目光，和他偶像走过红毯。

当然，这种不切实际的梦，霍楼也就只敢在心里想一想。

衣既明对此十分不解。每当他觉得自己已经足够了解霍楼的时候，霍楼总是能带给他不同的感受，好比此时此刻，他就实在是没有办法明白霍楼到底在想什么能这么开心。

小金人颁奖典礼到来的那天，从明星们还在化妆间准备，直播就已经开始了。

后台总有人跑来跑去，带着对讲耳机大声喊着什么，场面杂而不乱，每个人都知道自己需要做什么。

除了《MYM》剧组的人，衣既明一个 A 国明星都不认识，在走廊上遇到的时候，只需要报以微笑就可以了。不认识他的那些明星，也会看在他黑发黑眼的外表上，习惯性地以为语言不通，不会太过尝试去强行沟通，让衣既明对这种状态满意得不得了。

李林误会了衣既明的愉悦，以为他是在为即将到来的颁奖典礼而兴奋，说实话，李林也挺兴奋的，从上飞机开始持续到了现在。

一如霍楼之前发的那条微博，太扬眉吐气了。

比起完全不想交际的衣既明，李林已经在好友奎妮的帮助下，认识了不少大佬，正在积极拓展着自己的海外人脉。"亲爱的，你可真是太给我长脸了。当我是奎妮朋友的身份时，基本没什么人正眼看我，但是当我提起我是你的经纪人时，他们就完全不一样了。"

衣既明是这次颁奖礼上唯一一个以C国国籍杀入最佳男主角候选人的演员，不仅在国内造成了轰动，在A国其实也蛮让人震惊的。

这边不少演员的理解就是，这得有多好的演技，或者说是得有多大的人脉才行？不管衣既明是真的演技惊人，还是拥有不可低估的背后势力，都是足够别人高看他一眼的理由。这才有了李林的如鱼得水。

霍楼来LA的这些天，也是见了不少叔叔伯伯，都是她母亲的朋友。奥莉薇夫人的家族势力在欧洲，但也有铺展到北美。

霍楼特别讨厌的那个表弟大卫·莫蒂默，这些年就在北美求学，已经代表莫蒂默家族很多次在公开场合露面。大卫在社交平台上拥有庞大的粉丝，他们称他为全球最英俊性感的亿万继承人，这一点上霍楼表示不服。

本来大卫也要来LA，和他亲爱的表哥聚一下的，但是临时出了一些事情，这个计划被迫终止了。

衣既明出席的饭局就两个，一个是和郑围城导演以及《MYM》剧组的其他人一起。一个就是当初答应奎妮的那个。这一季的《世界有超模》已经录完，并且全部播放完了。奎妮进入了难得的休假期，和他的honey过起了多姿多彩的南加州生活，阳光、海滩，以及狂欢。

奎妮在看过《MYM》之后，就变成了衣既明的迷弟，去网上搜了不少衣既明以前演过的电影来看，可惜带翻译字幕的很少，更不用说是那种正式配过英语的。

"你真应该来 A 国发展的,我亲爱的。"

但衣既明还是更喜欢自己的祖国。

走红毯之前,坐在豪车里的时候,霍楼让衣既明对他发誓:"如果你获得了影帝,在你上台的时候,你必须得提起我。"

衣既明觉得霍楼是在说笑话,他只能告诉霍楼:"我一点都不紧张,你不用担心。"

有时候感情缺失对衣既明来说也是一件好事,至少他根本不用担心怯场和紧张,任何时刻,对衣既明来说都和平常别无两样。他甚至猜测过,也许在面对炸弹的时候,他都会是这副心如枯井的模样,如果不当演员、不当电子竞技选手的话,他也许可以去当个拆弹专家。

"不要告诉我,你根本没准备祝词!"哪怕霍楼那么喜欢衣既明,他也不能说,衣既明是个拥有临场发挥能力的人。

霍楼甚至怀疑要是衣既明上去了,他只会生硬如机器人似的把该感谢的都感谢一遍,然后就理直气壮地领完奖下来。

"准备了。"衣既明从口袋里拿出来了一张翻折好的小卡片。

这是李林给衣既明准备的,并强迫衣既明当着他的面背诵了出来。虽然说衣既明获奖的概率微乎其微,但李林是绝对不会允许他的艺人毫无准备地上场的。

但衣既明始终觉得这个准备完全用不上。

"会有用的。"霍楼坚信。

衣既明狐疑地看向霍楼。

"因为我是你的幸运之神啊。"

小金人采用的是全程直播的方式,国内也购买了转播权,电视和网络同步播出,弹幕层出不穷。有霍楼的粉丝,也有衣既明的粉丝。

衣既明从车上下来之后,就和霍楼并排走在了万千的闪光灯中。脚下是红色的柔软地毯,皮鞋摩擦上去的时候一个不注意,反而容易因为不适应而绊脚。红毯的尽头是蜿蜒而上的台阶,宛若天阶,直通颁奖的大礼堂,门口已经隐隐露出了里面的万丈光芒,那是无数人的向往之地。

衣既明和霍楼的一应服饰打扮都由奥莉薇夫人包办。她把裁缝送到C国，给衣既明和霍楼量过身型后，再把对方送回去，由其亲手制作。E国最好的手艺人，加班加点赶出来的，在最后一刻送到了A国，量身定制，无不完美。

两人的礼服都是燕尾服，一个金边，一个银边，塔夫绸面，马尾衬很好地突出了两人胸前的锻炼效果，又让前襟不失柔和垂悬。平纹包扣系得整整齐齐，让后背的线条更加贴合腰身，勾勒出了肩宽腰窄的绝佳背影。

衣既明是黑色蝴蝶结领带，搭配左胸口的白色方巾；霍楼则是白色蝴蝶结领带，搭配左胸口的黑色方巾。最简单的配色，最鲜明的效果。

男士礼服永远不可能像女士礼服整出那么多的花样，却也因此很少会出错。

衣既明是这一晚当之无愧的主角，霍楼心甘情愿地给他做配，极尽所能地衬托着衣既明。

红毯的尽头就是签名、定点拍照，以及主持人的采访了。

比起刚来A国时的那个轻松幽默的汽车采访，小金人典礼上的采访要更加严肃、正经一些，主持人的问题中规中矩，大家的回答也是早有准备，就像是事先已经经历过一遍，没有人会在这种时候采用太过激烈跳脱的方式来搞事。

以及，他们确实是经过一遍彩排的。

怎么走位，在哪儿拍照，座位上几个主要镜头在哪里，所有候选人都是事先知道，并到场走过一遍的。

虽然他们不知道到底谁会成为最后的赢家，但他们所有人都被提前叮嘱过，获奖的时候该从哪里上台，演讲时间有多长，说完之后又该怎么下台。这些都是有流程和规定的，并没有播放出来的那么随性与洒脱。

衣既明和霍楼走进去的时候，《MYM》剧组的人都已经在座位上坐好了，正在以大礼堂为背景进行各种花式自拍。

只有郑围城导演还记得衣既明，积极地朝着衣既明挥手。郑导是个大胡子，仿佛分分钟可以上梁山的那种。他该拍的照片已经拍完了，就是这么优秀！红毯环节还有一会儿时间，提前进入礼堂的会有一些自由时间，郑导是进来得比较早的一批，他走红毯就像是在赶火车，真的没有一丁点的经验，就这样度过了自己的红毯之旅。

"唉，来之前我还特意练习了一下的，在家里走得好好的，来了就全忘了。"郑导的怨念那不是一般的大。

"下次就好了。"衣既明安慰道。

"嘿嘿，借你吉言，下次还是咱俩来。"

"咳。"霍楼轻轻咳了一声，彰显存在感。

"咱们仨！"郑导立刻改口。

不过衣既明并没有和导演坐在一起，他的座位和郑导是前后排，都在中间过道的把边位置。左右都还有人，只是中间多了一条预留出来的直达舞台的走道。这是所有候选人都会有的待遇，并不存在什么暗示。获得提名的导演和剧组也是一样的，小金人组委会立志要把惊喜留到最后。

衣既明的右手边就是霍楼，霍楼再过去则是李林和阿罗，他们都是以衣既明亲友的身份得到的座位，坐下之后就有工作人员过来特意和他们再次说了一下镜头的位置，希望他们不要到时候在大屏幕上出现衣既明的时候，挡到视线。

"一切都变得真实了起来。"李林忍不住感慨。

这些天虽然他人已经在 LA 了，却还是觉得和做梦似的，在梦里认识了一圈大佬，在梦里叮嘱他的明明如何应对刁钻的外国媒体，在梦里看着明明坐进豪车。他真的一直到工作人员来提醒他们的时候，都在害怕这个梦会突然醒来，他们会被请走离开现场，会突然跳出来个什么人，说对不起，他们搞错了。

李林真的是个感情过分充沛的人，就仿佛要把衣既明失去的那份激动一肩挑起。

不少人都表达过对李林的讨厌，觉得他不男不女，有性别认知障碍。虽然李林肯定会昂着下巴回敬对方："太平洋警校毕业的？谁给你的权利管这么宽？"

但，自己无坚不摧，也不影响李林对衣既明的动容。

在很多年前他们第一次见面时，只有衣既明对李林的样子是无动于衷的，没有厌恶，也没有刻意的小心，就像是对待一个正常人一样对待他。因为他就是一个正常人。

李林知道现在还不是忆苦思甜的好时候，但他就是控制不住地热泪盈眶。

阿罗目不斜视地看着主舞台，只是手里已经递上了手帕，说了一句："我一直觉得你挺好的。"

"谢谢，"李林接过了手帕，嘴却还是那么毒，"但我并不稀罕你的肯定。"

简单来说就是，衣既明这一排，只有霍楼在紧张。

颁奖典礼已经在不知不觉间开始了，大家都坐在自己的座位上，尽力展现出最美好的一面。

衣既明正襟危坐地看着主持人说开场白，面无表情，特别平静；李林情绪起伏较大，但很快就被和阿罗过往的糟心事分去了心神；只有霍楼，在不断地倒数，想着什么时候才能轮到衣既明的高光时刻。

小金人的得主说是没有规律，其实还是有一些的。可以通过前期一些小奖项的颁布概率，来确定大奖花落谁家。好比获得了"最佳摄影"的电影作品，往往得到最终大奖"最佳影片"的概率就会低很多；而如果电影作品得到"最佳影片"，那么就注定了最佳男女主角里，必然有一个不会是该影片的主演。

说这是大数据也好，迷信也罢，总之霍楼全程都十分忐忑。

《MYM》获得提名的奖项不算多，前置奖项里也只有最佳剪辑，霍楼都不知道该怎么祈祷这个奖项了。

衣既明只能赶在霍楼快要掐青他的手之前，拍了拍霍楼的手，让霍楼放轻松。

霍楼整个人都要不知所措了。

更让霍楼害怕的是，"最佳剪辑"最终还真的鬼使神差地落入了《MYM》的怀抱。

剪辑师不是国内的那个了，而是一个国外的剪辑师，他确实对《MYM》的浴火重生居功至伟。有很多人总是会小看剪辑，但其实剪辑反而才是决定了电影成败的关键，或点睛之笔，或云里雾里，全靠剪辑师一双鬼斧神工的剪刀手。

很多导演都身兼剪辑师一职，《MYM》也是如此，一个剪辑师是在国内花很少的钱找的穷学生，另一个就是郑围城。

但他们的功夫都没有得奖的这位到家。

他获奖，实至名归。

衣既明没和这位幕后工作者接触过，但是鼓掌鼓得十分真诚，很为对方能够获奖而感到高兴。得到了小金人的最佳剪辑，不管对方的下一步是继续给大片当剪辑师，还是自己准备当导演，都会是一个十分不错的开端。

整个《MYM》剧组的人也是喜笑颜开，因为……这是他们觉得最有可能拿的一个奖，现在果然拿到了奖，所有人都因此放松了下来。

《MYM》剧组仿佛已经完成了这一趟小金人之旅的任务。

接下来只需要等到颁奖典礼结束，大家开开心心地参加一下事后派对，然后就可以带着荣誉回国了。

郑围城已经在私下捣鼓着，要和衣既明商量他新剧本的事情了。

虽然，咳，上一部的尾款还没有结清，但他相信自己分期还款总会还完的。而下一部电影，一定会拉到有钱的赞助商，这一回提前给钱，绝对不会再让衣既明吃亏！

郑围城手上有个不错的剧本，都是他最近一年内最深的感触，他想把它拍成电影的心愿特别强烈。

《MYM》剩下的提名，都是基本不太可能获奖的大奖项了，最佳剧本、最佳男主角以及最佳电影，被公布结果的顺序就是这个。

最佳剧本被念出来的时候，《MYM》剧组的人甚至已经在悄悄讨论，他们一会儿要不要先吃点热乎的，事后派对上的那种冷餐实在是不适合国人的胃口。也因此，当漂亮的颁奖女嘉宾念出《MYM》的名字时，编剧甚至没能第一时间站起来。

这位编剧是真的蒙，小黑豆似的五短身材，小黑豆似的小眼睛错愕地看向屏幕时，让所有人都发出了善意的笑声。

他和郑围城是关系最好的朋友，当初跟着郑围城搞这部电影的时候，还是曾经有过一番雄心壮志的。

后来……

他觉得自己根本不适合当编剧,被现实打击得早已经转行了。

谁也没想到电影会曲折地咸鱼翻身,他这个不再是编剧的编剧,竟然获得了最佳剧本奖。他上去领奖的时候,是真的傻了,因为他根本不会说英文,也因为他是真的没准备获奖感言。

幸好,这位还算有点急才,夹杂着一份莫名其妙的自信,用他那乱七八糟,口音重到谁也听不懂,语法更是一塌糊涂的英文,硬是撑下了这一次的获奖感言。

主要是简洁,也是因为他直接就说了:"我英文不太好,感谢的语言,我会用我的母语表达,这样才能展现我的内心。"

然后,他就说起了中文,开开心心、顺顺利利地完成了任务。

这个时候霍楼的心已经凉了,连最佳剧本都给了《MYM》了,那意思不就是其他两个根本不用想了吗?

霍楼愤愤地在现场找了一圈,很快就在各个把边的位置上找齐了衣既明的竞争者们。加上衣既明,一共五个候选人,三个小众文艺电影男主,一个讲述税务局如何勇斗黑帮毒枭的主旋律电影男主,还有唯一一个可以勉强和商业电影挨边但其实还是文艺电影的男主。

其中一人三次提名小金人,一人两次提名,剩下的三人包括衣既明在内,都是首次提名。

这届典礼算是小金人的一个小年,没什么可以独霸数个提名并获奖的大片。作品对几个主演的加成几乎是差不多的。

演员本身都是积年已久的老牌男星,一个个风度翩翩,衣冠楚楚,正是当打之年。他们报选的电影各有特色,有的是主旋律电影,有的是虐恋主题的爱情电影,还有的探讨了社会边缘人物的生存,怎么看都更符合小金人组委会的口味。

凸显得衣既明演的角色像个异端,他是那么格格不入,与众不同。

"我觉得特别棒!"霍楼完成了一边担心,一边自我安慰,顺便安慰衣既明的整个过程。

但这么一句没头没尾的话,让衣既明不知道该如何回答,他试着推测霍楼的脑回路,然后给出他觉得适合的朋友之言:"嗯。"

霍楼立刻满意了，笑得格外灿烂。他和明明总是能达成一致。

正好镜头给到了衣既明这边，让不少屏幕那头的粉丝，都截下了衣既明和霍楼相视一笑的珍贵画面。两人均是微微低头，满目温柔，仿佛在和彼此轻声耳语着什么。

"衣既明和霍楼也没差很大欸，我特意看了一下两人的资料，才相差两岁。但之前就是诡异地觉得他们是两代人。"

"资料肯定有不对的啦，但应该也不会相差超过五岁，容错个六岁吧。"

"衣神看我嗷嗷。"

"hlgg 超开心呀，我也替他开心，么么哒。"

最佳女配、最佳男配，最佳女主……

终于，最激动人心、翘首以盼的环节，已经近到了眼前，上一届的影帝和一个老戏骨前辈一起走上了金色的舞台。灯光打到了上一届影帝乔治的身上，乔治以一个简单的笑话作为开场，吸引了所有人的注意。

霍楼和其他国内的观众在这一刻几乎是同步思维，只想乔治能说得再快一点，不要说那么多废话了，直接念结果！

"我来之前就和我的搭档说了，我今年一定要拖够一个颁奖嘉宾能被允许拖延的最长的时长。不要这么看着我，不是为了吊你们胃口，而是为了报复上届时我等待的紧张。"

乔治那届出现了一些很不合时宜的技术障碍，导致乔治等五个候选人，晚了整整五分钟才知道结果。

这真的很折磨人。

"好吧，其实组委会并没有给我多久的报复时间，那么，我要开始宣布了。这一届小金人最佳男主角的获奖候选人，他们分别是……

"在《税务局》中饰演男主角卡尔的……

"在《田园牧歌》中饰演……

"在《MYM》中饰演 MYM 的既明·衣，这名字可真绕口……"

大屏幕上出现的是与衣既明本人截然不同性格的硬核财神形象。如果不是明确地告诉了众人，这就是衣既明，大家真的很难把电影里那个邪性的角色与衣既明本人联系在一起,他们没有一点相似之处,却又没有任何表演的痕迹,都是鲜活的。

等全部介绍完之后,五个候选人的镜头,就分出五个小方格,一起出现在了大屏幕上。他们或微笑,或紧张,更有甚者还趁此机会和粉丝招了招手。

只有衣既明从头到尾,更像一个观众。心如止水,不喜不悲。因为他已经预料到了结果。

也果然……

不是他。

"《税务局》,理查德·柯林斯。"当乔治念出这个名字时,除了他表情正常,所有人都出现了极大的意外,因为最佳女主角也是出自《税务局》的女演员。小年一般是不会出现这种局面的,当然也不是完全没可能。

理查德自己都忍不住睁大了眼睛,怎么能是他呢?在他同剧组的女主角获奖的那一刻,他就已经认了命的。

在看到获奖结果的那刻,国内各平台上粉丝的言论也热闹了起来。

"果然不是衣神啊。"

"唉,虽然早就知道是这个结果了,但莫名还是觉得……"

"意难平!"

"怎么会是理查德呢?《税务局》明明是大女主戏。"

"还是有审美差异的,能获得提名已经不错了。"

"恭喜明明获得小金人的入围提名,你超棒的!"

"心疼明明,心疼霍楼。"

"明年再战!"

霍楼就像是石化了一般,定格在了座位上,如丧考妣。他自己当年没能获奖的时候,他都没有这样,他当时还很有风度地给竞争对手鼓了掌。

衣既明不得不在鼓完掌后,反过来安慰霍楼。

"你才是最棒的。"霍楼却死活不愿意接受这个答案,急得眼睛都红了。

"谢谢。"

"我不管,你就是我心中的影帝。"

"我知道。"

"他们凭什么不选你!"

"我有你的肯定,就够了啊。"

当理查德已经喜极而泣,拥抱身边的朋友,全场都开始为他鼓掌的时候,工作人员从幕后着急忙慌地跑了上来,也顾不上正在直播。

在和乔治耳语了一番后,乔治的脸上也出现了前所未有的震惊。

他只能在仓皇间组织起语言,重新上台:"抱歉,临时出现了一些意外,这真的挺奇怪的,我发誓我没有开玩笑,我也从没有遇到过这种情况。但我们不能将错就错,让这件事就这样过去。希望大家能多给我一分钟,听我说。"

所有人狐疑地一起看向主舞台。

"我先代组委会对理查德和衣道歉,然后,我们……"

乔治自己说得都十分艰难,因为这真的太荒诞了。

"……搞错了。

"这一届小金人最佳男主角的获得者,应该是《MYM》中的男主角,既明·衣!"

峰回路转,始料未及。

霍楼却已经紧紧地拥抱住了衣既明,在衣既明耳边道:"我就知道,你才是实至名归。如果不是,那就一定是哪里搞错了!我不管,反正我理解的世界就是这样的!"

霍楼抱完了,戏精李林不干了,他也要抱。

霍楼根本无所谓现场有没有镜头,直接就瞪上了李林,仿佛在直白地表示:你凭什么?

李林回给他的眼神也很赤裸:你又凭什么?

大家都是衣既明的好朋友,谢谢。

终结这种幼稚互撑的,是衣既明挨个把所有人都抱了一遍的动作,包括了后排早已经张开怀抱的郑导。

对于获奖,衣既明不是不激动,只是他激动得不太明显,和其他人拥抱就是表达感情的极限。

大家都是含蓄的东方人，几乎只是拥抱了一下就放开了，远没有和霍楼的时间那么长，但每个人依旧还是挨个收到了来自霍楼的"死亡凝视"。

直播间内粉丝的弹幕已经快要笑疯了，不知道截了霍楼多少表情，打算做成表情包。

"hlgg表示，男神只有我能抱！"

"哈哈哈哈哈哈哈哈，被大胡子导演笑死了，一直在张着手，眼巴巴地等着衣神去拥抱他。"

"恭喜衣神喜提小金人！"

拥抱完之后，衣既明就顺着台阶往下走，朝着领奖台径直而去，本应该目不斜视，直至他路过《税务局》的男主角理查德的座位时，不自觉地停顿了一下。

因为理查德正坐在原位，笑得比衣既明还要灿烂地为衣既明鼓着掌。

衣既明哪怕再感知不到情绪，也觉得按照常理来推断，理查德此时不应该还能笑得这么开心。他甚至觉得理查德要是因此有那么一瞬间是讨厌他的，都是正常的。毕竟理查德刚刚算是经历了人生中一个比较重要的环节，大起又大落。

巧的是……理查德也是这么想衣既明的。

看到衣既明停在自己身边时，理查德不由得就从那双皮鞋，顺着衣既明的大长腿一路看到了正脸。他在看到衣既明面对自己的友善眼神时，却只觉得衣既明不太正常。毕竟如果组委会为了面子考虑，将错就错，那他就等于是抢了衣既明仅有的机会。

虽然他们两个都是这场乌龙的受害者。

但衣既明作为一个C国人，到底有多艰难才能进入这里，走到这一步，大家都心知肚明，身为A国人的理查德的机会要比衣既明多得多。

幸好，组委会这点魄力还是有的，哪怕明知道出现乌龙会被群嘲，但还是坚持改正了。

两人都觉得对方是很奇怪的人，在眼神四目相对的那一刹那，脑内的想法莫名再一次达到了一致——他这么看着我，不会是想和我拥抱吧？

那……那就抱一下吧。

理查德是个金发碧眼的大高个儿，站起来的时候会带来一种小山似的压迫，还有过于浓郁的古龙水味道，他特别实诚地给了衣既明一个瓷实的熊抱。

"恭喜你。我看过《MYM》，"理查德这样在衣既明耳边道，"我当时就觉得你一定会赢。"

"谢谢。"

衣既明上台后，从上届影帝乔治手里接过了小金人，得到了一声抱歉和恭喜。然后，整个舞台就交给了衣既明。当站在领奖台的中央去看观众席的时候，会觉得灯光异常刺眼，每个人看上去都仿佛距离自己很远，他们都在看着衣既明，等待着衣既明的获奖感言。

有了那样一个乌龙，如何得体地处理这件事，就是对衣既明这个新晋影帝的第一道考验。

赢得小金人，不是终点，而是灿烂人生的开始。

"大家晚上好。刚刚没有来得及和理查德说，我也看过《税务局》，"衣既明整理了一下自己戴着领结的衬衫领口，他正在说的是李林给他准备的稿子上所没有的内容，他也有点把握不住发展的好坏，但就是想说，"我觉得你演得棒极了。"

"准确地说，我把进入候选名单的电影都看了。当时我的经纪人忐忑地问我，你觉得怎么样？我说，这一次旗鼓相当，谁能获得最佳男主角我都不奇怪。"衣既明微微舔了一下子自己干涩的唇，然后，缓缓举起了自己的左手，"只是大概因为我来之前被幸运之神眷顾了，所以最后走到这里的是我。"

无关演技，只是运气。

因为每一个能得到获奖提名的人，都已经拥有了顶尖的演技，得到了足够的肯定。

理查德一直在看着衣既明，当他发现摄影师特意给了他一个镜头的时候，他就做了一个"对，我运气总是特别糟糕"的夸张口型。

所有看到的人都笑了。

"感谢……"然后，衣既明就开始背起了李林给他准备的感谢稿上的内容，十分精准，绝不会出现忘记感谢谁的情况。一板一眼，还穿插了一个小笑话，完美又得体地结束了这一次的领奖。

从右边走下去时，衣既明的眼睛终于适应了强光，在观众席上找到了身子微微前倾的霍楼。霍楼一直在看着他，追逐着他，当他们的目光交汇的一刻，两人都笑了。

到了后台，就有记者围了上来，要对获奖者进行一个简短的采访。问的问题不会太出格，类似于此时此刻的心情啦，对刚刚的获奖感言还有没有要补充的，以及……

"你的幸运之神是谁？"

衣既明是看着霍楼所在的方向说的，所有人都看见了，但记者就是想要一个准确的回答。衣既明也给了她这个答案，只不过是字正腔圆的中文。"霍楼。"

采访完之后，就有工作人员领着衣既明，去领取小金人的项链了。每个获奖者除了可以得到一个价值三百五十美元、混合金属制的奖杯，还会额外得到一条特别的项链，项链上悬挂着一个迷你的小金人奖杯。组委会早已经准备好了，还有人现场刻字，为获奖者刻上他们所希望的亲友的名字。

"可以给我两个吗？"这是衣既明的提问。

负责发放的人笑了，因为很显然，衣既明绝不是第一个提出这样问题的人，也不会是最后一个。

"所以呢？给了吗？"事后，霍楼紧张地问衣既明。

颁奖典礼已经结束了，现在他们正在酒店里换衣服补妆，准备前往事后派对。又称小金人之夜，是颁奖典礼之后的余兴节目，由知名杂志承办，大牌云集，极尽奢华。

派对名单有等级分类，衣既明这个新晋影帝无疑是名单上最高规格的VIP，他可以带朋友一起进去。

《MYM》最终的获奖数止步在了三个。

主旋律的《税务局》不出意外地击败了《MYM》，得到了最后的大奖——最佳影片，男主角理查德和导演一起举起了奖杯。

当霍楼说完衣既明离开舞台之后发生的事，衣既明也对霍楼复述了他在离开了霍楼的视线之后都经历了什么。衣既明已经越来越习惯放任自己在霍楼面前变得多话，好像真的有在一点点恢复以前的状态，虽然目前他只能做到勉强和过去一样。

面对霍楼的问题，衣既明摇摇头，很遗憾，答案是组委会是不会免费给两个的。

霍楼失望地垂下了头，他和衣既明都心知肚明，如果只有一条项链，那衣既明只可能会刻上他父母的名字，毕竟亲人永远是第一位的。

"但是，"衣既明就像是变魔术一样，不知道从哪里变出了另外一条项链，"可以花钱买。"

小金人的底座上，除了刻上了"既明·衣，最佳男演员"，还刻了一句"赠给我的挚友，霍楼"。

"谢谢你把好运带给我，幸运之神很管用。"

霍楼状似再一次喜不自禁，拥抱了衣既明，还似模似样地问了一句："我可以抱你吗？"

"你可以再抱一次。"衣既明这样道。

衣既明其实还是无法很准确地理解自己此时此刻的心情，那种特别想要满足霍楼每一个心愿的感觉。他想了一路，还是无法明白，他为什么会觉得只要有霍楼对他的肯定就足够了。最终，实在是想不通，衣既明只能把问题放到一边，想着等自己安全恢复到车祸之前的状态，也许就能一下子想通了。

至于现在，他只要能跟随心中所想就好，他想满足霍楼的每一个愿望，那他就去满足，一如霍楼对他一样。

衣既明和霍楼脱去燕尾服，换上了常规的西装上身，衣既明领带的颜色是霍楼方巾的颜色，霍楼领带的颜色则是衣既明方巾的颜色。两人的手表也是同系列的不同款式。

"我一直觉得手表是男人的智商税。"李林为衣既明的着装做最后的调整时如是说，"就像他们总说化妆品是智商税一样。"

在大多数时候，李林的视角总是为女性着想得更多一些，这大概也是他为什么会那么细心以及情感充沛的原因。

他们正在做直播。

这是李林早就给衣既明安排好的，在小金人之后，无论是否获奖，都要给粉丝一个能够和衣既明尽快互动的机会。这是衣既明最完美的固粉时间，老粉重新回来了，新粉也在不断地涌入，他们需要建立一个全新的秩序。虽然衣既明不怎么在意这些，但李林很在乎。

"这都不是智商税，"霍楼站在一边，系着自己的钻石袖扣，他和衣既明有一对一模一样的，同样是来自奥莉薇夫人的礼物，他有意无意地非要在镜头面前秀一下，"是快乐账单。"

对此，霍楼的粉丝们也没有消停：

"求hlgg看到我，真的，全世界都知道你和衣神有同款袖扣了。"

"追了我霍这么多年，万万没想到他是个心机boy人设。"

"衣神为什么不笑啊？获奖之后难道不应该很开心吗？还是因为获奖之前的乌龙影响啊？"

"明明私下一直不怎么笑的，新粉别随随便便引战啊，理查德也很棒的。"

"明明你是最厉害的。"

"我们要去参加派对啦，在关闭直播之前，还可以让明明再回答最后三个问题。"李林安排得很好，时间卡得十分完美，既满足了粉丝迫切想要互动的心情，也不至于让衣既明彻底失去神秘感。

李林连随后的通稿标题都想好了——衣既明获奖后第一时间与粉丝分享了喜悦。

一个低调又宠粉的实力派人设，稳稳地就能立住了。

很快大家投票最想知道的三个问题就被统计了出来。这些问题由李林代为"采访"。

衣既明对着镜头回答时，霍楼强行凑了一张脸过来。

"问题一，回国之后打算做什么？嗯，这个问题我都可以替我们明明回答了呀。"

衣既明与霍楼异口同声："拍戏。"

《讲究》还没拍完，对衣既明来说，不可能有除了继续拍戏以外的回答，他甚至一开始都不想来参加这次颁奖典礼。获不获奖，都不会影响衣既明的生活步调。

"问题二，下一部作品有开始计划吗，是什么？"

"有四个暂定的计划，"衣既明还没来领奖之前，各种邀约就已经堆满了李林的手机，开出的都是天价，李林是这个也舍不得，那个也放不下，但最终他还是一狠心都给推了，因为衣既明不可能答应接的。不管红与不红，衣既明不想在拍戏的时候插入太多其他杂事的原则是不会变的，"能公开的一个是和X级跑车的合作代言。"

"我也会和明明一起拍！"霍楼趁机宣示着主权。

另外两个计划衣既明暂时不能说，毕竟项目还没有确定下来，一个就是霍楼投资的那个连名字都还没有起好的大钱导的收山之作，另外一个就是郑围城导演在颁奖典礼之后，找衣既明谈的全新剧本，已经发到了衣既明的微信上。

"还有一个大概率是给总公司拍的一部电影。"这是写进衣既明合同里的。

未来娱乐也不是开慈善堂的，念着衣既明这些年为公司赚的名气和源源不断入账的人民币，他们确实可以对衣既明的任性睁一只眼闭一只眼，但也不能一直如此。合同里有规定，衣既明每年都必须从公司的硬性指标里，挑选出一个来参与。

衣既明挑选出来的就是一部电影，去年挑选，今年拍。

或者说，衣既明想不挑都不行，这是总公司直接暗示下来的，剧本也还算有趣，衣既明就没让李林为难，痛快地点头答应了。

"什么电影？"霍楼就是总公司的股东之一，只不过一般除了衣既明的事情，他很少会关注其他的。

"为全息网游拍的前传。"

或者说是一个为了全息网游而投入的大型广告。整部电影存在的意义，就是为了宣传未来科技即将重点推出的全息网游。

衣既明提前说出来，也算是勤勤恳恳为公司打了一波广告。

霍楼却记到了心里，想着要是衣既明不喜欢，他大概就要介入找负责人谈一谈了。衣既明之于未来娱乐的意义，早就应该变了。优秀的演员很好找，但拿小金人奖的年轻男演员，却只有衣既明一个。如果未来娱乐还不摆正态度，霍楼会强烈向衣既明安利他所在的巅峰传媒，多少违约金都不是问题。

"最后一个问题。"

霍楼忍不住搓手，激动了起来，不用说，这是他用小号砸钱砸出来的一个问题，他已经期待很久了。不是为了真的问，只是想借此向所有人炫耀。

"你的小金人项链送给了谁，为了什么。"

衣既明的答案当然是妈妈和霍楼。

整个弹幕都快要炸了。

霍楼那恨不能上天的小表情，也是藏都藏不住，比起他自己主动晒图，他现在更喜欢偶像亲自说出来，告诉世界！

派对在一家六星级的酒店举办，采用的自助餐形式，十分方便大家在场地内来回走动，与想要交谈的人交谈，进行资源置换。

衣既明作为新晋影帝，甫一到场，就受到了极大的关注，变成了最特别的那个人。

大家看到的更多的是他的演技，是他的商业价值。

李林和阿罗已经忙着去交际了，只留下霍楼陪着衣既明，为衣既明解决他所有无法解决的人际交往问题。

在霍楼去给衣既明拿饮料的时候，理查德出现在了衣既明身边，开玩笑道："你的保镖终于舍得离开你了？"

"你好。"衣既明其实也想和理查德聊聊，但之前一直没能找到很好的时机，反倒是理查德主动找了上来。

"你可以叫我迪肯，叫我里奇……"

这些都是理查德的缩写昵称。

"我叫你衣好吗？我真的不太会念你的名字。"

"好。"衣既明发现了，理查德和他在镜头前的人设有些微妙的出入，都是很好的性格，就是没有镜头的时候，他看上去会更加活泼话痨一点。

衣既明喜欢这样的人，和对方在一起就会很快乐，他身边结交的人也基本都是有这种类型的。

"我不觉得我们需要谈一谈，但我的经纪人觉得。"理查德直白地出卖了自己的经纪人。

"我的经纪人也这么觉得。"衣既明道。

"看来我们要谈的是一件事？"

"也许。"

"哦，拜托，别这么折磨我，我投降，直说吧，"理查德是个受不了一点弯弯绕的性格，"大概你的经纪人和我的经纪人都觉得，我们会因为典礼上那个小乌龙，产生点什么小矛盾、不愉快。但是，请别让他们如愿好吗？虽然你有可能看不太出来，但我这个人真的挺叛逆的。"

衣既明不叛逆，但也不会因此对理查德产生什么想法，认真地给了理查德一个满意的答案，百分百真心。

"呼，"理查德夸张地拍了拍胸脯，"终于舒服了。我就说，你看上去不是那样的人，当然，我也不是。"

"我就喜欢你这种不计较的，那我们就是朋友了。"说完，理查德看上去就真的觉得自己就这样得到了一个朋友。

衣既明则终于找到机会，问出了他在典礼上没能来得及问出来的问题："你为什么当时看上去有些开心？"

"因为我的良心终于能平静下来了。"理查德拿出了他脖子上挂的十字架，他是个虔诚的教徒，不是疯狂想要传道的那种，而是严格律己，始终坚信与人为善、真诚待人这些美好字眼的那种，"你知道当听到我的名字被念出来时，我在想什么吗？这组委会可真过分，竟然搞歧视那一套，这奖杯一定很扎手。

"不过，虽然组委会确实有些方面过分了一点，但幸好只是我误会了他们。这才是正确的结果，我看完你演的电影之后，就已经输得心服口服了。

"我觉得这是上帝给我的一个提示你明白吗？提示我，我不应该走捷径。"

理查德喝了不少酒，控制不住自己的大嘴巴。理查德是个演技派，以前在百老汇演话剧的，还拿过一个在话剧圈十分肯定演技的奖项，当理查德转战大银幕之后，所有人都觉得他会是下一个小金人的影帝。

但越是被期待，理查德越害怕，谨慎地选择自己会接拍的电影，反而到最后有点不伦不类。

"大家都喜欢侃侃而谈，小金人也是有潜规则的，小金人也是需要去攻略的。"好比公关评委，好比要选在年底之前再上映，也好比如何选择最容易获奖的类型。主旋律，边缘人物，讨组委会的欢心。

"这些确实容易提高概率，但不是百分百，如果我一直在意这些，那我追求的到底是什么？最好的演技肯定？还是最好的攻略肯定？"

《税务局》的剧本不错，但也不能否认它的主旋律加成。

"那是一个大女主电影，所有人都看得出来。"理查德为他的搭档获奖感到发自肺腑的开心，但他也终于明白了一件事，"我也应该看出来的，但你知道我是在什么时候看出来的吗？在典礼上，在我的搭档获奖的那一刻。"

理查德说得有点语无伦次，但衣既明却神奇地懂了他要表达的。

明知世界浮华，前路多艰。他们却只想幼稚地保持住内心那一点最初的坚持。他们想要得到最高演技的认可，是因为演戏本身是一件能够带给他们快乐，且让他们真心喜欢的事情。

永远都不要舍本逐末。

你只有做你自己的时候，才是最美的。

"下次大概率就会轮到你给我颁奖了。"理查德这样自信地对衣既明道。

小金人一般都很喜欢邀请上届或上几届的影帝，来为本届的影帝颁奖，就像是这一次上届影帝乔治把小金人的奖杯递给了衣既明一样，象征着一种永不熄灭的新老传承。

"我很期待。"衣既明意简言赅。

两人差不多说到这里，理查德就离开了，因为霍楼终于端着不含酒精的饮料回来了。理查德的大嘴巴，仅限于演技让他心服口服的人，虽然演技不一定代表人品，但理查德就是这样的戏痴，哪怕是被比他演技好的人卖了他的消息给媒体，他也会一笑了之。

理查德的运气不错，至今他遇到的演技比他好的人，都没有太过八卦的。

"猜我刚刚遇到谁了。"霍楼迫不及待地想要来和衣既明分享一个好消息。他回来的速度有点慢，就是被遇到的这个人给耽误了。

"谁？"全场的大牌、大佬实在是太多了，衣既明真心猜不到。

"CELEBRITY 的总编乔安娜。"

CELEBRITY 是诞生于欧洲，闻名于世界的全球知名杂志，创立于 20 世纪，兼具了国际化和权威性。按照受众的不同，分为了数个版本。但在五十年前公司重组后，杂志的总部从欧洲搬到了 A 国，最知名的版本也随之变成了 A 国版和国际版，一周发行一次。

杂志名 CELEBRITY 翻译过来就是名流、知名人士的意思，顾名思义，只请当下全球最有名的人士作为封面嘉宾。

在传统纸媒业江河日下、一天不如一天的当下，CELEBRITY 凭借着坚持这种"非最有名的人不请"的高格调策略杀出重围，顽强地存活了下来。杂志的销售量虽然不可避免也有了一定的缩水，但这一块的不足，却被售卖的电子版和新晋的美妆直播给弥补了，甚至还反超了过往的销量。

"乔安娜想请你在回国之前，为 CELEBRITY 拍一组照片，封面加跨页，会上 A 国版、国际版以及亚洲版。"

CELEBRITY 的亚洲版经常出现各种亚洲明星，C 国大腕也有不少，这不足为奇，但是能上 A 国版和国际版封面的 C 国人就比较稀少了。哪怕是在 A 国打拼的华裔演员，也少有上过 CELEBRITY 的 A 国版封面。

衣既明本来想问霍楼是怎么和乔安娜搭上话的，但转而便想了起来，霍楼自己就上过 CELEBRITY 的亚洲版封面，还不止一次，连欧洲版都上过一次。

因为据说莫蒂默家族就是 CELEBRITY 最初还在欧洲时的创办人之一。

霍楼上欧洲版，也是作为公司继承人的身份被介绍的。虽然 CELEBRITY 是家族产业，但目前这一块都是霍楼的母亲奥莉薇夫人在管理，将来肯定也会交到一直在娱乐圈摸爬滚打的霍楼身上。只要霍楼一日不宣布脱离莫蒂默家族，那他就会一直拥有这方面的资源。

衣既明其实也曾差一点就登上 CELEBRITY 的亚洲版，但合同刚签完，衣既明就出了车祸，这事也就不了了之了。

李林接手衣既明经纪人之后的第一个工作，就是去和 CELEBRITY 的亚洲版谈解约，双方为到底是谁违反了合同争执不下，虽然后来有一天杂志那边突然就道歉了，一点点预兆都没有，但还是让李林一度对 CELEBRITY 有了些微妙的小情绪。

"李林那边我会和他说。"霍楼拦下了衣既明想要先和李林商量的动作。

霍楼又道："合同方面也不用担心，我在这边有专业的律师团队，会连夜商量出个章程。"霍楼在很短的时间里就已经想好了所有的安排，"剧组那边我也已经和周导联系过了，让他先拍两天唐宜和其他配角的戏，不用担心。"

"好。"衣既明再没有疑问了。

第二天一早，霍楼就带着衣既明一行人前往 CELEBRITY 位于 LA 市的杂志分部。他们的总部在 A 国的首都，不过为了方便大部分都居住在 LA 市的明星，特意在 LA 市增设了这个分部。就坐落于 LA 市最繁华的第五大道，紧挨着四大奢侈品旗舰店。

由于时间紧，衣既明一行人到了之后，也没怎么客套，只是等衣既明和总编当面签了双方合同，就抓紧时间去了摄影棚，准备开始拍封面照。

CELEBRITY 的总编乔安娜是个女强人，一头亮眼银发，霸气浑然天成。不过她与人说话时，永远都会带着三分笑意，一看就是个长袖善舞的类型。她和霍楼一直有说有笑，仿佛是多年的老友。今天的霍楼也是一反常态，戴了一副从阿罗那里拿来的没有度数的无框眼镜，搭配一身笔挺的三件套西装，整个人看上去都透着一股衣冠楚楚的味道。

衣既明化完妆，换好衣服过来的时候，正听到霍楼在用流畅的法语与乔安娜对话。

乔安娜是 F 国人，在 A 国工作说的是英语，但遇到能用法语与她交流的人，她还是更喜欢用法语。

衣既明的法语只学过皮毛，能听懂的部分只有霍楼在说："我们家明明……"

"哦，darling（亲爱的），你可真完美。"乔安娜见衣既明出来后夸张道，仿佛要醉倒在衣既明的颜值里。大概是刚刚还在用法语说话，她的这一声"darling"带着浓重的口音，有一种慵懒又性感的异国情趣。

像 CELEBRITY 这种杂志的封面，说好拍也好拍，说难拍也难拍，主要取决于能不能拍出摄影师和总编想要的高级感。

亚洲人的脸型比较扁平，不够立体，或者说是不太符合欧美的主流审美，这一般都会让一场摄影变成灾难。

但是，衣既明却是个特例。

光头的摄影师几乎是在快门按动到第十次的时候，就发誓他拍到了最好的照片。但为了以防万一，他们还是尝试了几种不同的角度，全身照、半身照、大头照，黑色、白色以及酒红色的西装。最终他们一起被衣既明的一张手腕上搭着西服上衣，只露出衬衣，领口微敞的照片所吸引。

"他简直是性感的怪物。"乔安娜的表情中也带上了兴奋。

随后，拍摄就失控了，不是那种灾难性的，而是包括总编、摄影师和霍楼在内的可以做决定的人，都不约而同想要看一下衣既明还能不能突破他自己。在随后的照片里，衣既明的表情不再局限于那种略微高傲的高级脸，就像是玩换装游戏似的，他们让衣既明尝试了多种情绪。

"镜头爱你，baby（宝贝）。"摄影师连连叫好，各种溢美之词不断冒出，恨不能让衣既明连大造型都换了，不要穿西装这样刻板严肃。

可惜，不行。

他们毕竟是要拍小金人这一届的影帝，如果太跳脱了，小金人组委会大概会第一个跳出来表达不满。

乔安娜也是满脸遗憾，这实在是太浪费艺术了。

霍楼却在最恰当的时机，说出了最恰当的谗言："我们先拍出来尝试一下嘛，尝试一下又不会有什么损失。万一有需要呢？实在不行还能上跨页，反正怎么都不亏啊。"

乔安娜分分钟被说动了，她看霍楼的眼神已经充满了欣赏，仿佛遇到了人生知己。

跟着一起来的阿罗可以对灯发誓，霍楼肯定是在想怎么在拍完之后独霸底片，谁也不给。

然后，衣既明只能无奈地又去换了造型，这一回他们的拍摄主题大胆了不少，思维也开阔了不少。等衣既明回来的时候，他发誓他听到了"湿身"这样的字眼，让衣既明莫名有一种他不是来拍杂志封面，而是在拍个人写真，还是不规定造型次数的那种。

最好的摄影师，最精良的设备，以及最配合的团队，大家愉快地合作了一整天。不仅拍了封面照，连跨页都出来了，衣既明明天就可以回国，等于无形中多了一天休息时间。

乔安娜、摄影师以及霍楼友好和谐的三角联盟，最终崩溃在了照片的选择上。他们选照片是为了精修，不是就定在某一张照片上，但三个人还是有了不同的意见。乔安娜喜欢衣既明造型中最为性感的一张，像个病弱又傲慢的贵族；摄影师却更喜欢衣既明一张只有脖颈以上的照片，眼睛特别深邃，仿佛照片里的这个人物充满了故事；霍楼却坚持觉得衣既明笑起来的那张最好看，少年感十足。

三个人各执一词，谁也不愿意退让，三个人的助理上前劝解也起不到任何作用。

李林和衣既明坐在一边，一起小口小口地吃着低糖粗点，默默围观。李林只敢和衣既明小声咬耳朵："我甚至都开始怀疑我到底是不是你的经纪人了，都没有人来询问我的意见。"

刚刚拍摄的时候也是这样，现场有什么事，工作人员都会直接去找霍楼沟通。

"哪怕这是他们家的产业，也不能这么无视我呀。"李林愤愤不平。

"那你喜欢哪张？"衣既明只能拙劣地转移话题。

李林诡异地沉默了，他觉得他家明明哪张都好看，好吧，不问他就不问吧。

最终，另外两个人还是妥协在了摄影师的选择中，毕竟是封面照，要突出人物。

"你当初要是去当超模，我相信你早已经红遍全球了。"乔安娜对衣既明这样道，"我其实一直有点异族效应……"

异族效应简单来说，就是分不清楚和自己人种不同的人的脸，觉得他们都长一个样子。

"……但这种毛病在你身上一下子就不药而愈了。"

"我难道就不好看了吗?"霍楼已经和乔安娜重新握手言和,开玩笑道。

"哦,你当然也好看。你要是决定放弃经纪人这份工作,去时尚圈闯荡,我会很乐意把我认识的几个时尚总编的电话都介绍给你。"

"什么?"李林终于开口。

乔安娜一愣,但还是顺着问题回了一句:"艾尔不是衣的经纪人吗?"

李林彻底无语。这一天的违和感,总算找到原因了!

（未完待续）

图书在版编目（CIP）数据

既明 / 雾十著 . -- 上海：上海文化出版社，2024.5
ISBN 978-7-5535-2911-0

Ⅰ. ①既… Ⅱ. ①雾… Ⅲ. ①长篇小说—中国—当代 Ⅳ. ①I247.5

中国国家版本馆 CIP 数据核字（2024）第 011275 号

© 中南博集天卷文化传媒有限公司。本书版权受法律保护。未经权利人许可，任何人不得以任何方式使用本书包括正文、插图、封面、版式等任何部分内容，违者将受到法律制裁。

出 版 人：	姜逸青
责任编辑：	郑　梅
监　　制：	毛闽峰
策划编辑：	尉迟玖　茶小贩
特约编辑：	孙　鹤
营销编辑：	刘　珣　焦亚楠
封面设计：	@Recns
版式设计：	潘雪琴
插图绘制：	杜婉宁　容那个容　小石头　衿　夏
书名题字：	仓仓仓鼠
内文排版：	行健开元

书　　名：	既明
作　　者：	雾十
出　　版：	上海世纪出版集团　上海文化出版社
地　　址：	上海市闵行区号景路 159 弄 A 座 3 楼　201101
发　　行：	中南博集天卷文化传媒有限公司
印　　刷：	北京中科印刷有限公司
开　　本：	640 mm×915 mm　1/16
印　　张：	18
字　　数：	270 千字
版　　次：	2024 年 5 月第 1 版　2024 年 5 月第 1 次印刷
书　　号：	ISBN 978-7-5535-2911-0/I · 1127
定　　价：	52.80 元

如发现印装质量问题，影响阅读，请联系 010-59096394 调换。